チーム・バチスタの栄光

海堂尊
KAIDOU TAKERU

チーム・バチスタの栄光

目次

チーム・バチスタの栄光

第一部　ネガ

ゆりかご

1章 遠景

2月4日月曜日　午前8時30分　4F・病院長室

月曜、朝八時三十分。

俺は、病院長室の窓からの景色に見とれていた。

こうした所に呼び出されると、自分が大学病院に向いていないということをつくづく思い知らされる。だから気持ちは窓の外に逃避する。といっても、俺のような下っ端が病院長からじきじきに呼び出される機会は滅多にない。つまり自分が組織には合わないという事実をつきつけられる機会も少ないわけで、その点から見ると、俺は案外幸運かも知れない、と思う。

それでも、本当についているのかと自問自答すれば、月曜朝一番に病院長室に呼び出しを喰らうのが、今週一番の幸運な星座だとはどうしても思えない。


眼下に広がる桜宮市街。低層の建物の中に、時折、調子はずれの中高層のビルが混じる。そうした病院長室の窓からの景色には、密かな愛着と憧憬がある。滅多に足を踏み入れることがないため、その風景にはかえって強く惹きつけられてしまう。

こう言うと、そんなのはスカイ・レストラン『満天』からの景色と同じさ、とちゃちゃを入れるヤツが必ず出てくる。だが、そんなセリフを吐くのは「もののあはれ」を解さない無粋なヤツに決まっている。重厚な調度品に囲まれた静謐《せいひつ》な窓からの風景と、白衣をだらしなく着込んだ医師が一杯三百円のうどんをすする猥雑な空間からの景色が同じだと強弁する輩《やから》に、俺のささやかなあこがれを理解できるはずもない。

　額縁が替わると絵の価値が変わってしまうこともある。病院長室の窓からの景色には、神秘的な何かがある。誰が何と言おうと、俺はそう思う。

　あれは権力の残り香かも知れない。

　下層階級の俺は、権力からの距離の取り方に苦労している。つかず離れず。権力はわずらわしいお客様だ。それでもこの景色を好きなだけ堪能できるなら、たまには病院長室に招待されるのもそんなに悪いことではないと、場違いな夢想をして時をやり過ごす。


　小柄なロマンスグレー、高階《たかしな》病院長は読経のような独り言を中断し、出し抜けに質問した。

「田口先生、ここまでの話は、理解していただけましたか」

「え、は、まあ、その……あまり自信はないのですが」

　俺の生返事に、高階病院長はにやにやと笑う。そのひねこびた笑顔を眺めていると、ふと卒業試験の口頭試問の場面を思い出した。あれから十五年経つが、この人はあの頃とほとんど変わらない。

「ま、あなたのような方に、まわりくどい言い方をしても無駄ですね。単刀直入に申し上げます。臓器統御外科の桐生《きりゅう》君をご存じですか？」

「本学で彼の名を知らなければモグリでしょう。鳴り物入りで招聘《しょうへい》された米国帰り、周囲の期待と予想をはるかに越えた成果を収めたスーパー・スターですから」

俺の要約に耳を傾けた高階病院長は、うっすらと笑う。その表情を見ているとふとウワサを思い出した。桐生を第一外科の助教授に推薦したのが、第二外科教授の高階病院長だったというウワサ。その時に〝すったもんだ〟があったというウワサ。

かたや東城大学医学部臓器統御外科のエース助教授、かたや神経内科の窓際万年講師。身分違いの俺を名指しで呼び出し、いきなり雲の上のスターの話を切り出す高階病院長の真意を測りかね、次の言葉を待つ。革張りの黒い椅子に沈み込んでいた高階病院長はおもむろに身体を起こし、机に両肘をついて俺を見上げた。

「田口先生、実は君に桐生君の手術チームの調査をお願いしたいのです」

何だ、何なんだ？　予期せぬ流れに一瞬バランスを崩しかける。すかさず、横着者が持つ自己保身のセンサー・ランプが点滅する。

「内部監査はリスクマネジメント担当の先生の仕事のはずですが」

現実に稼働するかどうかは別にして、医療事故が頻発する昨今、リスクマネジメント委員会を常設することは、今や病院の常識だ。

高階病院長は、小さく首を振る。

「ちょっと違うんです。私の言い方が悪かったかも知れません。内部監査が必要かどうかという、予備調査をしていただきたいのです」

「おっしゃる意味が全くわかりません。何か問題でもあったのですか？」

高階病院長は、背後の本棚から赤いファイルを取り出すと、俺の手許に滑らせた。開かれたページに視線を落とすと、『**チーム・バチスタの奇跡**』という新聞記事の見出しが飛び込んできた。

「これなら私も読みました。桐生先生をベタ誉めした記事ですよね」

日付を確認する。半年前、夏の盛りの頃の記事だ。高階病院長がうなずいた。

「桐生君が臓器統御外科の助教授に着任して、一年になります。着任直後から彼の名を慕い全国から症例が集まってきました。半年で十五例のバチスタ手術が行われすべてに成功する、という華々しい船出でした。これはその時の記事です。その後も症例は着実に増え、一年たった今では三十例に達しています」

バチスタ手術は、学術的な正式名称を「左心室縮小形成術」という。一般的には、正式名称よりも、創始者R・バチスタ博士の名を冠した俗称の方が通りがよい。拡張型心筋症に対する手術式の一つである。

肥大した心臓を切り取り小さく作り直すという、単純な発想による大胆な手術。余分なものなら取っちまえというラテンのノリ。こんな手術を思いつくだけですでに常軌を逸している。その上実行までしてしまうサンバの国、ブラジル。

手技は難しくリスクは高い。成功率平均六割。バチスタ手術に手を出さない医療施設も多い。門外漢の俺にもこの程度の基礎知識はある。一般的ではないが、有名な手術である。

高階病院長は説明を続けた。

「このバチスタ手術が最近、三例立て続けに失敗しているのです」

心臓手術失敗とは患者の死亡を意味する。確かに好ましい状況ではない。だが、もともとバチスタ手術のリスクは高い。30分の3という数字に、神経質になる必要があるものなのだろうか。俺は率直に尋ねた。

「三例の失敗というのはそんなに問題ですか？　トータルでは、十分好成績だと思いますが」

「ええ、おっしゃる通りです。ただ三例とも術中死だった点が問題なんです」

「手術ミスだとお考えですか？」

「桐生君本人は否定しています。客観的な確認は取れていません」

「これは間違いなく、リスクマネジメント委員の仕事ですね」

　俺は断言した。高階病院長は苦笑する。

「おっしゃる通りです。ですがそうすると、困った問題があるんです。この件を私から申し上げますと、臓器統御外科の黒崎教授に誤解されかねません。その上、正式な報告義務も生じますので、医療事故でなかった場合、病院が無意味に蒙《こうむ》るダメージは小さくありません。

　そこで田口先生に、この件がリスクマネジメント委員会における検討事案に該当するかどうか、予備調査で見極めていただきたいのです」

　確か、臓器統御外科のリスクマネジャーは黒崎教授御自身のはずだ。この役職をヘビー級の人材が担当することは珍しく、記憶の片隅に残っている。すると高階病院長の話もうなずける。確かに重量級の配備を突破するのは気が重いだろう。それでも剛腕で鳴る、あの高階病院長がその程度のことで逡巡《しゅんじゅん》するとは少々意外だ。

「高階先生はそういうしがらみは、あまり気になさらないと思っていました」

「君も、学生の頃とあまり変わっていませんね。病院長に対してそういう発言を平然となさる度胸には、つくづく感心します」

　減点1。慌ててリカバリーを試みる。

「度胸なんてないです。鈍感なだけです。言葉が過ぎました」

「あやまることはないですよ。これでも一応、誉めているんですから」

高階病院長は鷹揚に応える。これで減点カウンターをゼロに戻すヤツがいたら、相当なおっちょこちょいだ。高階病院長は真顔に戻った。

「私は、病院の体面を守るために、こうしたことをお願いしようというのではありません。これが、リスクマネジメントでは対応できないような、途轍《とてつ》もない事態であるかも知れないということを怖れているのです。

それに加えてひとつ、想像してみて下さい。もしもこの件を、リスクマネジメント委員会の曳《ひき》地《ち》委員長に依頼したら、一体どういう反応をなさるでしょうか」

反射的に、曳地助教授の顔と独特な言い回しが浮かぶ。

〈……この案件は果たして当委員会で対応することが要求されるべき案件であるかどうか、そこのところについて、どのようにお考えになるのか、さまざまな意見を総合的に勘案して、可及的速やかに対応をはかるべきかどうかを、直ちに早急に検討に入るべきかどうか、できるだけ多数の方たちの厳正中立的な意見をふまえた前提で……〉

自分勝手に想像した挙句、そのセリフにげんなりしてしまう。二重否定どころか、三重否定あげくは四重否定すら辞さない怒濤の修辞で、物事すべてを霧中に埋もれさせることを得意技とする曳地委員長の、曇りがちな眼鏡をかけた顔がぼんやり浮かぶ。

黙り込んでしまった俺を見て、高階病院長は続ける。

「この問題に対応するためには、リスクマネジメント委員会では時間がかかりすぎるのです」

俺は、高階病院長がこの件をリスクマネジメント委員会に諮《はか》ることをためらう気持ちは理解した。それもそんじょそこらの理解ではない。痛いほど正確な理解、だ。

それでも相変わらず、その真意は理解できない。何をそんなに心配しているのか、さっぱりわからない。途轍もない事が起こっているのかも知れないと言われても、ぴんと来ない。すべてが曖昧すぎる。こんな時には、単刀直入に尋ねてみるのが一番手っ取り早い。

「高階先生が私に何をさせたいのか、よくわかりません」

高階病院長は俺を見つめた。ためらいを振りはらうように俺に告げる。

「お願いしたいことはたったの二つ。過去の術死三件の調査、それから次回の手術の観察です」

本末転倒で分不相応な依頼。いきなり何てことを言い出すのだろう。

「次回の手術の観察ですって？　予定はいつですか？」

「三日後です」

しゃあしゃあと、もとい、淡々と告げる高階病院長を俺は呆れ顔で眺める。

「無理ですよ。予備知識を仕込む時間もないじゃないですか。外科オンチの私が、手術を監視するのは難しいと思います。私の外科学の知識の頂点は卒業試験の時なんですから」

それがどういうことを意味するのか、この人なら理解できるはずだ。

「ご心配には及びません。お願いしたいのは、監視ではなく観察ですから。中立的で先入観のない冷静な視点から、手術をご覧になっていただきたいのです。

田口先生が手に負えないと思ったり、まさしくリスクマネジメント案件だと判断したなら、いつでもおっしゃって下さい。その時はすぐにこちらで差配しますから」

高階病院長は、視線を窓の外に向けた。そうして、俺に対してではなく、まるで他の誰かに語りかけるように言う。

「これらの術死には三つの可能性が考えられます。たまたま連続した不運。医療事故。それから、悪意によって事態が引き起こされている可能性、です。田口先生には、そこを見極めていただきたいのです」

悪意により引き起こされた事態……最後の言葉を咀嚼《そしゃく》していると、別の表現が浮かんだ。ぼやけた像が焦点を結ぶ。俺はぎょっとした。

高階病院長は、一連の術死が故意に引き起こされたという可能性まで念頭においている。それなら、リスクマネジメントの範疇《はんちゅう》を逸脱することは確実だ。

だって、それは殺人なのだから。

でもそれこそ、本当に疑問に思う。

それって、俺がやるべきことなのだろうか？

2章
監査を望む男

2月4日月曜日　午前8時50分　4F・病院長室

高階病院長の意図に対する理解は少し進んだ。斥候として現場にもぐり込み、問題を抽出して判断しろという趣旨なのだろう。それでもまだ疑問が二つ残った。

その一。高階病院長がここまで心配する理由がよくわからない。30分の3、術死率十％という数字は平均術死率四十％よりもはるかに良好な成績だ。普通なら失敗がたまたま続いたと考える方が自然だろう。しかしそれならばこの調査は不要だ。こうした調査が必要だと感じた何かがそこにあるのだろう。けれどもここまでの説明では、それが一体何なのかは靄《もや》の中だ。

その二。俺が調査役に選ばれた理由がわからない。これまで病院長とほとんどご縁がなかった俺を突然指名してきたのはなぜだろう。

病院長直命とあらば、こうした雑役でも喜び勇んで引き受けるヤツは多いはずだ。他の誰を選んでも、俺よりは絶対にマシだ。例えば、ウチの兵藤君なんかは最適任候補者の一人だろう。上昇志向が欠落している俺は、この任務には向かない。なにしろ俺はかつて、出世の階段を降りようとしたこともあるくらいなのだから。病院長の覚えが麗しくなるというご褒美は、実は俺にとっては全然魅力がない。

俺は、高階病院長の思い違いをやんわりと指摘した。

「病院にとっても、私がやるメリットがあるとは思えません」

「私にとっても」というフレーズは省略した。俺にもその程度のたしなみはある。ただし省略した文節は、「病院にとっても」の「も」の部分にしっかりと隠喩としてすべり込ませてある。大学病院で長くやっていくためには、この程度の修辞法は必修課目だ。こうしたことをなおざりにしていると、いつの間にか自分のテリトリーが喰い破られてしまうことになる。

俺のセリフを軽く聞き流して、高階病院長は質問を変えた。まるで散歩ついでに立ち寄ったというような気軽さだった。

「ところで、電子カルテ導入委員会の進捗加減の方はいかがですか？」

「それは、病院長の方がよくご存じではないですか？　曳地委員長の石頭には、ほとほと難渋してます」

減点2。牽制球というのはいつでも出し抜けだし、また、そうでなければ意味がない。他に気をとられてベースを離れていた俺は、つい口をすべらせた。呼吸器内科の曳地助教授は、電子カルテ導入委員会委員長を務めているが、同時にリスクマネジメント委員会委員長も兼任している。大学病院では、目的が不明確な批判は命取りだ。牽制タッチアウト。

高階病院長は俺の言葉をやりすごした。ミスに気がつかなかったはずはない。

大学病院では、毎日あちこちで、たんぽぽのようなお茶会が開かれている。それが委員会と呼ばれる会議で、そこにはいつも似たようなメンバーが集う。電子カルテ導入委員会もその一つで、俺はメンバーの一人だ。立ち上げ直後、電子カルテを導入するという基本方針が合意に至った。

しかし具体的な細部の検討に入ると、鏡の表面のように波風ひとつ立たせない予定調和を目指す曳地委員長の決断力のなさが遺憾なく発揮され、物事は一向に進まない。

医療行為をすべてコンピューター入力するという労力に対する反発は大きい。しかし、電子カルテ導入の進捗が滞っている本当の理由は、「カルテは患者のものでなく医者のもの」という旧世代医師の時代錯誤的感覚の死守にある。それくらいのことは、みんなうすうす気づいている。誰もあえて口にしようとはしないけれど。

「そろそろ委員会の改選時期なのですが、田口先生に電子カルテ導入委員会の議長をお引き受けいただけないものか、と考えているんです」

俺が議長だったら、導入は確実に早くなるだろう。そのくらいの自信はある。

「それは交換条件ですか?」

「そう質問されたら、そんなことありません、とお答えしなければなりませんね。但し、そのお答えをした時には、この要請はなくなっているとは思いますが……」

これがご褒美か。しかも減点2はお目こぼしになるだろう。どうしようか。

一ヶ所逃げ道を作っておいて、そこに向かって追いつめる。孫子の兵法だ。わかっていてもどうしようもない。俺は肚をくくる。

「私に調べさせる以上、徹底的にやっちゃうかもしれませんよ」

「結構です」

「内緒で調べることはできません。当事者にはわかってしまいます」

「それも結構です。引き受けて下さいますね」

「桐生先生には、病院長ご自身から事情を直接説明していただかないと先に進めません」

「そうおっしゃるだろうと思って、桐生君には研究室で待機してもらっています。すぐにお呼びしましょう」

旧第二外科、現在消化器腫瘍外科教室の高階教授のメス捌《さば》きは、東城大学医学部の伝説領域にある。活躍の場が院内政治に移行してもその切れ味は変わらないようだ。

一本道の詰め将棋のように、俺にはもう逃げ道は残されていない。せめて電子カルテ導入委員会の議長というエサにつられたという体裁でもとらないと、格好がつかない。

高階病院長が受話器を取り上げ、一言二言話す。

「今、上がってくるそうです」

部屋にさしこむ冬の陽射しは暖かい。わずかばかり季節を先取りして、春のようだ。高階病院長と俺は、ほんの短い間、穏やかな部屋の空気をゆったりと共有した。

力強いノックの音がした。

ドアが開き、長身の中年男性が、部屋の中に静かにすべり込んできた。

「桐生恭一です」

よく通るバリトン。自己紹介の一言で、部屋の空気が真夏に塗り変えられる。

一重瞼の細い眼、通った鼻筋、大きな口。眼の前に立たれるだけで感じる風圧。隠しきれず溢れ出る自信。全身を覆う、うんざりするほど強烈な生命力。

派手なヤツ。ミーハー体質の女なら、一目でいちころだろう。但し俺にとっては、一緒に飲みにいきたくなるようなタイプではない。

猛禽類を思い浮かべた。鷲？　鷹？　それともハゲタカだろうか。

「田口公平です」

名は体を表す、とはよく言ったものだ。彼はどこからどう見ても「桐生恭一」だし、俺は「田口公平」以外の何ものでもない。なぜ、世の中はかくも不公平なのだろう。自己紹介をするたびに俺は、公平と名付けた親をこっそりなじる。

桐生は俺の眼をまっすぐに見て、右手を差し出す。伏し目がちの俺は、とまどいながらその手を握り返す。力強く分厚い手の平と、繊細でしなやかな細い指を併せ持つ右手。

「田口先生のお話は、高階先生から伺っています」

「どうせ、ろくでもない話でしょう」

「いえ、素晴らしい評価です。院内の出世競争から完全に手を引きながら、大学に居残り続けているタフな方だと」

それって、誉め言葉なのか？　高階病院長は、眼の前に組んだ指を開いたり閉じたりして、素知らぬ顔をしている。俺はその指の動きを視野の片隅に入れながら、言う。

「的外れな評価です。やりたいことはやる、やりたくないことはサボる。わがままなナマケモノです」

桐生は笑う。開けっぴろげの印象。案外、ウラはないヤツかも知れない、と思う。俺は第一印象を微調整した。それでもそこには、そつなく人を引きずり込んでしまうような油断ならない何かがある。それを魅力と呼ぶのかも知れないが。

端正な物言いから、とりあえず桐生の印象を「鷹」に確定する。

「院長にあなたの手術チームの調査をするように言われました。よろしいですか」

病院長を前に、改めて一言確認を入れる。関係者に同時に言葉を伝えるやり方は、組織の中心から外れて生きる俺が、自然に身につけた護身術だ。大学では、言った言わないの問題が常について回る。高階病院長は、口にしたことを別の場で翻《ひるがえ》すようなことはしないだろう。桐生もそういうタイプには見えない。それでも事実と異なるウワサが流れ、流れの中で事実の方が変形し、ウワサ通りになってしまうこともある。それがここ、大学病院という組織だ。

桐生は間髪いれず、答えた。

「結構です。私が病院長にお願いしたことですから」

「ご自分から進んで、この調査を依頼されたのですか？」

俺は驚いて訊き返した。

「ええ」

「なぜですか。手術ミスではない、と確信しているとお聞きしましたが」

桐生はうなずく。それならなぜ、という問いかけを出鼻で押さえ桐生は続けた。

「手術ミスでないと確信しているからこそお願いしたのです。

心臓手術では、患者を一度殺します。心臓を止めるわけですから。執刀医の手技が未熟だと手術後に患者を死の世界から連れ戻すことができず、おきざりにしてしまう。そのようにして、私のメスが奪った命は過去に少なからずあります」

桐生の言葉に背筋が寒くなる。

たった今、俺は、自分は人殺しだ、という衝撃の告白を聞かされたのだ。そのスキャンダルをまるで他人事のようにあっさり話す桐生からは、かすかに蛮族の匂いが漂う。

「それがイヤで私はひたすら技術を磨きました。その結果、失敗した場合でも、少なくとも自分が犯したミスのありかを自覚できる程度にはなりました」

　高階病院長が小さくうなずく。かつて同じ道を通ったという共感が表情に浮かぶ。

「高階病院長のお力添えで、思った通りのチーム編成ができました。おかげで着任以来、私の感覚は一段と鋭敏になりました。今では失敗しそうな箇所にさしかかると、気配を察知し事前に回避できるようになりました。その積み重ねが、二十六連勝という結果です」

「すごいですね」

　俺は二重の意味で感心した。ひとつは桐生が話す内容そのもの、つまり彼が達成した、高度で神がかった技術について。もうひとつは初対面の人間に対し、こうしたことを臆面なく語れる桐生の精神構造に対して。俺の賛辞に対し、桐生は困ったような表情で続けた。

「ところが立て続けに三例、術死が起こってしまった。この三例には自分が錯誤した手応えがないんです。だからどうしても納得できない」

　桐生の眼の中に小さな妖しい光が灯る。光は次第に強くなる。

「誤解しないでいただきたいのは、私が手術を失敗する可能性は今でも決して低くない、ということは自覚していることです。ただ、失敗なら原因を覚知できる自信はある。その点から考えると、この三例の連続術死には強い違和感があるのです」

　高階病院長が口を挟む。

「間に一例、成功例が挟まっているので、三例連続術死という表現は正確ではありませんがね。桐生先生から手術の外部監査を依頼されたのは十日前、術死第三例目が起こった直後です。田口先生にご相談するのがぎりぎりになってしまったのは、次の手術予定症例に問題があり、その対応に追われていたからです。患者は、アフリカの小国の内戦で被弾した少年ゲリラ兵士です。怪我を治療していた国境なき医師団が重篤な拡張型心筋症を発見しました。一刻も早い治療が必要ですが、反米主義ゲリラの受け入れを米国が拒否した。そのため桐生君の恩師が、彼の腕を見込んで日本での受け入れを打診してきたのです。受け入れにあたっては、厚生労働省や文部科学省ばかりではなく、外務省、挙げ句の果てには防衛庁や内閣府まで絡んでくる始末で、それはもう並大抵のごたごたではありませんでした。

それだけでしたらまだ何とかなると思ったのですが、どこで嗅ぎつけたのか、この坊やは美談に群がるマスコミまで引っ張ってきてしまいました。負傷した少年兵士を救う栄光のチーム・バチスタ。まあ、メディアが飛びつくのも当然ですが」

一週間前、少年の搬送が自衛隊の特別仕立てのヘリで行われ、マスコミを巻き込んだ騒動になったことを思い出した。高階病院長が並大抵でなかったと言うくらいだから、本当に並大抵のことではなさそうだ。すかさず桐生が補足する。

「そんな中、また原因不明の術死が起こったら、コトは一医療施設の問題にとどまらず、国際問題に発展してしまうかも知れません。そこで、次回の手術の差配も含め、今回の一連の術中死の監査を高階先生にご相談したのです」

高階病院長が、桐生と俺を交互に見ながら続ける。

「このような経緯から、桐生先生は自ら内部監査を希望されたのです。けれども現時点で、リスクマネジメント委員会を動かすことはかえってリスクを高めることになってしまうかも知れません。だからといってこのまま手をこまねいていては機を失してしまい、憂慮すべき事態が繰り返されてしまうかも知れない。こう考えてみると現時点では、田口先生に予備調査をお願いするのが最善手だと思われるのです。明後日の手術の際、新しい視線によるチェックが加われば、危険な徴候を検知できる可能性が高まります。少なくとも、手術当日のリスクは確実に減少するでしょう。

明後日の手術を観察する前提として、直ちに桐生チームの内部調査にとりかかる必要があります。田口先生、どうかお引き受けいただけないでしょうか」

ようやく俺は、任務の全体像を理解した。高階病院長が俺に任務を付託するというイレギュラーなオプションを選択した理由もよくわかった。

桐生自身が監査を望んだなら、リスクマネジメント委員会諮問は事実上不可能だ。通常コースでは、まず所属する部署のリスクマネジャーに案件をあげるのが手順だ。しかし臓器統御外科のリスクマネジャーは黒崎教授ご本人。たとえ桐生本人が望んだとしても黒崎教授は自分の教室の不祥事ととられかねないその動きを封じ込めるに決まっている。万一、仮にそこがクリアされても、その先には曳地委員長が展開する無間地獄が口を開けて待っている。これでは時間がかかりすぎ、明後日の手術にはとてもじゃないが間に合わない。

同時に俺は、このミッションが持つ付加価値も、あますところなく把握した。

調査で問題が見つからなかった場合、俺の業績査定はゼロ。しかも、その分野における第一人者である桐生が徹底的に調べた後なのだから、その可能性は極めて高い。問題を発見すればしたで、その時には超法規的対応まで視野に入れた迅速な決断が要求される。判断を誤れば責任を負わされる。事態が表沙汰になれば、黒崎教授の不興を買うことは確実だし、ドジったらマスコミのさらしものになる危険まで、もれなくついてくる。

なるほど、これなら外科の優秀な人材に任務を振ることができない理由もうなずける。あえて外科オンチの俺が選ばれた必然性がはっきりした。

だが、事情を把握したからといって、事態が好転したわけではない。ハイリスク・ロウリターンのてんこもり。こんな依頼、無理難題などという生やさしい表現では追いつかない。

こういうのを、貧乏くじ、と言うのだ。

少々むかついた俺は桐生にブラッシュボールを投げつけてみた。

「この時期に外部の人間を入れることは、かえってマイナスに思えますが」

「術死の原因はチーム内のシステム・エラーかも知れません。すると、同じ過ちが繰り返されてしまいます。外部の人間が入り込むことにより生じるノイズのリスクと、その人が行ってくれるチェック機構によるセイフティ・エリアの増大とを天秤にかけて、メリットの方が大きいと判断しました」

おみごと。のけぞるどころか踏み込まれ、ジャストミートされてしまった。俺は桐生の圧倒的な正当性に、白旗を揚げた。

「お話はわかりました。私の仕事は次の手術を観察し、何か問題を発見したらその課題に対応して動けばいい、ということですね」

同じフレーズをもう一度、自分に言い聞かせてみる。言葉にしてみると、意外に簡単そうなミッションだ。ま、仕方がない。俺は、抵抗を諦めることにした。

「私でよろしければ、お引き受けします」

その代わり条件があります。まず、手術症例全例の入院カルテを貸していただきたい。カルテのチェックを終えたら、次にスタッフ全員の聞き取り調査を開始させて下さい」

桐生はうなずいた。

「早速手配します。カルテは外来にお届けします。スタッフ紹介と調査日程調整は、明朝七時半、スタッフミーティングで行います。

三日後のオペには、立ち会っていただけるよう手続きをしておきます」

判断が早く、無駄な言葉がない。流麗な言葉遣いを聞いているだけで優秀さがわかる。こういう人間と組めば、無用なトラブルを抱え込むことはない。その代わり、別種の荷物を背負わされることになるのだが。

俺はさりげなく、一番重要な条件を最後にすべり込ませる。

「もう一つ。調査のやり方に関しては一任していただきます。その代わり先生方の業務を最優先に配慮することはお約束します」

桐生はうなずいた。隣で高階病院長がほっとした表情を浮かべた。

自分の思惑と正反対に進む事態を眺めながら、別の理由から俺はうんざりしていた。

俺の憂鬱のタネは手術見学だ。白状すると、俺は血を見るのが苦手で内科系を選択した。学生時代の手術見学で、飛び交う血しぶきに生理的な嫌悪感を感じたのが原因だ。俺は本来、ガテン系の外科体質だが、適性に対する自覚よりも血を見る手術を避けたいという意欲が勝った。そのため医局は、手術室から最も縁遠い科を探し当てた。それが今、俺が属している神経内科学教室だった。

卒業する時、手術室と完全に縁が切れることが一番嬉しかった。あれから十五年、俺の心の中から手術という概念は完全に抹消されていた。そんな俺なのに何の因果か、再び手術室に引き立てられていく。これは天災だ。いや、人災か。

外科医同士のキレのあるやり取りを交わしている高階病院長と桐生を、俺は恨みがましく見つめた。バックに流れるドナドナの旋律の空耳。

ついでに言えば、俺は強要される退屈さも苦手だ。手術は、受ける人や術者にとっては大事だが、はたで見ていてあれほど退屈なものもない。苦手で嫌いなものがてんこ盛りの手術室に居続けを強要されることは、拷問に近い。さっさと問題を解決して、とっととトンズラしよう。でないと大変なことになりそうだ。

高階病院長と桐生の手短な打ち合わせが終わった。一瞬の間。俺はふと思いついて、手許のファイルを取り上げる。

「これ、貸していただけませんか。改めて調べ直すのが面倒なので」

高階病院長は苦笑した。

「構わないですよ。しかし君は変わりませんね。少し言葉の遣い方を勉強された方がいいですよ」

減点3？　いや、さっきまでの分はチャラになっているはずだから、減点1だ。免停を喰らう前に退出しようと、俺は急いで病院長室を辞去した。


「お忙しいところお手数をおかけしますが、よろしくお願いします」

追いついてきた桐生が、隣に並んで頭を下げた。俺の耳に桐生の靴音がカッカッと響く。薄手のカーペットが敷かれているので、そんなはずはないのだが。

「本当に私なんかで、よろしかったんですか」

「院長から田口先生という人選を聞かされた時には、正直言ってびっくりしました。でもすぐ、なるほど、と思い直しました。高階先生は本当に懐が深い」

俺に対する評価はともかく、高階病院長に対する信頼は厚いようだ。

桐生と俺はエレベーターホールの前で立ち止まる。

「私は桐生先生のことは存じ上げていましたが、先生は私のことなんかご存じなかったでしょう？　そんな得体の知れない人間に調査を丸投げして、不安はありませんか？」

「実は高階先生以外からも、田口先生に関するお話を伺ったことはあるんです」

「はあ？」

予想外の答えに、俺は思わず訊き返す。桐生は答える。

「久倉さんという、虫垂炎の患者のことを覚えていらっしゃいますか？　その患者さんの件では主治医だった酒井君が、田口先生にずいぶんお世話になったそうですね。酒井君は今、うちのチームのスタッフなんです」

俺の脳裏に、岩のような沈黙に埋もれた、ごま塩頭の頑《かたく》なな表情が浮かぶ。

そうだったのか。

満員ランプがついたエレベーターが立て続けに素通りする。

「失礼。階段で行きます」

きびすを返す桐生の背中越しに、俺は声をかけた。

「すいません、あと一つだけ。初対面の方に、私の趣味で訊いていることがあるのですが」

振り返った桐生の眼が、「何でしょうか？」と問いかける。

「先生のお名前は確か恭一、でしたよね。どういう由来があるのですか」

「私の名前ですか……？」

桐生は一瞬、遠い眼をした。

「一番になっても恭しさを忘れるな。……外科医だった父が言っていました」

次の瞬間、白衣の裾を翻した桐生は風のように姿を消していた。

一番になっても恭しさを忘れるな、か。凄いものだ。一番になることが当然のことのように折り込み済みなのだから。

俺は日溜まりの中で、ひとりぼんやり、エレベーターの表示灯の往復を眺めていた。頭の中で、その上下するリズムに合わせるように「はーちみつ・きんかん・のどーあめ」というのどかなコマーシャル・ソングのリフレインが鳴り響いていた。

3章　愚痴外来

2月4日月曜日　午前9時30分　1F・不定愁訴外来《ふていしゅうそがいらい》

　東城大学医学部付属病院・病院棟は、小高いという形容詞がぴったりのささやかな丘、桜宮丘陵の上に建つ。三年前の病院棟改築の際、最上階にスカイ・レストラン『満天』が配置された。球つき的な総入れ替えが行われ、最上階にあった病院長室は四階に降りた。

　旧世代は白亜の塔の頂上から、病院長室が市街地を睥睨《へいげい》していた時代を懐かしむ。だが病院棟は市内で一番標高が高く、四階からの眺望は最上階からの風景と大して変わらない。権威の象徴として眼下の遠望が必需品であると考えるのなら、実は四階からの風景でも支障はない。理屈ではそう割り切れても、言うは易しいが行うは難しい。病院長室を下界に降ろすということの是非は別にしても、その決断を実行したことは高く評価されるべきだろう。

　この英断は、四年前に着任した高階病院長の性格によるところが大きい。この点は、衆目の一致するところである。

　病院長室がレストランに場所を譲る。これも時流だ。平然と「患者様」と呼べる神経を持つ人たちが世の中の流れを作っているのだから。彼らは最上階に食堂を配置すれば患者に敬意を示したことになると考える。的外れなサービスは、なおざりで過剰さが目にあまる。マニュアル的な敬意の表し方の裏側には隠しきれない軽視が見え隠れする。こうしたからくりに、一般の人々も気づき始めている。

「慇懃《いんぎん》無礼」……。昔の人の表現には、得体の知れない気持ち悪さを一言で切り取る、いさぎよい美しさがある。

患者や医療関係者でごった返す二階外来ホール。いつもの風景。月曜朝九時過ぎ、ここは戦場だ。飛び交う喧噪をすりぬけ突き当たり、非常階段の表示があるドアをあける。

外付けの非常階段を降りる。部屋は一階資材倉庫部屋の裏にある。設計ミスで、一階内部からは、直接たどりつけない構造になってしまっている。

一階東側、袋小路のつきあたり、日当たりのよい小さなセクション。パーテーションで三つに仕切られたその部屋が、俺の根城だ。

手前はほとんど使われることのない待合室に丸椅子が三つ。

奥はお茶や珈琲《コーヒー》が飲める休憩室で、机一つに黒革の三人掛けのソファが二つ。

真ん中が診療ブースで、机を挟んで背もたれ椅子が二組。部屋の対角隅には、丸椅子がさらに二つ。

部屋のたたずまいは古風で物静かだ。

病院棟は俺が医学部最上級生になる少し前、バブル経済絶頂期に完成した。考えてみるともう十七年も前になる。いけいけどんどんの時代。細部をきちんと詰めることよりも、ジュリアナのお立ち台の勢いとスピードが優先された時代。最終確認を怠ったため、構造上の欠点に誰も気づかないまま、建物は完成した。設計途中で出された隣の資材倉庫拡張という要望に、うっかりこの部屋に続く廊下を割り当ててしまった、というあたりがコトの真相だろうと睨んでいる。

完成直後、部屋の処遇に困った事務方は、隣の資材倉庫の延長の空間として使うことにした。まあ妥当な判断だ。きっとそれくらいしかこの部屋の用途はなかっただろう。

実は俺は、学生の頃からこの部屋の存在を知っていた。

サボリ魔だった俺には、隙間の空間を見つけ出す才能があった。サボるためには、他人に見咎められることのない空間を見つけることが最優先する。そのようにして探し当てた秘密基地。それがこの部屋だった。

こうしたことに上手くなるコツは、他人とは毛色の違う好奇心を持つことだ。

どんづまりの部屋の、はめ殺しのくもり硝子《ガラス》から、光が陽射しの形状を徐々に喪失しながら、部屋に染み込んでくる。その光は柔らかく、昔も今も少しも変わらない。こうしていると、学生の頃を思い出す。

学生時代、ここは俺の一番のお気に入りだった。床に寝そべり古本を読みながら、意味もなく天井のシミを数えたりした。いつの日かここでぼんやりと時を過ごせるようになればいいなあ、と夢見ていたあの頃。

夢はかなう。ただし、半分だけ。ここで時を過ごすという夢はかなったが、ぼんやりと暮らしたい、という残り半分はかなっていない。


奥の休憩室で、藤原看護師がお茶をすすっていた。

年は六十ちょい過ぎ、しかし年齢よりかなり若く見える。顎がはった四角い顔、いかり肩。小柄だが、かっちりとした安心感が全身に漂う。三年前、不定愁訴外来開設にあたり、一月後に定年退職予定だった藤原さんに再任用制度が適用され、専任になった。それ以来のつきあいだ。

藤原さんは手練れの看護師だ。のんびりした口調。ひとつひとつの動作は緩慢に見えるが、ふと気がつくと、いつの間にか要件が済んでしまっている。外科病棟の看護師長、と表現してみるとぴったりはまる。実際、第一外科の看護師長だった時期もあった。それもとびきり優秀だった、らしい。よい評判と同じくらい、芳しくない評判もある。ウワサ好きで、時にはデマすら平気で流す、らしい。

隠然たる政治力があり、その気になれば教授のクビも飛ばすことができる、という危険な評判もあった。任期途中で退任したある教授がその犠牲者らしい。総看護師長候補になったが、政治力がかえって仇《あだ》になり阻まれてしまったというウワサもある。

藤原さんの当時のあだ名は地雷原。物騒な部屋に俺は棲んでいる。

藤原さんが不定愁訴外来の専任看護師になることが決まった時、こうしたウワサの数々を微に入り細にうがちコーチしてくれたヤツがいた。俺に医局内抗争を仕掛けてきた張本人であると同時に、不定愁訴外来の設立のきっかけを作ってくれた功労者、神経内科学教室助手の兵藤《ひょうどう》勉だ。ウワサをあちこちに流通させることで、大学内部での自分の存在意義を声高に主張する、兵藤みたいなヤツはあちこちの医局に散在している。彼らは院内のウワサ・ネットワークのハブ・サーバーだ。

「教授のクビなら飛ばす甲斐もあるだろうけど、俺のクビを飛ばしたところで今さら意味ないよ。もうすでに、半分落ちかかっているんだから」

笑ってやり過ごされたのが不満だったのか、兵藤は不機嫌そうに言った。

「せっかく田口先輩のためにわざわざ忠告してあげたのに。そうやって人の話を聞き流しておいて、あとでえらい目にあったと泣きついてきても、僕はもう知りませんからね」

俺が兵藤に泣きつくだって？　どこをどうひねればそんなアイディアが浮かぶのだろう。浮かんだ疑問を口には出さず、俺はヤツの捨てゼリフを聞き流した。

あれから三年。ご親切な忠告が現実になりそうな気配は、今のところまだない。


俺を見て、時計の針をちらりと確認し、藤原さんはやんわりと言った。

「センセ、遅いですよ」

「今日はね、遅刻じゃないんだ。実は病院長からの緊急呼び出し。ミッション・インポシブルを命じられたんだよ」

「まあまあ、大変ですこと」

藤原さんは、俺の言葉を軽く受け流す。

「どうします、珈琲ですか、それともカルテ？」

不定愁訴外来は、一日五人を上限に予定を組む。今日もかっきり上限五人。俺は、ホワイト・ボードの受診者リストを見て、小さくため息をつく。

「仕方ない、今日はカルテからお願いします」

藤原さんが受話器を取り上げ、外来に連絡。よそいきの声。

「田口外来、藤原です。マキタ・ツトムさんをお連れして下さい」

俺の主要業務は、月・水・金、週三回午前中の不定愁訴外来だ。

不定愁訴とは、軽微だが根強く患者に居座り続け、検査しても器質的な原因が見つからない些細な症状全般を指す。不定愁訴という言葉から医師が連想するイメージは、「相手にし始めたらきりがない」、その一般的な処方箋は、「聞き流す」もしくは「放っておく」である。

不定愁訴外来は、陰では〝愚痴外来〟と呼ばれている、らしい。俗称の方が通りがよい点は、桐生のバチスタ手術と似ている。食堂のひそひそ話でその単語を耳にした時、思わず「座布団一枚」と呟いてしまった。詠み人知らずの作者に対して俺は、密かに敬意を表している。俺の名前をもじっただけではあきたらず、一言で中身まで表現しつくしている。万一俺が聞き咎めても、〝田口外来〟と言ったのだ、と申し開きだってできる。全く大したものだ。

ついでに言えば、俺はグッチーと呼ばれている、らしい。こちらも、面と向かって言われたことがないので確かではない。高級ブランドが似合う二枚目だからということではなく、俺がファッションセンス・ゼロであることに対する揶揄がこめられているようだ。巷《ちまた》では、俺がかつてグッチとシャネルの区別がつかず間違えたというエピソードがその由来だと囁かれている。しかしこのウワサはまるきりのデマだ。

俺だってシャネルくらいはわかる。間違えたのは、グッチとエルメスだ。

愚痴外来は場所がわかりにくいため、紹介元の外来看護師がカルテと一緒に患者を連れてくるシステムだ。手間暇がかかる仕組みなので、提案した時には看護課が却下するだろうと思っていた。ところが意外にも、藤原さんの提案はすんなりと通った。

理由はすぐに判明した。引率してきた外来看護師は、診察が終わるまで奥の小部屋でくつろいでいく。藤原さんは聞き上手らしく、看護師はたいてい、お茶を飲みながら話し込む。こうしたことは厳密に言えばサボリだと俺は思うのだが、看護師全員に平等に与えられる権利なら、あまり問題にはならないらしい。

「だから私は言ってさしあげたんです。少しは周りの人の気持ちを考えなさいって。そしたらヤエさんったら、こう言うんですよ。あなたの話はしつこいって。ひどいと思いませんか。私は彼女のことを思って言ってあげているだけなのに」

和服を上品に着こなしたカネダ・キクさんは、ため息をついた。黙って座っていれば、生け花の師匠と言っても十分通用する。五人目、不定愁訴外来の最終ランナーは馴染みの客だった。肺癌術後二年だが、完治した傷跡の痛みを外来で延々と訴え続ける。話が長く全身状態良好だということで、不定愁訴外来送りになった。今日で五回目、どうやらここがお気に召したらしい。

キクさんには軽度の痴呆があると、俺は睨んでいる。このエピソードを耳にするのは三回目。忠告相手の名前は入れ代わるが、中身は同じ。一回目はカネさん、二回目はマツさん、そして今日はヤエさんだ。

寸分違わぬ話を最後まで終えないと機嫌が悪くなる。それだけではなく、相手を攻撃し始める。痴呆と人格障害の境界を見極めるのは、専門医でも難しい。

人格障害という診断は、相手がいて初めて成立する診断だ、と思う。絶対的診断ではなく相対的診断だというのが俺の持論だ。たとえ人格障害であったとしても、相手が仏さまのような広い心で受け入れてしまえば、その事象は消滅してしまうだろう。そんなことを夢想するにはこの空間は最適だし、キクさんの話も、こうしたことをゆっくり考えるための環境音楽だと思えば、むしろ心地よい。

こうした話を聞き遂げるシステムは、普通、大学病院には存在しない。ひとりの患者のよもやま話にとことんつきあうなどということは、大学病院のシステム下では許されることではない。精密機器製造工場と見まがうばかりの、最先端技術を誇る大学病院に、そこまで求めるのは酷というものだ。

大学病院には、神さまや仏さまが滞在できるゆとりは、とうに失われている。

神さまや仏さまがいなくなった医療に対し、社会の視線は厳しさを増している。その是正のため、大学病院の仕組みを根幹で支えてきた医局制度を改革しようという機運が高まった。大学の独立行政法人化や、新臨床研修医制度の改訂といった、大学病院改革の一連の動きはその一環だ。こうした動きは、患者主体の医療を成立させるという大義名分があり、広く支持されているように見せかけられている。だが、その底流には、いかがわしい意図が見え隠れする。誰かが密かに、大学医学部が持っていた権力を削ぎたがっているのだ。独立行政法人化でカネを減じ、研修医制度を変えることで兵隊の供給を絶つ。秘かに展開されている戦略は着々と進行している。

大学医学部に対し兵糧攻めを敢行しているのは誰か。少なくとも中央省庁の官僚が主力軍として加担し、陰に陽に蠢動《しゅんどう》していることだけはほぼ間違いない。彼らは長年の医療行政の失敗の罪をすべて、前近代的で鈍臭い大学医局制度になすりつけようとしている。医療改革を訴えながら、自分たち自身の組織改革には全く手をつけようとしない霞ヶ関の現状が何よりの証明だ。但し、これらは状況証拠に過ぎないのだが。

他者への奉仕を義務づけられた大学病院という公家組織と、自分たちの組織の維持と拡大を日々の生業《なりわい》に組み込むことができる官僚精鋭軍が闘えば、力量差は歴然としている。陰謀をからめた情報戦に持ち込まれた時点で、すでに戦闘は終結したに等しい。

俺は、しがらみでがんじがらめの大学病院制度が変わっていくことに対しては、特に感慨はない。それでも昨今の拙速な大学改革の議論に身を任せていると、江戸の狂歌がふと浮かぶ。

……白川の清き流れに魚棲まず　泥の田沼の昔なつかし……

大学病院の内部に眼を転じると、過去の医局政治のルールに従っててっぺんに登りつめた人たちが病院の舵を執っている。しかし、彼らが権力の階段を登ることに全力を傾注している間に、世の中のルールが大きく変わってしまった。彼らはハシゴを外され時代に取り残されてしまった彼らは、世の中からのしっぺ返しにうろたえている。それは不祥事公表時の謝罪会見の際に、ずらりと並んだ病院のお偉いさんたちが見せるおどおどした表情に象徴されている。彼らの表情からは、異口同音の訴えかけが読みとれる。

「なぜ、私が頭を下げなければならないのだ？　一体どこで間違えた？」

そんな彼らから見れば、愚痴外来の患者などはみんなクレーマーに見えるに違いない。しかしクレーマーと適切な批判は紙一重で、立場とタイミングが変われば、善悪はオセロの駒のように目まぐるしく入れ替わる。大学病院としても、これまで冷たくあしらっていた、患者の小さな不平不満の声を無視できなくなりつつある。

ここに、俺の存在意義がある。

口さがない連中が愚痴外来のことを、ボランティア外来とか、窓際患者のふきだまり、と呼んで冷笑していることは知っている。皮肉なもので、そういう連中に限って、トラブルを引き寄せ、俺の外来に患者を送る羽目になるものなのだ。

するとは彼らは日頃の侮蔑を棚に上げ、自己弁護に傾注する。業務が多忙で対応できなかったと、必死に弁解する。しかしそれはまやかしだ。どれほど忙しくても、そういうトラブルは決して起こさないタイプの医師もいるからだ。要は、その医師が持つパーソナリティとコミュニケーション能力、つまり医師としての総合力が問題なのだ。

断言してもいいが、例えば桐生が俺の外来に患者を送ることは絶対にないだろう。


「そんなわけで、ようやくその場を収めることができたんですの」

話を始めて五十分、キクさんの話はヤマ場を越えた。安堵とも満足ともつかない表情が浮かぶ。その瞬間を捉えて俺は、今日初めてキクさんに問いかける。

「よかったですねえ。本当によかった。……ところで傷のお加減はいかがですか？」

キクさんがここに来た理由は、肺癌術後の傷が化膿して痛む、と繰り返し訴えたからだ。外見上は完全治癒、痛みはあっても化膿はしていないことは、外科オンチの俺から見ても明らかだ。そのため呼吸器外科適応外とされ、愚痴外来送りになった。言うなれば体《てい》のいい厄介払いだ。

「気候がよくなってきたせいか、ここのところ、ほとんど痛みませんの」

「それは結構ですね」

俺は笑った。心底よかったと思える。こうしたことを偽善的だと陰口を叩くヤツはいるが、本音なのだから仕方ない。

「もうじき春ですからね。今年もきっと、さくらがきれいでしょうね」

「ええ、ここは見事な桜並木ですもの。とっても楽しみ」

「今回は、痛み止めのお薬はどうします？」

キクさんは、小指を頬にあてて、首を傾げた。

「そうねえ、試しに無しでやってみようかしら」

「そうしてみますか……。もしも急に痛くなるようなことがあったら、いつでもいらして下さいね。すぐにお薬を出しますから」

キクさんはお辞儀をした。部屋を出ると、もう一度丁寧にお辞儀をした。

ばたん、と扉を開けて、奥の部屋から看護師が飛び出してきた。小さく会釈を残して俺の横を小走りにすりぬける。すぐにキクさんの後ろ姿に追いついた。

お大事にね、と藤原さんが、その背中に向かって間延びした声を投げた。


時計は午後一時を回っていた。

「今日は早かったですね」

「そうですね。珈琲をいただけますか？」

はあい、というのんびりした返事。アルコールランプに点火したのだろう。珈琲のかすかな香りが漂ってきた。

俺は珈琲にはうるさい。いまだにサイフォン式の淹れ方にこだわっている。

藤原さんに不定愁訴外来専任看護師になってもらった時、珈琲に関してだけはわがままでぜいたくなお願いをした。インスタントで我慢して下さいな、と文句を言われたが、結局、俺のささやかな望みはかなえられた。

最近藤原さんが、沸騰した湯がフラスコグラスをゆっくりのぼっていく光景を、ぼんやりと、見方によってはうっとりと、見つめていることがあるということに、俺は密かに気がついていた。

十分後。とろけた午後の陽射しが部屋にさし込んでいる。外来を終え珈琲を飲む、このひとときが、俺はけっこう気に入っている。そういえば小学生の頃、おそるおそるのぞいた職員室がこんな雰囲気だったことをふと思い出す。

＊

三年前。不定愁訴外来が開設された当初は、開店休業状態が続いた。ところがしばらくすると、口コミで入院患者の間で話題になり、受診希望が殺到するようになった。一人の患者に三十分、油断すると一時間以上かかってしまうようなこともざらだった。

やがて神経内科外来の看護師からクレームが押し寄せた。コトが担当看護師が昼食を取れない、という基本的人権に関わる問題だったので、抗議は熾烈《しれつ》だった。

大学病院では看護師の序列は高い。その地位は下っ端の医師よりはるかに高い。看護師の勢いに恐れをなした有働《うどう》教授は、不定愁訴外来を閉鎖しようとした。事勿《ことなか》れ主義の誹《そし》りはあるが、まあ妥当な判断だ。俺は教授の決定に素直に従った。

すると意外なことにと言うか、困ったことにと言えばいいのか、今度は他科の病棟や外来から文句が出た。不定愁訴外来は、いつの間にか、病院全体から必要とされ支持される存在になっていたのだ。

「何とかならんか」

有働教授は頭を抱えて、俺に相談してきた。今さら何とか、と言われてもなあ。

深く考えなかったが、ひらめきとは、どうもそんな時にやってくるものらしい。教授の肩越しの景色をぼんやり眺めているうちに、ジグソーパズルの最後の一片がかっちりと形をなした。

「不定愁訴外来だけ切り離して、どこか別の場所に移したらどうでしょうか？　そこで看護師さんのヘルプなしで、ひとりでのんびりやりますよ」

「アイディアは悪くないが、そんなスペースなんて、どこにもないぞ」

そこで俺は、学生時代の隠し部屋の存在を打ち明けた。俺がそこでサボっていたという事実は、抽斗《ひきだし》の奥にそっと隠して。

「本当にそんなへんてこな場所があるのか？」

半信半疑で、教授は事務のダイヤルを回した。驚いたことに担当係も部屋の存在を把握していなかった。数代の入替のうちに、口伝継承が失われてしまったようだった。事務長と図面を抱えた用度係がやってきた。額を寄せて検討した結果、俺の話は本当らしい、という結論に達した。早速、全員で部屋に足を運んだ。

埃っぽい部屋は、人が訪れることが滅多にない田舎の古い建物の匂いがした。俺がこっそり小説を読みふけっていた頃と寸分違わず、荷物が散乱していた。一瞬、うっかり時を遡航してしまったか、と錯覚した。

部屋は辛抱強く、主《あるじ》の帰還を待っていた。


有働教授は部屋を見渡しながら、用度係の事務員に言った。

「この部屋を使うことに関しては、問題はなさそうだな」

「かんじんの看護師の方はどうします？　人員の余裕はありませんよ。今でさえ、外来からは看護師の増員要求が出続けているくらいですから対応はできません」

「私の方は話を聞くだけですから、一人で対応してもいいですよ」

「でも、病院のシステムの一部なんですから、そういう訳にもいかないでしょう」

事務長は眼をつむって腕を組み、俺たちのやり取りを黙って聞いていた。やがて、ふと眼を開けると言った。

「田口先生、正規の看護師でなければいけませんか？」

「どういうことでしょうか」

それは、定年を迎え再任用希望が出ている藤原看護師長を、不定愁訴外来の専任看護師に当てるというアイディアだった。その提案に同意した瞬間、この空間は俺の城になった。

運よく当時行われる寸前だった病院棟の改築構想に組み込まれ、俺の城にささやかなリフォームがほどこされることになった。

これが、俺が今、この部屋にいる由縁の物語だ。

＊

珈琲の香りに誘われて、過去の記憶の海原に漂っていたら、部屋の外に響く力強い足音でこちらの世界に呼び戻された。ノックの音に続いて、男が扉をあけた。藤原さんが若々しい声を上げて男を迎え入れる。

「加藤君じゃないの。ずいぶんお久しぶりね。どうしたの、そんなに息を切らして」

「ここって、エレベーターが使えないんですね。参りました」

両手に持った金属籠にはカルテが詰まっていた。普段、外来カルテは看護師が持参するので、事務のカルテ係が部屋を訪れる機会はない。小太りの若いカルテ係は、息を整えてから、改めて俺に報告する。

「桐生先生からのご指示で、とりあえず二十七人分の入院カルテをお届けします。もし、残りの三人分や、外来カルテが必要でしたらご連絡下さい」

俺は、不足分が初期の症例分であることを確認した。

「多分、これで十分だと思います。ありがとうございました」

「加藤君、ごくろうさま。珈琲一杯飲んでいけば？」

「ありがとう、フジさん。月曜日は忙しくてさ。また今度ご馳走してよ」

「火曜・木曜は田口先生もお暇だから、ゆっくりお相手できるわ。また来てね。美味しい珈琲をご馳走するからね。絶滅危倶種の、サイフォン式本格焙煎珈琲よ」

「そいつはすごいですね」

加藤は嬉しそうに笑う。

「あの、珈琲豆は私の自腹なんですけど……」

しみったれた俺のセリフは、藤原さんの天真爛漫な笑い声に吹き飛ばされる。


多忙な月曜の朝にこんな依頼をしたなら、三十冊という数を見ただけで瞬時に週末回しだろう。間がよければ明朝一番に半分届く、かも知れない。それが半日足らずでほとんど全部届いたということは、カルテ係が桐生の依頼に最優先で対応したということの表われだ。病院内での桐生のヒエラルキーの高さが本物であることが、よく理解できた。

自分と真逆のスタイル、時間感覚も正反対だ。何かが俺をせきたてる。こういうヤツと組むと長生きできないぞ、と本能が囁く。

明朝のミーティングも、さぞ密度の濃いものになるのだろう。こいつはうかうかしていられない。俺は心の中のスケジュールを、大幅に前倒しに変更した。

こんなヤツとつきあうのはストレスのもと。誰が見ても、これは怒濤の人災だ。

4章 チーム・バチスタの奇跡

2月4日月曜日　午後2時　1F・不定愁訴外来

スケジュールは前倒しするが、順序は替えない。手始めに、高階病院長から貸りた記事を読み直す。昨年八月十五日、十六日の二日に渡る特集記事だ。
藤原さんに珈琲のおかわりを頼んだ。ソファに沈み込み記事を読み始める。
去年の夏は暑かったのか、涼しかったのか？　記憶を探ってみて、去年の夏がかけらも残っていないことに気づいて、少し驚いた。

時風新報　桜宮版　現代医療最前線シリーズ　8月15日（月曜日）付

チーム・バチスタの奇跡（上）◆ミッション・少女の笑顔を取り戻せ
（取材　別宮葉子記者、協力　東城大学医学部臓器統御外科ユニット）

「今日、合唱のメンバーに選ばれたよ」帰宅するなり、真菜さん（仮名）は母親の孝子さんに報告した。

「すごいじゃない」喜ぶ孝子さん。ほほえましい光景だが、普通の家庭とどこか違う。孝子さんの眼には涙が浮かび、真菜さんの胸には手術の傷跡が残っている。

真菜さんが拡張型心筋症と診断されたのは小学二年生の時。もともと身体は丈夫な方ではなかったが、道を歩くだけで息切れが続き、近所の病院を受診した。そして苦悩の日々が始まった。

心臓は全身に血液を送り出すポンプだ。拡張型心筋症は心筋が伸びきったゴムのようになる、原因不明の難病だ。根本的な治療法は心臓移植だが、日本では小児の臓器移植は行われていない。そこで注目されるのがバチスタ手術だ。心筋の一部を切り取り縮小縫合し、心臓の収縮機能を回復させる。心臓移植の代替手術だが、状態が劇的に改善される例も多い。だが日本でこの手術を行う施設は少ない。何しろ成功率六割、難易度が極めて高い手術なのだ。

真菜さんは幸運だった。桜宮市には東城大学医学部付属病院があった。


東城大学医学部臓器統御外科にはチーム・バチスタと呼ばれる心臓外科手術チームがある。チームを率いる桐生恭一助教授（42）はバチスタ手術の世界的権威だ。真菜さん親子は、すがるような気持ちで病院の門をくぐった。すぐに検査、入院、手術。他では考えられない対応の早さだった。

「不安を感じる暇がなかった、というのが本音です」振り返ってみて、孝子さんは笑う。記者の質問に真菜さんも笑顔で答える。

「全然怖くなかった。桐生先生ってすごく優しいんだよ」

しかしながら、医療界の一部には、こうした高リスクの手術を行うことに対する批判も多い。

そうした声に対し、桐生助教授は答える。

「私たちのチームは、心臓移植にも対応できます。けれども臓器移植法の規定に従えば、日本では小児心臓移植は行えません。このまま座して状況が変わるのを待つか、現状で可能なことを行っていくか。患者の希望に応えるために、私はひとつの答えを選択したのです」

十年の永きにわたり勤務していたフロリダ・サザンクロス心臓疾患専門病院から帰国して半年。桐生助教授を招聘した臓器統御外科学ユニット・黒崎誠一郎教授は語る。

「桐生君の招聘にあたっては院内でも議論がありました。東城大学の方向性を決める選択でもあったからです。私の専門は大動脈瘤バイパス手術ですが、それを高めていく方向か、心臓外科をキーワードに広く展開をめざすべきか、という二択になりました。後者を選択をした私の判断は正しかったと確信しています。こうして日本の医療の向上に貢献することができたのですから」

写真に、桐生と黒崎教授が並ぶ。満面の笑みを浮かべる黒崎教授。その隣では、桐生が、かろうじて微笑んでいることがわかる程度の、すれすれの笑顔を浮かべていた。

桐生の招聘に一番反対したのが黒崎教授だったことは、東城大学医学部における基礎知識だ。当時、教授会では将来の方向性という本質論が議論されていた。実のある議論が行われることは稀《まれ》と言われていた教授会では、珍しいことだった。愚痴外来、もとい、不定愁訴外来が成立したのも、こうした状況が背景にあった。

画期的な提案をしたのは高階病院長だった。グローバルな視点から、東城大学に新しい看板を掲げよう、という単純明快な主張を行った。米国で売り出し中だった桐生を助教授に招聘し、日本の心臓移植のメッカにするというグランドデザインを呈示した。これに対し黒崎教授は頑なに反対意見を主張し続けた。対案を出すこともなく、針の飛んだレコードのようにリフレインし続けたという。

「第二外科の教授が、第一外科人事に介入することは掟破りだ」

黒崎教授の宗旨替えをした時期に興味がわいた。だがそれを調べあげても、きっとむなしくなるだけだろう。教授になるには、厚かましさという資質が必要不可欠なことだけは、はっきりしているようだ。

次の切り抜きに目を移す。こちらの記事には見覚えがある。病院中庭の噴水前、チーム・バチスタのメンバーの集合写真。中心で桐生が誇らしげに胸を張る。

スタッフ全員の視線は高く、中天に注がれていた。

時風新報　桜宮版　現代医療最前線シリーズ　8月16日（火曜日）付

チーム・バチスタの奇跡（下）◆チーム・バチスタの成立

（取材　別宮葉子記者、協力　東城大学医学部臓器統御外科ユニット）

東城大学医学部臓器統御外科ユニットで、チーム・バチスタと呼ばれる心臓外科チームを率いる桐生恭一助教授にミスター・パーフェクトと称される手技について、質問してみた。

「私は、自分の手術をパーフェクトと考えたことはありません。世界を見渡せば、上がいます。手術は論理の積み重ねです。切断できるところは切断する。切断できないところは、結紮《けっさつ》し切断する。組織をメスで切離《せつり》し、適切な強さで縫合する。単純な作業の反復です。

それだけのことですが、私はこれまで、心から満足する手術ができたことはまだ一度もありません。凡事徹底が、いかに難しいか。けれども手が届かない場所ではありません。患者の命がかかっているのだから、そこを目指すのは当然です。私はパーフェクトではありませんが、パーフェクトを目指しています」

高リスクのバチスタ手術を百％成功させ続けていることは、奇跡ではないでしょうか？

「連勝記録はいつか途切れるでしょう。今、私にできることは、運任せになる部分をできるだけ少なくする努力をすることです。このチームに奇跡と呼べるものがあるとしたら、それはチーム全員がこの気持ちを共有し、各自が最大限の努力をしている点です。幸運だったのは、チームの人選を一任していただけたことです。赴任後二ヶ月は執刀せず、手術を見学し続けました。各自の仕事ぶりをこの目で確認し、私自身がメンバーを決めました。最良の人選です。優秀な人材は他にもいますが、チームとしての組み合わせはこれがベストです」

チーム・バチスタのメンバーを紹介する。

第一助手　垣谷雄次講師（49）胸部大動脈瘤バイパス手術の専門家。症例経験は県内トップクラス。桐生チームの右腕。医局長でもある。

第二助手　酒井利樹助手（30）自らチーム・バチスタに志願した熱血漢。患者と直接接する病棟での信頼も厚い。

麻酔医　氷室貢一郎講師（37）特殊麻酔時における正確無比な判断は折り紙つき。麻酔医は縁の下の力持ち。冷静にチームを支える。
臨床工学士　羽場貴之室長（53）チーム最年長。人工心肺のスペシャリスト。手術室のリスクマネジャーも兼任。人工心肺は手術時の心臓。彼の技術が手術時の患者の命に寄り添う。
看護師　星野響子（24）チーム・バチスタの紅一点。特殊な手術器械を、適切なタイミングで術者に手渡す。動体視力と反射神経の良さが高い評価を得ている。新卒で手術室に配属、二年目の大抜擢。

チームには病理医も参加している。基礎病理学教室助教授・鳴海涼（37）。桐生助教授の義弟で、桐生医師と同時に招聘された。病理医は、内視鏡検査や手術で摘出された検体を染色処理し、顕微鏡で観察し診断する。その診断が医療行為の基礎となる。病理医というと物静かな学者というイメージが強いが、鳴海助教授の場合は色合いが異なる。手術に立ち会い、切除範囲に関し踏み込んだ助言もする。時に術者の桐生氏と切除範囲をめぐって激論になることもある、という。

桐生助教授は言う。

「義弟は、フロリダでは外科医として助手を務めてくれたのですが、その後本人の強い希望で病理医に転じました。バチスタ手術で重要な術中診断を引き受けてもらっています」

鳴海助教授が確立したダブル・ステイン法とは従来の染色法を応用し、心筋変性部の特異抗原に対する抗体を樹立、迅速免疫染色法と特殊繊維染色を併用する診断技術である。専門外の記者には理解困難だったが、専門家でもその理論を理解することは難しいのだと鳴海助教授は言う。この技術により切除範囲を迅速に決定でき、手術成績向上につながっているのだそうだ。

米国で大成功を収めた桐生助教授が、日本に帰国したのは何故だろう。

「かつて日本で心臓外科医として勤務していた頃、技量及ばず私の眼前で失われた少年の命がありました。その時、技量を極限まで磨き上げ、いつの日かこういう子供の命を助けてみせると誓ったんです。私は日本の子供たちの命を一つでも多く救いたくて、日本に戻ったのです」

綺羅《きら》、星の如きメンバーが参集した心臓外科手術チーム。彼らは「チーム・バチスタの奇跡」、あるいは「グロリアス・セブン（栄光の七人）」と呼ばれる。

このチームが、日本医療の輝ける星であることに、疑いを持つ者はいない。


記事を読み終えた俺は、ソファに沈み込む。

気障を絵に描いたようなヤツ（気に障ると書いてキザと読む）。またそれが違和感なくなじむものだから始末に負えない。

桐生は、周りに劣等感と嫉妬心を呼び起こす。こういうヤツは、遠くから眺めているのが一番いい。身近にいると、あら探しをしたくなる。そんなものが見つからないことを思い知らされ、自分の卑しさばかりが浮かび上がり、自己嫌悪に落ち込む。こんな暑苦しいヤツを調査する羽目になるとは、本当についていない。

そういえば今年は前厄だった。

気を取り直して、カルテの読解に取りかかる。肩慣らしに手術リストをながめる。一例目は28歳女性。当初は月二例だった手術が、すぐ月三例ペースになる。

ケース4、4月27日、佐々木洋子、女、11歳
時期と年齢から推測すると、この子が「真菜ちゃん」だろう。単調な氏名の羅列に視線をすべらせていくと、ようやくリスト末尾にたどりつく。
ケース27、12月21日、高田久絵、女、54歳・D
ケース28、1月9日、榊原雄馬、男、9歳
ケース29、1月17日、田中良一、男、41歳・D
ケース30、1月25日、鈴木弘幸、男、59歳・D

末尾のDは、Dead（死亡）だろう。無言のDの文字のたたずまいから、桐生の無念さが伝わってくる。

男性十七例、女性十三例。下は九歳、上は六十九歳。半数弱が小児症例。桐生はフロリダでは小児の心臓移植が専門だったと聞いたことがある。初期のカルテが三例抜け落ちていた。貸出先は酒井。おそらく学会発表にでも使うつもりだろう。

俺はカルテを丹念に読むことには慣れている。乱雑なカルテから事実を読み取る能力には長《た》けている方だと思う。愚痴外来では、カルテにも記載されていないことを相手にすることも多い。中にはとんでもないカルテもたくさんある。

バチスタ・カルテを一目見て、その緻密さに驚いた。酒井が標準レベルをはるかに超えた丹念な記載をしている。普通なら花丸間違いなしだ。驚いたことに、その記載の上にさらに詳細な記載が付与されている。そして桐生のサイン。こうしたことをきちんと行う指導医は少ない。実際、従来型の指導医の典型と思われる垣谷の記載はほとんど見あたらない。

次に手術記載、麻酔記録と看護記録を丹念に読む。

手術記載は英語で記載されている。無駄がない文章は英語でもわかりやすい。桐生の英語力は本物だ。考えてみれば当然で、日本で医療を行っていた経歴よりも米国での医師歴の方がはるかに長いという点から見れば、桐生はもはや米国人だと言っても差し支えないだろう。

麻酔記録と看護記録がいい加減なことは、普通はまずない。冠動脈疾患ケアユニット（CCU）記録もきちんとしている。だが今回の件ではCCU記録は検討しない。なぜならCCUは心臓手術の術直後の不安定な時期に入室する心臓手術版のICUに相当する部署なので、術死症例とは無縁なのだ。

慢性疾患患者の分厚いカルテを見慣れた俺には、バチスタ・カルテはとても薄く感じた。Dカルテ（術死カルテ）はさらに薄い。バチスタ・カルテの半分。CCU記録や術後看護記載がないからだ。その代わりDカルテの最後には黒枠で囲まれたセロファン紙が一枚挟まれている。死亡診断書だ。

カルテの薄さと黒枠の裏表紙。中断された物語。術死とは、つまりそういうことなのだ。


手術時間は平均三時間、死亡症例では四時間。Dカルテでは再鼓動後、一時間手術時間が延長されている。再鼓動せずという文字と手術終了を乱暴に結ぶ波線矢印。ばたついた手術室の光景が垣間見える。

Dカルテにサンドイッチされた成功症例ケース28が燦然《さんぜん》と光る。九歳の男子、榊原雄馬君は、手術時間三時間、他の成功症例と寸分も変わらない。

三冊のDカルテを、様々な角度から検討した。住所、生年月日、家族構成、果ては血液型や趣味まで。一時間後、当院患者ということ以外の接点はないという結論に達した。ミステリー小説の主人公ならば、ここからあっと驚く共通項を抽出するのだろうが。

再度リストを見直して、ふと思う。桐生は成人の手術が苦手なのだろうか。

一通りカルテを読み終えた時には、夜九時を回っていた。窓の外は分厚い闇に包まれている。藤原さんが帰り際に淹れてくれた珈琲が、夜の底に冷たくこびりついている。

押し寄せる疲労の中、俺は心の中のメモ帳に、確信、と書き留める。

「桐生や高階病院長の不安は過剰反応ではない」

意外な発見、と追記。

「俺は桐生の手術を見学することを楽しみにし始めている」

5章 顔合わせ

2月5日火曜日　午前7時30分　2F・手術部カンファレンスルーム

朝七時。手術室に吸い込まれていく人たちの平均年齢は若い。研修医、麻酔医、器械出しの看護師など、手術を舞台裏で支える人たちだ。

生あくびを嚙み殺し、俺は手術室の前に佇んでいた。ここでは、俺は場違いな存在だ。白衣の着こなしのだらしなさだけは似ていても、俺に決定的に欠けているものがある。扉を軽やかにすり抜けていく連中は例外なく、修羅場の匂いを漂わせている。

人を切り刻むのだから、当たり前か。

俺は、手術室に入れずにうろうろしていた。縄跳びの〝お入りなさい〟のタイミングがつかめないトロい女の子と、自分の姿がふとダブる。

「田口先生、こんなところでどうされたんですか？」

元気な声に振り返ると、酒井が立っていた。カルテとレントゲンフィルムの袋を両腕で抱きかかえている。明るい声と裏腹に、その眼には警戒色が表れている。

「久しぶりだね。実は君のボスに、術前カンファレンスに出席するように呼び出されたんだ。けれど、手術室の敷居が高くって困っていたんだ」

「桐生先生が、田口先生をお呼びしたんですか？　そりゃあ、鬼の霍乱《かくらん》かな」

「俺にもよくわからないんだ。詳しくはボスから直接聞いてくれよ」

　説明するのが面倒で、俺は小さなウソをついた。


　酒井に案内されたのは、殺風景な小部屋だった。

　男性二人、女性一人がソファに座っていた。

　無愛想に置かれたソファと事務机。シャーカステンの乱雑なタコ足配線。光量の落ちた蛍光灯。煙草の香り。カラのビール缶。吸い殻がへばりついている。それらすべてに薄い影。

　女性が煙草をふかしている。大学病院が全面禁煙になって久しいが、ここは治外法権らしい。

「相変わらず、お早いですね。まだ十五分前なのに」

　明るい酒井の声には無反応。見慣れぬ闖入者である俺に視線が集まる。

「こちら、東城大学医学部神経内科学教室の屋台骨を支える田口先生。オペ室の皆さんにはあまりご縁はない方でしょうけど、僕はずいぶんお世話になりました」

　含みのある言葉。確かにずいぶんお世話をしたことがある。

「愚痴外来の先生でしょ」

　煙を吐きながら、女性が呟く。小さな声が意外なほど響く。酒井は、田口外来の田にアクセントを置いて言い直し、取り繕《つくろ》う。

「なんだ、大友さん、田口外来をご存じだったんですね」

「フジさんの行き場を作って下さった田口先生のことは、ここの看護師なら誰でも知ってるわ」

　低い声。俺は看護師を見た。鋭角的な顔の輪郭。長い睫毛《まつげ》。記事では新人の星野響子だったが、酒井は大友と呼んだ。結婚でもしたのだろうか。三十代前半に見える。少なくとも二十代前半ではなさそうだ。ひょっとしたら別人かも知れない。

「桐生先生がお呼びしたんだそうです。一体何の用なんだか」

酒井が発した桐生という単語に反応したように、彼女は煙草を灰皿に押しつけた。手術帽の端からはみ出たほつれ髪がかすかに揺れた。

俺はあいまいに頭を下げ、ソファに腰を下ろした。部屋は俺が入る前と同じように、澱んだ静けさに戻った。部屋を見回す。

大柄の男は五十代。かちゃかちゃと金属音。ちんまりした知恵の輪と太い指がアンバランスだ。やせた男は英語論文のコピーを読んでいる。小さく咳込む。年齢不詳の風貌。

酒井だけが元気よく動き回っていた。カルテを開いてテーブルに置く。レントゲンフィルムを選別する。フィルムをシャーカステンにひっかけ、ライトをつける。見ていると、動きがそつなく早いという点では、桐生に相通じるところもないわけではない。しかし格が違うことは一目瞭然で、どこかしら雑で端正さを欠く雰囲気が、動作の端々からこぼれ落ちる。

準備を終えた酒井は、一人分空けて、俺の隣に腰を下ろした。七時二十五分。

「そろそろ垣谷先生が駆け込んできますよ」

酒井の言葉が終わるのを見計らったように、荒々しくドアが開いた。

「セーフ。あぶなかった。駐車場で接触事故があってさ、ちょっとした渋滞だったんだよ」

野太い声で誰ともなしに説明した後で、垣谷は俺に気づいて怪訝な顔をした。

「田口先生、何でこんなところに?」

質問に答えようとした時、開け放しのドアから、桐生が部屋にすべり込んできた。

ゆるんだ空気が一変した。全員、一斉に立ち上がる。俺も慌てて皆にならう。

桐生は俺に黙礼し、続いて皆に挨拶をした。桐生の挨拶に全員が唱和する。

挨拶斉唱が終わり、おのおの思い思いにソファに沈み込む。座るタイミングを逸した俺は取り残され、慌てて座ろうと中腰になったところへ桐生が歩み寄ってきた。曲げた腰を伸ばし、気ヲ付ケの姿勢をとる。桐生は隣に立ち、スタッフを見渡す。

「こちらは不定愁訴外来の田口先生です。今回、術死症例の調査と、うちのチームの内部調査をお願いしました」

桐生はスタッフの顔を見回す。酒井が驚いたように俺を見る。

「私は一連の術死に納得していない。いくら考えてみても、どうしても理由が思い当たらない。システム・エラーが紛れ込んでいる可能性もあるし、私自身の技術が未熟なせいかも知れない。そこで外部の方に調査をお願いした。但しこれは、犯人探しではない。仮に調査によって原因が見つかったとしても、全責任はこれまで問題点に気づかなかった私にある」

「桐生先生の技術が未熟だなんてこと、絶対にあり得ません」

酒井の声が響く。微かに漂うおもねりの匂いに、軽い吐き気を覚えた。

「世の中には絶対ということはない。内部からは見えないこともある。まあ、そういうことだ」

桐生は続ける。

「高階病院長に内部監査をお願いしたのだが、リスクマネジメントを動かすのは時期尚早ではないか、というお返事だった。その代わりに予備調査を提案され、われわれの全面協力を条件に、田口先生に調査を引き受けていただいた」

スタッフの視線が、桐生から俺に集中する。俺はどぎまぎした。由来を説明するガイドに指さされ初めて注目された、博物館の地味な展示物の気持ちがした。

垣谷が発言した。

「明後日はアガピ君の手術予定です。現場は相当ばたつくでしょう。聞き取り調査は明後日以降にしていただいた方がいいのではないでしょうか」

桐生は俺に、直接自分で答えるようにと眼で促す。俺はやむをえず口を開く。

「実は私も、突然の依頼でとまどっています。ご存じのように、私は手術に関しては全くの門外漢です。そんな私に白羽の矢が立ったのは、先入観のない素人の視線が必要とされているからだと思います。お引き受けした以上、できるだけ徹底した調査をしようと思っています。これは、チーム・バチスタのため、そして東城大学医学部付属病院のためですが、何よりも患者の安全のためです。どうか、ご理解下さい」

俺の言葉に周りは静かになる。俺はスタッフを見回した。

「昨日から、急いで皆さんの記事を読み、カルテも拝見しました。けれどもそれでは、とても間に合いません。私に手術の予備知識がないことを考え併せると、できるだけ早く皆さん全員からお話を伺うことが必要です。皆さんそれぞれご事情はおありでしょうが、今日と明日の二日間でお話を伺わせて下さい。一人当たり三十分もあれば済むと思います」

「事情聴取、というわけですね」

酒井がまぜかえす。俺は笑顔でやり過ごす。筋肉質の男が挙手。ためらいのない口調に、一部門の責任者の自信と風格がにじみ出る。

「臨床工学士の羽場です。私や看護師など、コ・メディカルも聞き取り調査の対象になるのですか。術死の原因と直接関係ないと思うのですが。それにオペ室の勤務形態は他の部署とは違うので、ご協力できない可能性もあります」

「スタッフ全員のお話を伺うことは、どうしても必要ですのでご協力をお願いします。一見無関係に思える些細な気づきが、問題解決のきっかけになることもあると思います。

勤務形態の話はわかりました。この件は、私も最優先事項として対応します。お時間は、夜遅くでも、朝早くでも構いません。その他、ご要望があれば対応させていただきます。遠慮なくおっしゃって下さい」

沈黙が流れた。羽場は抵抗を諦めたようだ。他に質問がないことを確認した桐生は、最後に念を押した。

「田口先生の調査に協力することは最優先事項です。ミーティング終了後、各自、田口先生と日程調整をして下さい」

桐生は、スタッフを紹介した。臨床工学士の羽場、やせぎすの小柄な男は麻酔医の氷室。看護師は大友直美。やはり記事の星野看護師とは別人だった。勤務異動があったのだろう。残る二人、臓器統御外科の垣谷と酒井とは、顔見知りだ。

「酒井君、それじゃあ始めようか」

桐生の一言に酒井が立ち上がる。桐生は、チャンネルを切り替え、酒井の説明に集中する。

「ケース31、アガピ・アルノイド君、七歳男性、国籍は南アフリカ・ノルガ共和国。国境なき医師団のフォン・ビンセント医師から、国際赤十字、厚生労働省を通じて当院に受け入れ要請がありました。心機能はＮＹＨＡ四度。左心室拡張末期径は五十ミリ、と同世代平均の百四十％に達しています。手術条件に合致し、第一選択は心臓移植、第二選択バチスタです。クランケ《患者》は七歳のため、臓器提供者は日本にはおりませんので、バチスタが第一選択となります」

「七歳でNYHA四度。それでゲリラ活動やれたんかい。信じられない」

垣谷の呆れ声に、酒井が事情を説明する。

「国際支援ボランティアのスタッフによれば、物資調達後方支援の出納係をさせられていたようです。学業成績が抜群だったことが選ばれた理由みたいです。加えてインテリ一家で、全員英語に堪能だったことも大きいと聞きました」

酒井のこういう情報通のところは、うちの兵藤君に相通じるところがある。

「こんな子供にまで重要な役割を振るくらいだから、ゲリラ陣営の人材難は推して知るべし、だな。いかにも旗色が悪そうだ」

なおもアフリカの小国の権力事情に言及しようとする垣谷を制し、桐生が話を医療分野に引き戻す。

「僧帽弁閉鎖不全の合併は？」

「ドプラー・エコーでは確認できませんでした」

専門用語が飛び交う。錆ついた俺の医学知識では、とてもついていけない。

「クランケが七歳であること、外傷による肺葉部分切除術後であることを考慮し、術前CAG（心臓カテーテル血管造影検査）は施行しませんでした。胸部レントゲン、CTなどの画像から推測しますと、心血管系の先天異常を併存している可能性も低いと思います」

「推測だけでは不十分だ。きちんと読影しなさい」

慌てて酒井が答える。

「説明が不適切でした。五日前に施行したCTを、放射線科、小児外科にコンサルトしています。その読影では、大奇形を疑わせる所見は読み取れないとのことでした」

桐生はうなずく。酒井がほっとした表情を浮かべた。

「その他に、問題点は？」

「左胸部に弾丸摘出プラス左肺下葉切除の術創があります。呼吸機能に影響すると思われます。ベースに低栄養状態があり、これに関しては入院後、輸液及び食事により、アルブミン等のデータはかなり改善されています」

「術創が、今回の術野と関係する可能性は？」

「傷は術野にかかりますが、手術には直接の影響はありません。それよりも肺損傷の既往による呼吸機能低下の方がリスキーだと思われます」

桐生は氷室に顔を向ける。

「麻酔のリスクは？」

「この程度なら、ほとんど問題にはならないでしょう」

氷室が答える。一瞬、部屋がしんとする。垣谷が騒がしい声でその静寂をかき乱す。

「それにしても周囲は騒々しいですね。黒崎教授がマスコミ対応を引き受けて下さっているので、助かっていますが」

「マスコミは、桐生先生のコメントを欲しがっているようですけど」

酒井の媚びるような言葉がかぶる。

「メディアは黒崎教授に対応をおまかせするのが一番いい。私からは、術後に状況を説明すれば十分だろう。みんなは気を散らすことなく、クランケに集中してもらいたい」

七歳か。垣谷が呟く。当院症例最年少ですね、と酒井が追随する。桐生は一瞬遠い眼をする。

「ああ。アガピ君は絶対に助けてみせる」

桐生の眼が強い光を一瞬放つ。その言葉にスタッフの気持ちが一つになったような気がした。ほんの短い時間、カンファレンスに参加しただけなのに、ひねくれ者の俺の中にさえ、桐生に対する尊敬が芽生え始めていた。これなら事務員の崇拝を勝ち取る理由もよくわかる。

心筋の切除予定範囲を決定し、カンファレンスは計ったように三十分で終了した。終了後、スタッフの聞き取り調査のスケジュールを調整した。そして最後に、桐生に確認した。

「桐生先生は明日の夜、つまり手術前夜になりますが、よろしいでしょうか」

「三十分程度の聞き取り調査でしたら支障ありません。明日夜九時で結構です。田口先生こそ、そんなに遅くなってしまって大丈夫ですか」

「普段スーパーフレックスで自主休息をとっていますし、家で待っている家族がいるわけでもありませんので、私の方はご心配なく。お気遣いありがとうございます」

やり取りを聞いていた酒井が、ちゃちゃを入れる。

「桐生先生も、田口外来では平静でいられなくなるかも知れませんよ」

俺は酒井の言葉を黙ってやりすごした。桐生はそんな俺をじっと見つめていた。

6章　聞き取り調査1日目

2月5日火曜日　午前10時　1F・不定愁訴外来

□田口ファイル①　第一助手　垣谷雄次　講師（49）　午前10時

垣谷が、聞き取り調査のトップバッターに志願してきたのは意外だった。なんやかんや理屈をつけて、来ないで済むように抵抗するのではないかと踏んでいたのだ。ところがフタをあけてみると、医局運営会議をサボる口実になるからと大喜びで、午前中ど真中というゴールデンタイムを指定してきた。

聞き取り調査に一番神経を使うだろうと予想していた垣谷がトップバッターになったことは、果たして吉か凶か。

声が大きい。眉が太い。相手に圧迫感を与える風貌。しかし俺は密かに、垣谷は小心者ではないか、と睨んでいた。

垣谷は、物珍しげに部屋を見回した。

「へえ、愚痴外来はこんな風になってたんだ。意外に居心地よさそうだな」

同窓の先輩という気安さからか、いくぶん横柄な口をきく。医局長だけあって上下関係にはうるさいタイプのようだ。

見回した視線の先に、招き猫のように座っている藤原さんを見つけて、垣谷はぎょっとした表情になった。

「フジさん、お久しぶりです。そういえばこちらにいらしたんでしたっけね」

擬態のように背景に溶け込んでいた藤原さんが頭を下げる。

「垣谷先生も、すっかりご立派になられて。今や、第一外科、じゃなくて今は臓器統御外科ユニットって言うんでしたかしら、そこの屋台骨をしょってらっしゃるんですものね」

垣谷は青汁を無理矢理飲まされたような表情になった。

「あんまり苛めないで下さいよ」

藤原さんはうっすらと笑った。珈琲を垣谷の手許に置くと、頭を下げて奥の部屋へ姿を消した。垣谷は、閉じられた扉をぼんやりと見やった。その表情は、どことなくカバに似ていた。

俺と垣谷は向かい合った。どうしてこんな羽目になったのだろう。机を挟んだ両側で向かい合った二人は、奇しくも同じ感慨に囚われていた。

垣谷が口火を切る。

「桐生さんも、相当参っているのかな。そもそも一体、どういうことなんだ？　よりによって、田口先生なんかに調査を依頼するなんてさ」

「実は、私もそう思ってるんですよ」

「だったら、断ればよかったのに」

「私がやらないと曳地先生がやるんでしょうね。そうするとかえって大事にもなると思いませんか？　もしも問題がなかったりした時には、却って収拾がつかなくなってしまうでしょうし」

垣谷はちょっと考え、同意した。

「確かに、曳地さんのナマクラ刀で嬲《なぶ》られるよりは、田口先生のおっとり刀の方がまだマシかな。まあ、桐生さんは潔癖すぎるところがあるから、気になることは、はっきりさせないと気持ち悪いんだろう。どうしてもやりたいのなら、田口先生は案外、適任かもなあ」

ずいぶんと煮え切らないお誉めの言葉だ。光栄に思わなければいけないのだろうが、誉められてもちっとも嬉しくない。

「さっそく、術死三例の手術時のことについて、お聞かせ願いたいのですが」

「田口先生が、どれくらい心臓外科手術の手技について知っているか、についてはあまり深くは追求しないこととして……」

一息つくと、垣谷はにやりと笑う。

「どういうことを聞きたいのか、もう少し具体的に言ってくれないと答えようがないな」

「お聞きしたいのは、二十七例の成功症例と術死三例で、どこか違うところがありましたか、ということです」

「俺にわかるくらいなら、とっくに桐生さんが見つけているさ」

こっちだってそれくらいわかる。むっとした俺の顔を見て、自分の不親切さに気づいたのか、垣谷は慌てて補足した。

「バチスタ症例は、もともと心臓の状態が良くない患者が多い。合併症もある。だからこそ手術成績も芳しくない。一例一例新しい問題に直面し、その都度解決してきたようなものさ。綱渡りそのもので、連勝していたことの方が異常だし、むしろ奇跡なんだ、と俺は思っているがね。失敗した三例の共通点については、俺もいろいろと考えてみたが、残念ながらよくわからなかった」

予想通りの答えだった。もともとこの聞き取り調査で真相を明らかにできるなどと考えてはいない。いくら俺でも、そこまで楽観主義者ではない。それでも数少ないとっかかりの一つ、少しばかり粘ってみる。

「お話はわかります。それでも何か違いがなかったか、もう一度考えてみていただけませんか。どんな些細なことでも構いません」

垣谷は思案していた。何かを探し求めているというより、すでにその眼に見えていることを伝えるべきかどうか逡巡しているように見える。

「あんたは辛抱強そうだし、短絡的でもなさそうだ。気は進まないが、俺が言うしかなさそうだしなあ。但し、これは田口先生がどうしても、と訊いたからあえて言うんだからな」

念押しをしてから、腕を組む。

「ケース26から器械出しの看護師が大友クンに替わった。その時からチームの呼吸がずれ始めた。ケース27が術死になった時、ああ、やっぱりと感じたのは俺だけではないと思う」

「大友さんの手際が悪い、ということですか?」

「そうは言っていない。技術的にはむしろ星野クンより上だと思う。けれども、手術というものは、人と人が何かを持ちあって作り上げるもので、単純な足し算は成立しない。相性という因子が大きくなる。俺の印象では大友クンとチームの相性は悪い気がする」

「そんな非科学的な……」

「この感覚は、外科医じゃないと理解しにくいかもな。手術現場には、理屈では割り切れないことがたくさんある。それは実際に経験してみないとわかってもらえないことさ。

手術の場は、掛け算に似ている。他の人たちがどれほど大きい数字でも、ゼロが一人いれば、全部ゼロだ。マイナスが一人いれば、数値が大きいほど悪い。かと思うと、マイナスが二人いると、今度は大きなプラスに変わる、こともある」

「つまり、大友さんがマイナス因子だと？」

「うーん、そういう単純な話じゃないんだ。チームの場と符号が逆向きだ、という感じだな。それがつまり、相性が悪い、ということになるんだがね」

そう言うと垣谷は思わせぶりにうなずく。

「ひょっとしたら、チーム・バチスタの場の符号の方がマイナスなのかもな」

垣谷は一体何を言いたいのだろう。俺は首をひねり、正直な感想を述べる。

「面白いお話ですが、相性が悪いなんて言われても納得し難いですね。そんな些細なことが連続術死につながっていると、本気で考えていらっしゃるんですか？」

垣谷はむっとする。

「田口先生が、どんなことでもいいから教えて欲しいと言うから、感じたことを言っただけだ。断っておくが俺は大友クンの技術が低いと責めてはいないぞ」

その通りだ。俺はすぐさま謝罪した。俺の真意を推し量ってから、垣谷は追加する。

「それからな、些細なことをナメていると、いつか手ひどいしっぺ返しを喰らう。もっともこれはオペに限ったことではないけどな」

小さなリズムの狂いも、長く続けば誤差がひろがる、ということか。含蓄のある言葉を、教訓として心の片隅に刻み込んでから、俺は話を変えた。

「どうして看護師は交代したんですか？」

確執でもあったのだろうか。俺の邪推に対する垣谷の返事は、あっけらかんとしたものだった。

「結婚して寿退職さ。星野クンは別嬪だったからなあ。お相手が羨ましいよ。チーム・バチスタは、あの時から幸運の女神に見放されてしまったのさ」

半分、本音のようだ。

「垣谷先生は、三件の術死を医療事故だと思っていますか？」

垣谷は真顔に戻った。

「経験と信念から言わせてもらえば、たまたま不運が重なっただけだと思っている。器械出しの看護師が替わった時に、リズムや呼吸のズレがあったことは確かだが、そのために桐生さんの手技がブレた、という印象はない。だが……」

「だが、何です？」

垣谷は何か言いかけ、思い直したように口を閉ざした。

言いかけた言葉を訊き出したいと思ったが、つっこんでも答えてもらえない予感がした。垣谷からこれ以上訊き出せることはなさそうだ。俺は話を変えた。

「垣谷先生の研究テーマは何ですか」

「胸部解離性大動脈瘤グラフト手術における器質化を促進する因子について。但し、最近は周りからはバチスタがメインだと思われているがね」

垣谷は、自嘲気味に答える。

「どんな内容ですか」

「グラフト置換した血管壁の内腔の平滑度を画像診断から判断する。それと、いくつかの生化学的な因子を計測し、相関を見つける」

「研究の進捗状況はいかがですか？」

「ちっとも進んでいない。バチスタが忙しいんだ。おかげで黒崎教授はおかんむりさ」

黒崎教授の専門分野が大動脈瘤バイパス手術だったことを思い出す。

「最後にもうひとつ。よろしかったら、先生のお名前の由来を教えて下さい」

「名前の由来？　名前って、俺の名前のことか？」

垣谷は素頓狂《すっとんきょう》な声を上げた。

「何でまたそんなこと……この調査にどうしても必要なのか？」

「いいえ、個人的な趣味でお訊きしていることです」

「申し訳ないが、君の趣味につきあっている暇はない」

垣谷はぴしゃりと言った。垣谷の面接は終了した。

□田口ファイル②　第二助手　酒井利樹　助手（30）　午後1時10分

「遅れてすみませんでした。食堂が混んでいまして」

十分遅れたことを謝罪しているが、悪びれた様子はない。わかりやすいタイプなので、許容範囲だ。キャンキャン吼えるスピッツだと思っていれば実害はない。

「愚痴外来も久しぶりだなあ。ここは本当に変わりませんね。それはそうと、その節は大変お世話になりました」

「あれから、二年くらいになるのかな」

「二年半です。久倉さんのご機嫌が麗しくなったのは田口先生のお力のおかげです。ありがとうございました」

言葉と表情が見事なくらい乖離している。さわやかな好青年風のルックスと異なり、中身はなかなか執念深いようだ。

＊

虫垂炎をこじらせた久倉留蔵さんが、救急搬送されてきたのは、酒井の記憶によれば二年半前で、愚痴外来の初期の頃だったという俺の記憶と矛盾しない。来院時、虫垂破裂、腹膜炎併発で緊急手術になった。その時の執刀医が酒井だった。外科医局間交流研修の一環で、酒井が救命救急部に出向していた時の出来事だった。

外科医三年目は、血気盛んな頃合いだ。一度大空に舞い上がったことがある、というささやかな経験だけで自分を過大評価するお年頃。伸びきっていない羽で大海原を横断できると過信するひな鳥。ミスやトラブルという猛禽類は、そういう時に、背後からひそやかにしのび寄る。

酒井の手術手技に問題はなかった。腹膜炎を併発していれば創傷感染は避けられない。傷口が化膿して開いたのも当然の帰結だ。ベテラン医が執刀したとしても同じ結果に終わっただろう。但しそれは医療サイドの理屈にすぎない。患者から見れば、手術後に創が化膿して開いてしまえば、手術ミスを疑って当然だ。

酒井と留蔵さんはトラブルになった。酒井のムンテラ（病状説明）が、一本気な留蔵さんには無責任と映った。酒井にとっては、とにかく相手が悪かった。腕一本、自分の技術と論理だけを頼りにして世の荒波を渡ってきた一流の漆職人。納得できなければ、教授にだって噛みつくことも厭わない一刻者。

酒井はどうすればよかったのだろう。思わしい結果ではなかったが、手術は失敗ではない。必要だったのは、患者に対して徹底的に説明することだった。そして患者ときちんと向き合うことだった。しかし、酒井は必要な対応を怠った。留蔵さんは開放創のまま退院し、外来通院で継続して創傷消毒処置を行うことになった。留蔵さんの抗議は日増しに強くなり、対応に苦慮した救命救急部部長から、ある日、不定愁訴外来に依頼があった。

不定愁訴外来受診初日、留蔵さんは俺に口をきこうとしなかった。簡単な自己紹介を兼ねた挨拶に、返事はなかった。そのまま三十分間待ち続け、俺は初回の外来診療を終えた。二人の間に存在した言葉は、俺の始めの一言だけだった。

二回目。事態は進展しない。問いかけに対して答えようともせず、留蔵さんは頑なな雰囲気をマントのように身にまとい続けていた。四十五分待って、外来を終了した。俺は焦らなかった。黙って向き合って座っている、という事実が積み重ねられていくことに意味がある。

三回目、変化が起こった。

藤原さんが留蔵さんにお茶を出した。普通患者にお茶は出さないが、黙って座っているだけというのもさぞ大変だろうという、藤原さんのささやかな心づくしだった。留蔵さんは頭を下げた。

「どうも」

短い御礼。堤防に小さな穴があいた。

話すというのは一つの習慣だ。小さなきっかけではずみがつくと、こらえきれなくなる。唐突に留蔵さんは、俺が口をきかない理由を尋ねてきた。一緒になって黙り続ける俺に対し、好奇心を持ち始めていることが、無表情を装う仮面の下に透けて見えた。

俺は、相手が何か言ってくれなければ、自分には何もできない、と答えた。

その言葉に、我慢と憤懣《ふんまん》を水際で押しとどめていた留蔵さんの心の防波堤が決壊した。押さえきれない言葉が鉄砲水のように溢れ出した。

決壊は怒りから始まった。非難の噴出が一段落すると、彼の本性である怜悧《れいり》な論理性が顔を出し、感情と事実を整然と分けて、冷静に説明し始めた。留蔵さんは一時間以上もとどまることなく語り続けた。こうしてため込んでいた不平不満の在庫を一掃すると、再び黙り込んだ。すべてが済んだ時、苛立ちの表情は消え去り、穏やかで柔らかな空気に包まれていた。それから、冷えきったお茶を美味《うま》そうにすすった。

留蔵さんは、傷が開いたまま退院させられたことにではなく、説明が不十分なまま放り出されてしまったことに対して怒っていた。俺は問題を正確に把握した。

酒井は留蔵さんの言葉に耳を傾けず、気持ちを汲み取ろうとしなかった。それが不満の根源であり、すべてだった。もつれた糸が解きほぐされてみると、問題の核はほんの些細なことだった。


四回目、俺は酒井を外来に呼んだ。

俺は何も言わなかった。酒井の説明に誠意が感じられず、説明内容に納得していないということを、留蔵さんは毅然とした態度で伝えた。酒井は謝罪し、もう一度病状を説明し直した。留蔵さんのわだかまりは淡雪のように融けていった。

こうして問題は解決した。そして酒井には、俺に対する恨みが根雪のように残った。

事件後、酒井が俺の悪口を言いふらしている、というウワサを聞いた。俺は気にしなかった。ありふれたよくある話で、些細なこと、しかも終わったことだ。けれどもトメゾーに足ドメをくったと酒井がぼやいているという話を聞いた時は、こいつはダメだと思った。

俺は留蔵さんの言葉を聞き遂げただけだ。沈黙も含めてすべて。人の話に本気で耳を傾ければ問題は解決する。そして本気で聞くためには黙ることが必要だ。

大切なことはそれだけだ。但しそれは、人が思っているよりもずっと難しい技術ではあるのだが。

＊

今ここでは、過去の経緯は全く関係ない。俺には酒井から聞き取らなければならないことがらが山ほどあった。そこで単刀直入に訊いてみた。

「なぜ、術死が三例も立て続けに起こってしまったんだと思う？」

酒井の顔から、ひねこびた強がりが消えた。一撃で入ったひびの裂け目から、羽化したてのセミのような真白で柔らかい感情が、震えながら顔をのぞかせる。

「それは僕にはわかりません。僕にはこんな状態がずっと続くなんて耐えられません。何とかして一刻も早く原因を見つけて下さい」

「わざわざ君に来てもらったのもそのためだ。協力して欲しい。どんな些細なことでもいい。何か思い当たることはないのかい？」

酒井の視線がかすかなためらいを俺に伝える。意を決し、顔を上げる。

「垣谷先生は、器械出しの看護師のメンバー交代が原因だと言ったでしょう？」

「言い方は違うが、看護師のメンバー変更で雰囲気が変わったことは教えてくれた」

「やっぱり。でもそれは違います。手術室で桐生先生の足を引っ張っているのは、垣谷先生なんですから」

「どういうこと？」

「桐生先生は疲れていらっしゃいます。垣谷先生が適切にサポートしないからです。垣谷先生は第一助手なのにサボるんです。僕には、桐生先生が垣谷先生を使い続ける理由がわからない」

「術死は垣谷先生の技術の未熟さが招いたと思っているの？」

「まさか。そこまでは言えませんよ。だって二十七例は成功しているんですから」

「それなら、なぜそんなことを言うんだい？」

「事実だからです。垣谷先生は、桐生先生のお荷物になっています。今、術死の原因を探せば、まず、交代したばかりの大友さんが注目されるでしょう。そうした錯覚をもとに、本当の要因が見落とされては困るんです」

外科のキャリアが浅い酒井にそこまで言わせるほど、垣谷の技術は低いのだろうか。そんな技量で大学病院で生き残っていけるのだろうか。その時、些細な過去のウワサが浮かんだ。もしも桐生が招聘されなかったら、垣谷が助教授になっていただろうというウワサ。

垣谷は消極的な反抗をしているつもりなのだろうか。俺の思考を後押しするように、酒井の言葉が続く。

「桐生先生は、垣谷先生を全然あてにしていません。バチスタは、桐生先生お一人で執刀しているようなものです」

酒井は、独り言のようにつけたした。

「垣谷先生と比べれば、僕の方がまだましだ」

「そんなにひどいのかい？」

俺は尋ね返した。同時に、俺のセリフが酒井を垣谷と同等に低く貶《おとし》めていることに気がつく。反感の殻に引っ込むか、噛みついてくるか。意外にも酒井は弱々しく笑った。

「明後日は手術見学されるのでしょう？　僕の言っていることがウソかホントかは、その時に田口先生ご自身の眼で確かめて下さい」

「それもそうだね」

酒井は言った。

「術死はキツいです。あんなに辛《つら》いコトが世の中にあるなんて、思ってもいなかった。それなのに立て続けに三例。もうこりごりです」

ウソの響きはない。酒井にとって、今の状況は精神的に耐えうるぎりぎりなのだろう。

俺は話題を変えた。

「酒井先生はどんな研究をやっているの？」

「二種類あって、両方ともバチスタがらみです。メインは犬にバチスタ手技を行って、術後二十四時間の経過を細かく観察しています。氷室先生との共同研究です。氷室先生が麻酔をかけ、僕が手術する。手術の練習になります。氷室先生は麻酔の深度と脳幹反射の関係を調べています。サブ研究では、バチスタ手術時のストレス環境も研究しています。手術中の血中微量ホルモンやカテコラミンの値の変動を調べています。手術時に三十分毎に採血しています。もっともこっちは、術中の血液モニタリングに便乗しているだけですけど」

「血液検体は保存してあるの？」

「全部保存してあります。カテコラミン系を中心に解析していますが、検討項目を増やす方向へ展開する可能性もありますから」

過去の血液サンプルは調査可能。酒井の情報を心にメモした。

「忙しいところ、わざわざありがとう。最後に、酒井先生の名前の由来について教えて欲しいんだ。個人的な趣味の質問だから、無理に答えなくてもいいけど」

「名前ですか」

酒井は俺の唐突な質問に面喰らったようだった。無視するか、質問の理由を勘ぐって逆に根ほり葉ほり訊いてくるのではないか、という予想に反し、意外にも素直に答えた。

「大した由来はないです。父親が利夫で、その一字をもらいました。誕生日が五月で、若葉が綺麗だったので樹という文字を入れたそうです」

＊

自分の名前の由来を説明してもらう、という手法が相手の理解に有効だということは、愚痴外来での経験を通じて気がついた。

自分の名は、その人が一番耳にする言葉だ。その特別な言葉に対し、その人がどのように向かい合っているかを知ることは、生きる姿勢を知ることにつながる。

回答は拒否されても構わない。なぜなら拒否も、その人の姿勢を表しているのだから。

大切なことは軽々しく口にすべきではないと考えている人は、結構多いものだ。

＊

調査終了を告げると、酒井は胸の奥で温めていたらしい質問を尋ねてきた。

「病院長は、医療事故だとお考えなのでしょうか」

「それは私にもわからない。ただ、高階先生の性格からすると、医療事故だと思ったらリスクマネジメント委員会の発動をためらわないんじゃないかな」

俺は半分、本音を伝えた。酒井はほっとしたようだ。

「桐生先生のメス捌きは衰えていません。それなのに三例続けて術死するなんて、僕には理解できません。どこか変です。田口先生、問題点を一刻も早く見つけ出して下さい。お願いします」

酒井は深々と頭を下げた。桐生に対する尊敬の念が、俺に対する反感を遥かに凌駕していることだけは確かなようだ。

□田口ファイル③　手術室看護師　大友直美　主任（33）　午後5時30分

夕刻。帰り支度をしている藤原さんに声をかけた。

「申し訳ありませんが、今日は残業していただけませんか。一時間くらいで済むと思いますが」

藤原さんは上目遣いで俺を見た。不定愁訴外来に勤務して三年近く、彼女に残業の依頼をしたのは初めてだった。

「構いませんけど。私がいるとかえってお邪魔かと思って」

どうやら、何が行われるのかは、うすうす感づいていらっしゃるようだ。俺は簡単に事情を説明する。

「実は藤原さんの同席が、大友さんのご希望なんです」

藤原さんは何か言いたそうだったが、黙って手にしたバッグをロッカーに戻した。

「あの娘《こ》も、しょうがないわねえ」

小さな呟きが聞こえた、ような気がした。

きっかり五時半、大友看護師は私服で訪れた。地味なカーディガンと履き古したジーンズ。硬い表情。鋭角的な輪郭が、彼女を神経質に見せていた。手術着という戦闘服を脱ぐと、弱々しい感じがした。手術室で感じた気の強さは、精一杯の虚勢だったのかも知れない。装いが変わると印象も百八十度変わる。あまりの変化に俺は少しとまどっていた。

向かい合って改めてよく見ると、顔立ちは端正で美人といってよい。しかし華が感じられない。自信のなさが、彼女の輝きを内部に閉じ込めてしまっている。

大友看護師は、俺の背後に藤原さんを確認して、緊張を解いた。

「わがまま言って申し訳ありません」

「別に構わないわ。でもあなたもベテランなんだから、そろそろ一人立ちしないとね」

大友看護師は軽く頭を下げた。彼女に椅子を勧め、珈琲を三人分オーダーする。カップを配り終えると、藤原さんは俺たちの側面に座る。

「田口先生のことはよく知らないだろうけど、何を言っても大丈夫よ。いい加減な先生だけど、口だけは堅いから」

大友看護師は、唇を噛んでうつむいた。繊細さと頑強さが不自然に入り混じる。外界の喧噪から身を守るため、自分の世界に引き籠もる巻き貝のようだ。

彼女は黙り続ける。俺は話のきっかけを探し、改めて彼女に視線を投げた。大友さんは何かに耐えるように、さくら色のハンカチを握りしめている。その手許を見つめていると、小刻みに震えているのがわかった。

ぽたん、と水滴が手の甲に落ちた。

顔を上げると彼女は大粒の涙をこぼしていた。

泣きじゃくり始めた彼女に、藤原さんが寄り添い、背中を撫でる。

「全部吐き出してしまいなさい。ここはそのための場所なんだから」

面を上げ、かすかにうなずく。再び激しく泣きじゃくる。手許のボールペンの先を見つめる。

その時、俺は悟った。彼女は藤原さんの胸で泣くために、ここに来たのだ。


顔に押しつけていたハンカチを外し、大友さんは顔を上げた。はげ落ちた薄化粧。

「すみません、取り乱して。フジさんの顔を見たらホッとしてしまって、つい」

藤原さんは、かすかに笑った。大友さんは泣きじゃくりの尻尾を押さえ込み、身をよじって一言絞り出す。

「私、星野さんがうらやましくて」

呪縛から解放され、息をつく。両手でコップを包み、手のひらの中の小さな暖炉のぬくもりにすがる。珈琲と涙と鼻水を一緒にして一口すする。焦点の合わない視線を夕闇に包まれた窓の外にぼんやりと投げかける。

「二年前、星野さんが新人で手術室に配属された時、彼女が才能豊かなことにすぐ気づきました。あっという間に、手術場のみんなに一目置かれる存在になりました。可愛くて機転がきいて、手術室のアイドルでした。『おキョウ』と呼ばれ、可愛がられていました。

私はオペ室に配属されて七年目、周りからはベテランと思われていました。星野さんが配属された頃、器械出しの技量は私が断然トップでした。しばらくすると、星野さんが才能を開花させ始めました。それはとても華々しいものでした。それでも二人の差はしばらくは縮まらないだろうと誰もが思っていました。同時に、いつか私を抜くとしたらそれは星野さんだろう、ということも。だから私は星野さんに目をかけ可愛がりました。将来の後継者だと思っていましたから」

大友さんは眼を伏せた。一口珈琲をすする。

「それなのにまさか、あんなに鮮やかに追い抜かれてしまうなんて。桐生先生がバチスタのメンバー選考のため手術室にいらした時、オペ室の誰もが、選ばれるのはきっと私だ、と思っていました。でも桐生先生はさすがでした。星野さんの素質を一目で見抜き、躊躇《ちゅうちょ》なく彼女を抜擢したんです。悔しかった。星野さんが羨ましかった。でも正直言えば、桐生先生の選択には納得していたんです。私が我慢できなかったのは……」

大友さんは沈黙に沈む。まるで深い海の底にいるように。

藤原さんの視線が柔らかく彼女を包む。その温かさに背中を押されるように、大友さんは再び話し始める。

「私が我慢できなかったのは、私が星野さんをねたんで中傷しているとか、陰険な意地悪をしている、というウワサを流されたことでした。そんなことしていないのに……。私の中に、ほんのちょっぴりだけど、そういう気持ちがあったので、余計そのウワサが辛くて、それだけはどうしてもどうしても、我慢できなくて……。星野さんは可愛い娘でした。それ以上に強い人でした。ひどい嫌がらせにあってもどこ吹く風でした。病院中の誰もが彼女の実力を認め、渦巻く嫉妬が消え去ったまさに絶頂に、彼女はあっさりキャリアを投げ出したんです」

小さな沈黙を捉えて口を挟む。

「そしてあなたに、その代役が回ってきたのですね」

彼女はうなずいた。

「でも、もう遅かったんです。私の中には、星野さんには及ばないという事実が刻み込まれてしまっていた。星野さんが病院を去っていった後に、私の中に残っていたのは、チーム・バチスタへの憧れの抜け殻でした。

器械出しの技術はスポーツと同じで、反射神経が命です。初めてバチスタに入った時、痛感しました。手術中、星野さんの残像がちらつくんです。星野さんの技術は私より一呼吸早い。役柄を引き継いだ私は、力量差を思い知らされました。ウィンブルドンに出場するプレーヤーと、女子大同好会のメンバーの試合みたい。全然かなわないの。私が差し出す器械の一つ一つが、精密機械のような桐生先生の手技を微妙に狂わせていく。感触でわかるんです。みんなのリズムが少しずつバラバラになっていき、立て直そうともがけばもがくほど、泥沼に足をとられる。最後にはチームの呼吸がめちゃくちゃになってしまった。その果てにとうとう、術死が……」

大友さんは、最後の一言を絞り出す。

「チームを壊し、術死につながったのは、私の技術が未熟だったせいなんです」

すべてを吐き出した彼女は、肩で大きく息をした。そして初めて、声を上げて号泣した。

大友さんが泣きやむのを待つ。待つことに慣れている俺にとっても、それは長い時間だった。

藤原さんが温かい珈琲を運んできてくれた。俺はぽつりと言う。

「そのことについて、桐生先生は何かおっしゃっていましたか」

彼女は激しく首を振った。

「桐生先生は、何もおっしゃりません。それが余計辛くて……」

「大友さんのお話が本当だとしても、術死と直接関係ないですね」

「そんなことない、そんなことない」

大友さんは首を振り続け、ひたすら泣き続ける。そうすればすべてが振り払われると信じているかのように。その手許に温かい珈琲がそっと置かれる。

俺は意を決し、聞き遂げる、という自分のテリトリーから一歩踏み出す。

「確かに、あなたが術死の原因かも知れない、と言ったスタッフはいました」

大友さんはぴたりと泣きやむ。涙をふちぎりぎりまで溜めた眼を見開く。ハンカチが手の中できつく握りしめられる。しわがれた呟きが短い沈黙を破る。

「やっぱり…。そうなんだ……」

俺の眼を見ない。小さく、消え入りそうな声。

「……多分そうじゃないかなと思ってた」

「あなたとチームの相性が悪い、術死の原因はそれくらいしか見つからない、とおっしゃった方がいました。けれどもその方は、こうも言っていました。技術的にあなたが星野さんに及ばないとは思わない、むしろあなたの方が上に思えることもある、と」

大友さんが眼を瞠《みは》る。俺は続けた。

「術死の原因は医師の技術が未熟なせいだ、と言う人もいました。だから内部には、術死の原因があなたの技術のせいだと考えている人は、これまでのところ、一人もいないんです。これは客観的な事実です」

俺の言葉をひとかけらも聞き漏らすまい、という真剣なまなざし。

「あなたの立場は理解できるし、同情もします。けれどもそれが、周りの認識とは違っている部分もある、ということは理解して欲しいのです。そうした事実を踏まえた上で協力して下さい。私は、非科学的な当てずっぽうや、感情に委せた思い込みではなく、明確な原因を探り当てなければならないのです。

改めてお尋ねします。看護師の視点から見てバチスタ手術の時に、変だと感じたことはありませんでしたか？　些細なことでも構いません。冷静に思い出して欲しいんです」

大友さんは、視線を落としてじっと考え込む。激情は収束し、彼女の本質と思われる、思慮深く理知的な表情が浮かび上がる。

「私、自分の役割を果たすことで精一杯で、周りのことまで考えるゆとりがありませんでした。そういうことを考えたことはありません。お役に立てなくてごめんなさい。

ただ、言われてみると、バチスタ手術って、他の手術とは全然違う場にいる気持ちになるんです。原因が何なのかはわからないんですけど。何か、すごくちぐはぐな感じ」

大友さんはそう言うと、じっと考え込んだ。その姿を見やりながら、ここら辺が潮時だろう、と俺は感じた。一瞬迷ったが、最後に彼女にルーティンの質問をぶつけることにした。

「大友さんの研究課題って、どんなことですか」

「私、研究が好きじゃなくて、逃げ回っていたんです。昔はフジさんにもよくしかられました。最近ようやく、手術技術教育というテーマにしたんです」

「研究は順調ですか？」

「研究といっても、看護学校で教えるだけです。最近講義に行くと、バチスタのことでは質問責めなんです。桐生先生ってカッコいいから、看護学生にも人気なんです。おかげで、私まで尊敬の眼で見られちゃって」

彼女は、微笑んだ。初めて見た大友さんの笑顔だった。

「そうですか。桐生先生が羨ましいな」

俺が本音を漏らすと、隣で藤原さんがニッと笑う。タイミングがよすぎて実にイヤな感じだ。

少々気分を害した俺は、面談を終了することにした。

「最後に、お名前の由来を教えていただけませんか。全員に訊いているんですが、個人的な趣味の質問ですので、イヤでしたら、無理に答えていただかなくても結構です」

「素直で可愛い娘になって欲しい、という願いを込めて直美とつけたそうです。平凡ですけど。親の希望はかなえてあげられませんでした」

「そんなことないですよ。ちゃんとご希望はかなえられていますよ、きっと。長時間、ご協力ありがとうございました。最後に何か、言っておきたいことはありませんか」

「あの……、私が取り乱したこと、桐生先生にはお伝えしないで欲しいんです」

ためらいがちな彼女の言葉に俺はうなずく。大友さんは立ち上がると、俺に軽く会釈をし、藤原さんに深めに頭を下げた。藤原さんが言う。

「あんたがしっかりしなかったら、オペ室はどうなっちゃうの」

大友さんは、泣き笑いのような顔で、もう一回お辞儀をした。そして、ちょっとだけすっきりしたような表情で部屋を出ていった。


大友さんの悲しみが漂う部屋に、俺と藤原さんが残された。

「いろいろありがとね、センセ」

藤原さんが言った。礼を言われる筋合いはない、と思いながらも、その言葉はしっくりと俺の胸に落ち着いた。

「ウワサって怖いですね」

俺の言葉に、藤原さんは考え込んだ。しばらくして口を開く。

「田口先生が何を調査されているのかわからないし、お仕事には関係ないことかも知れないけど、私が知っていることを一応お伝えするわ。

彼女が星野さんを中傷しなかったということは、多分本当のこと。彼女は星野さんのことが大好きだったらしいの」

藤原さんは、俺の眼をのぞき込む。

「大好き、というのは、普通の〝好き〟じゃないわ。彼女はね、女性しか愛せない人なの。ウワサですけどね」

俺は虚を衝かれた。けれどもその瞬間、諸々のことがぴたりと納得できた気がした。

俺は、立ち上がるきっかけを失い、闇に包まれてしばらく動けなかった。

7章 聞き取り調査2日目

2月6日水曜日　正午　1F・不定愁訴外来

今日も愚痴外来はいつものように上限五人。だが外来終了時刻は午前十一時三十分。

愚痴外来は、その気になれば仕事量を主体的にコントロールできる。わかりやすくいえば、手抜きができるということだ。うしろめたいので、普段はしないが、今日の俺には大義名分がある。羽場が昼休みしか都合がつかないため、十二時前に愚痴外来を終了する必要があったのだ。

看護師や技師というコ・メディカルの人たちが属する組織は、勤務時間遵守に厳格だ。医師とは異質の社会だ。医師の世界で時間厳守は、高速道路を制限速度で走るのと同じくらい、なじみにくい。医師が時間にルーズであることを許されている背景には、業務がプライベートに浸食しがちだというウラ事情がある。

病院は二つの異文化が混在するキメラ組織なのだ。前者に属する藤原さんは、俺と羽場に珈琲を淹れると、ためらうことなくランチタイム・ジャーニーへ旅立っていった。

□田口ファイル④　　臨床工学士　羽場貴之 室長（53）　正午

「すみません。昼休みしか手術室を離れることができないものですから」

羽場が頭を下げた。

「私は時間が不規則ですから構いません。羽場さんこそ、昼食時間がなくなってしまうのではないですか？」

「昼飯抜きには慣れているので、ご心配なく」

からりと笑う。手術室の屋台骨を背負いながら、気負いのない自然体。象のような安定感がある。小手調べに、厚い胸板に軽く質問をぶつけてみる。

「桐生先生って、どういう方ですか？」

「素晴らしい方です。あんな医師は、これまで見たことがありません」

壁にぶつけたテニスボールのように、即答が返る。

「建前では、手術はスタッフの協力の賜物だ、と言う先生はいますが、そうした言葉を実行しているのは、桐生先生だけです。例えば術前カンファレンスをあんな早い時間に、手術室で行うのもひとつです。私や大友さんが必ず参加できるように、場所と時間が決められました。手術室スタッフは、勤務時間中に手術室の外へいくことは難しいですし、あの場所であの時間に終われば、通常業務には支障ありません。ここまでコ・メディカルに、本気で気を配る医師は他にはいません」

「確かにひと味違う方のようですね。そんな立派な先生の手術が、続けて三例も術死を起こしてしまったのはなぜでしょうか？」

俺は一気に核心を衝く。何しろ、時間がないのだ。羽場の表情が曇る。

「私にはよくわかりません。手術中、人工心肺で患者の命を維持するのが私の仕事です。術野はあまり見ていないんです」

「羽場さんの領域で、バチスタ手術で特別なご苦労はありませんか?」

「人工心肺を動かすという観点からは、バチスタは通常の心臓手術とほとんど変わりありません」

羽場にとってバチスタは特別な手術ではない。この点、他のスタッフとスタンスが違う。俺はそのゆとりに望みをかけた。

「成功した時と失敗した時に、何か違う点にお気づきになりましたか?」

「そのことは、スタッフ間でも当然、繰り返し話し合っています。どうしても見つからなかったから、田口先生に依頼することになったんでしょう」

羽場の言葉を聞き、この依頼の無謀さを改めて実感した。現場を熟知している優秀な当事者が徹底的に調べ尽くしてもわからないことを、素人の部外者がちょっと調べて何とかしなければならない。まさしくミッション・インポシブルだ。

「人工心肺関係では、トラブルはなかったんですね?」

「人工心肺を回す時には、トラブルはあってはならない!」

強い口調にぎょっとして、羽場を見る。羽場はにっこり笑う。

「と、言われていますがね、小さなトラブルなんてしょっちゅうです。メインテナンスを含め普段から細部に至るまできちんとしておけば、トラブルが小さいうちに気づき、早めに回避できるというだけです。早期発見、早期解決。その意味では、成功症例も術死症例も違いはありませんでした。人工心肺的には、術死例の方がスムースだったことさえあります」

「おかしな気配は全くなかったんですか? 違和感もなし?」

「ええ。人工心肺はトラブると、すぐわかります。患者と人工心肺をつなぐチューブに注意していればいいのです。

人工心肺のトラブルは大きく分けると二種類あります。ひとつは、心機能にあたるポンプ機能のトラブルです。この時には、チューブ内の血流が悪くなります。もうひとつは、肺の基本性能である酸素交換を行うフィルター・トラブルで、チューブ内の血液の色がどす黒くなります。ポンプにしてもフィルターにしても、問題が起これればすぐに人目につきます。だから、目を離さずにいれば、トラブルはたいていわかる。問題点がわかれば、復旧も簡単で、大事に至りにくいんです」

俺は羽場の言葉を理解し、羽場の実力も把握した。トラブル回避を簡単なことのように語っているが、その言葉はそのまま鵜呑みにできない。仕事を単純化して語れるのは、羽場が優秀だからだ。もっとも桐生の人選だから、この程度は想定済みだったが。

はっきりしたことは、人工心肺絡みの医療事故の可能性は低そうだ、ということだ。もし事故があったとしたら、羽場一人で隠しきれるものではないだろう。

「人工心肺は麻酔医と緊密な連携をしているようですね」

「ええ。互助関係です。バチスタの麻酔は氷室先生が専任ですから、ラクです」

「氷室先生は優秀なんですね」

訊くまでもない。しかし会話というものは、得てしてこうした意味のないやり取りで、骨格が形成される。

「麻酔スタッフの中では、ピカイチですね。どんな時も冷静で、取り乱した姿は見たことがない。器の大きさを感じます。特に、素早く広い視野からのチェックがありがたい。腕のよい麻酔医と組むと、工学士は本当にラクです」

特殊技能に長けた技術者は、資格的に格上の医師を独自の視点から評価しても容認されるのだろう。自分の言葉が言外に、有象無象の未熟な医師を一刀両断に切り捨てていることに、羽場自身は気づいていないようだ。

俺は話を変えた。

「羽場さんは、手術室のリスクマネジャーをされていますね」

「年をとったせいか、事務仕事ばかりが増えてイヤになります」

「これまで手術室で、リスクマネジメントに該当する案件はありましたか?」

ジャブに見せかけた左ストレート。羽場は一瞬考え込む。答えようかどうしようか、逡巡している。

「厳密に適用すれば、リスクマネジメントへの報告事象は日常茶飯事です。その半分以上は、私のところに上がってきます。私が委員会に正式報告する件数はその一割、月に一、二件です」

羽場が言った数字を逆算してみた。リスクマネジメントの対象になり得る事案は月に二十。手術室は平日稼働なので、単純計算で一日一件という発生率になる。予想していたよりずっと多い。

「委員会に上げる案件の選別も、リスクマネジャーの仕事なんですか?」

「曳地委員長からは、マネジャーレベルでは分別せず、すべて上げるように指示されています。けれども実際にはそうしていません」

「それで問題はないのですか?」

「曳地委員長の指示に忠実に従っていたら、オペ室業務が滞ってしまいます」

俺は、リスクマネジメント委員会報告書の書式一式の分量を思い浮かべた。文書作成が専門の事務員でも、一日一件処理できるかどうか。ただでさえ膨大な業務を負わされて窒息寸前の医療現場スタッフに、そうした書類をきちんと書かせることは、理論上は可能でも現実には不可能だろう。

　曳地委員長の顔が浮かぶ。曇った眼鏡が鼻の頭にかろうじてしがみついている。自己保身を判断基準の重要因子と考えている彼は、会議参加と書類作成こそが問題解決のための車の両輪だと信じて疑わない。

　しかしものごとは、会議と書類の山の中では絶対に解決しない。たいていは、現実と直面する最前線の、薄い皮相の中での一瞬で決するものなのだ。

「リスクマネジャーとして、今回の術死案件は報告すべきだと考えますか?」

「私自身が当事者の一員だという点を考慮して、可能な限り厳しい検討をしてみても、私にはこの件がリスクマネジメント報告対象にあたるとは思えません。医療ミスが存在していないことは明白だと思います」

　聞き取りは一段落した。十二時五十分。いい頃合いだ。

「羽場さんは何をご研究されているのですか?」

　羽場はとまどった。どこから説明するべきか悩んでいるようだ。

「臨床工学士になる前、私は臨床検査技師だったんです」

「血液検査や生化学検査部門ですね」

「他にも、心電図、呼吸機能も検査します。病理検査も対象です。私は病理出身で、ジュニア、……じゃなくて、」

　羽場はしまった、という顔をした。すぐさま小さな居直りを決意した顔になる。

「鳴海先生の研究のお手伝いをしてます。共同研究者にしていただいています」

　病理医の鳴海は、確か桐生の義弟のはずだ。弟なのにジュニアと呼ばれるのはどういう気持ちだろう。俺は、彼の心情に興味を抱いた。

「そういえば鳴海先生は、ミーティングには出席されていませんでしたね」

「診断と治療を分離しないと、診断が治療医の意向に飲み込まれてしまい、患者の不利益になる、というのがジュニアの主張なんです」

羽場は、ばれてしまったのだから今さら隠す必要がなくなったと言わんばかりに、公然と鳴海のことをジュニアと呼び始めた。多分、手術室では公式用語なのだろう。

「治療方針を決めるカンファレンスには出席する必要はない、ということですね。そのことについて桐生先生は何とおっしゃっているんですか？」

「スタンスは理解するが、考え方は違う、とおっしゃっています。治療があって初めて診断が意味を持つ、というご意見です。スタッフの中では、ジュニアだけが桐生先生に対して正面切って反対意見を言えるんです」

「お二人は仲が悪いんですか？」

羽場は慌てて付け加える。

「そういうわけではないんですよ。義理の兄弟のはずなのに、本物の兄弟以上に似ていると思うこともあります。今の話だって、表面的にはお互いの主張は正反対ですが、話し方や姿勢は瓜二つです。精神的な一卵性双生児ですね。

但し正確に言えば、お二人はもう兄弟ではありません。桐生先生は日本に戻ってこられる時に奥さんと離婚したそうです。着任の時スタッフに直接説明しました」

「あの記事は間違いだったんですね」

「ええ。こうしたことに関しては、お二人ともさっぱりしたものです。きちんと説明すると肝心の記事の内容がややこしくなるから訂正は諦めた、と笑っていました」

「桐生先生の離婚理由はご存じですか？」

「奥さんが日本に帰るのを嫌がったと聞いています。これは、ウワサですが」

そんなことで離婚する夫婦がいるのだろうか。疑問がよぎったが、羽場に訊いても答えは得られないだろう。

羽場からは、予想以上に多くの情報を得ることができた。俺は、聞き取り調査リストの末尾に、「ジュニア」こと、鳴海涼の名前を追加した。

十二時五十五分。羽場はそわそわし始めた。

「最後に一つ、皆さんにお名前の由来やエピソードについて質問させていただいています。これは私の個人的な趣味ですので、答えていただかなくても結構ですが」

「貴之というのは、人から尊ばれる偉い人になれ、という気持ちを込めてつけたのだそうです。之の方は、適当につけたようです」

浮かした腰をもう一度落ち着けて、羽場は続けた。

「立派な名前をもらうと息苦しいので、自分の子供は思い入れの少ない名前にしようと思っていました。例えば一郎、とかね。でも、親ってどうしようもない生き物ですね。自分が同じことをやって初めて、自分の親を許せるようになりました。代わりに今度は、私が中学生になる息子に恨まれる羽目になりました。因果は巡る糸車、自業自得ですわ」

「ちなみに息子さんには、どんなお名前をつけたのですか？」

「雪之丞」

即答に、俺はコケた。冗談かと思って羽場を見たら、真顔だった。

羽場雪之丞クンには、これからどんな人生が待ち受けているのだろう。俺は密かに、未だ見ぬ彼に同情した。

十二時五十八分。調査終わり。羽場は部屋の出口で躊躇した。振り返り、俺を見た。

「こんなこと、私が言うのはお門違いかも知れませんが、大友クンの気持ちを軽くして下さってありがとうございました。今朝久しぶりに、彼女の晴れ晴れした顔を見ました。うちのチームに配属されて以来、毎日、今にも潰れてしまいそうな雰囲気で心配していたんです。聞き取り調査も心配していました。今回のトラブルで一番プレッシャーを感じているのは彼女ですし、その上、根ほり葉ほり尋問され、こづき回されたら、本当に潰されてしまうのではないか、と」

羽場が顔合わせの際に、コ・メディカルの聞き取り調査が本当に必要なのかと噛みついてきたことを思い出した。保守的な防衛心からの反発だと思っていたが、あれは大友さんを守るためだったのか。

「田口先生がどんな魔法を使ったのかは存じませんが、大友クンは、ちょっぴり救われたようです。手術室は運命共同体の家族みたいなところです。大友クンも、辞めた星野クンも、私にとっては娘も同然です。親代わりとして一言御礼を言わせてもらいます」

それは本当は藤原さんの功績だ。言いかけてやめた。わずかばかりではあるが、羽場の言う通りの部分があることも事実だし、手術室の大黒柱の信頼を得ることは今後の調査にプラスになるはずだ。俺にだって、それくらいの打算とズルい気持ちはある。

羽場が部屋を出ていくと、入れ違いに藤原さんが帰還した。一時ジャスト。

コ・メディカル・スタッフの時間厳守感覚には、本当に頭が下がる。

□田口ファイル⑤　麻酔科　氷室貢一郎 講師（37）午後5時30分

夕闇が部屋を覆い尽くす。

帰り支度を終えた藤原さんがドアを開けると、音もなく氷室が佇んでいた。気配すら感じさせなかったので、藤原さんはぎょっとして、バッグを床に落としてしまった。

夜のとばりと共に、氷室はこうして俺の部屋を訪れた。


椅子を勧め、俺は氷室の向かいに座る。

薄い眉、細い眼、小さな口、紅を引いたように赤くて細い唇。小柄でやせこけている。顔色は蠟《ろう》人形のように白い。

氷室は静かな男だ。部屋に入る時も椅子に座る時も、物音一つ立てない。

桐生も静かな男だが、ヤツは周囲を白熱させる。氷室の静けさとは対極だ。真夏の昼下がりの静けさと真冬の真夜中の静寂。

氷室と向かい合って座っていることに、居心地の悪さを感じた。いつもと微妙に違うソファの堅さに、見知らぬ侵入者の気配を感じて落ち着かなくなるような、確固たる違和感。自分のホームグラウンドだという自信が揺らいでしまうような、漠とした不安感。

要するに、ケツがむずむずする、ということだ。


「氷室先生はどんな麻酔がご専門ですか？」

氷室は面倒臭そうに、首を傾げる。

「専門はありません。何でもやらされます。麻酔医は慢性的な人手不足ですから」

「麻酔スタッフは何人いるんですか?」

「正規スタッフは五人です。その下に、研修医や他の医局からの麻酔研修に来ている人間が五人前後、入れ替わり立ち替わり出入りします。僕は正規スタッフの三番目で、昨年、講師にしてもらいました」

東城大学医学部の手術室麻酔を一手に引き受けているにしては、麻酔科教室は小所帯だ。

「心臓手術の麻酔も経験は多いのですね」

「ええ」

「他の手術麻酔と比べると、心臓手術の麻酔は大変ですか？」

「むしろラクです。術中の呼吸管理や心拍管理の負担が少ないですから」

「人工心肺に管理を任せるんですか？」

「一部そうなります。その代わり麻酔をかける時とさます時は、大変ですが」

口数が少ないわけではないが、話の接ぎ穂がぽつりぽつりと途切れる感じ。変温動物が冷蔵庫に閉じ込められ、冬眠しないようにかろうじて意識を集中しているみたいだ。薄ぼんやりしているようでいて、どこか油断がならない。

「バチスタ手術の印象はどうですか？」

「ラクですね。バチスタの時は、掛け持ち麻酔を免除されますから」

「掛け持ち麻酔って何ですか？」

「麻酔医は手術室の奴隷です。手術は多い、麻酔医は少ない。この問題を解消するためには、一人の麻酔医が同時にいくつも麻酔を掛け持ちするしかないんです」

「手術は週に何例くらいあるんですか？」

「平均週五十くらいです」

　一日十件。正規の麻酔医スタッフは五人。

「すると一人で一日二件は麻酔するんですね」

「平均ですけどね。一日二件なら、開始時間をずらして、午前・午後にすれば問題ないんですが、どの科も朝一番で手術をしたがるので、朝の麻酔医はくるくるといろんな部屋を行き来することになってしまうのです」

「そうですか。掛け持ち率はどれくらいになるんですか？」

「毎日、二つどころか、三つなんて、ざらに掛け持ちさせられます。最高では、一度に五例掛け持ちしたことがあります」

「大変ですね」

「こんなことは、大したことじゃないです。夜中の緊急手術にだって呼び出されます。緊急手術例ですから、状態も普通じゃありません。神経を張りつめないと、大怪我します。精神的にも肉体的にもオンコール当番の前後はぼろぼろです。そうやって一晩中麻酔をかけていても、翌日は朝八時に掛け持ちがきっちり三つ、待っている」

　氷室は投げやりに言葉を続ける。

「身を削って働いていても、バッキングひとつ起こすと、外科医からは怒鳴りつけられる。患者だって、執刀医には感謝しますけど、麻酔医なんて知らん顔です。直接お話しする機会が少ないから仕方はないんですけどね。こんな生活、長続きはしませんね」

「でも、外科医は感謝しているんじゃあないですか？」

「彼らの感謝なんて、手術をしているその場だけのことですよ。誰も本気で感謝なんてしていません」

「そうでしょうか？」

「間違いないですね。まあ、感謝してもらったところで意味ないですけど。こちらは大道芸の皿回しみたいに、三ヶ所や四ヶ所の手術室をくるくる回りながら、皿が落ちないように見て回ることで手一杯ですから」

「こんな状況、危なくないんですか？」

「……危ないに決まっているじゃないですか」

氷室は、うっすらと笑みを浮かべた。首筋がひやりとする。慌てて話題を変える。

「研修医のお手伝いはいるんですよね？」

「たくさんいますけど、みんな三ヶ月から半年のショートステイです。素人に一から手取り足取り教え込んでやっと一人立ちしてくれそうだという頃に、自分の巣に戻ってしまいます。代わりにまた、右も左もわからないズブの素人がやってくる。この繰り返しですよ。助けになるどころか、むしろ邪魔です」

「状況改善を訴えないのですか。正規スタッフを増員してもらったりとか」

「無駄ですね。みんな、他の科の深刻な問題に対しては無関心です。教授は何回も増員を病院長に直訴していますが、音沙汰なしです。他人が抱える悩みになんか、誰も注意を払いません。そうした歪みはもの言わぬ弱い所につけ回されるんです」

そんなことばかりしていると、いつか手痛いしっぺ返しをくらいますよ」

どうやら俺のセリフのどこかが、氷室のポイントにヒットしたようだ。氷室は自分が喋りすぎたと思ったのか、最後にぽつんとつけ加える。

「このままの状態が続けば、医者も壊れていくでしょうね」

最後のセリフの冷やかさに居心地悪くなり、俺は唐突に質問を変えてしまう。

「桐生先生の印象はいかがですか」

「東城大学医学部のエース、だと思います」

答えた後、氷室はうっすらと笑う。

「ああいうわかりやすいカッコよさには、憧れます」

「術死が三例続いたことについては、どうお考えですか」

「たまたま、でしょう」

「それまでの成功例と、最近の術死症例との間に、何か違いを感じますか」

「いいえ、何も」

「麻酔領域では違いがない、ということですか」

「ええ。バチスタは専従ですから精神的にラクです。工学士の羽場さんは優秀ですし」

羽場と同じセリフ。二人の信頼関係は厚いようだ。

「手術を見ていて、何かお気づきになったことは？」

「さあ、特に何も。手術中は、術野を見ないようにしてるんです」


寡黙に戻った氷室の言葉は、まるで尋問に対する容疑者の答えだ。黙秘権を行使されないだけ、かろうじて救われている。質問に対して単語で答える。無愛想さを取り繕うため、慌てて尻尾に飾りをつけて、何とか文章の体裁を保っている。

自分が主体になりそうな領域に関して話す時には、極度の抑制がかかる。自分に関しては、言葉を惜しみ、無駄を削り込もうという、研ぎ澄まされた意志が感じられる。対照的に、一般論やシステムに対する不満など、自分の外側の話題に対しては、饒舌さに密やかな憎悪が混じって、歯止めがかからなくなる。

紋白蝶がそっと肩にとまり、音もなく翅《はね》を開閉しているかのようだ。翅を開くといきなり姿が現れる。寡黙さの中から饒舌さが突然、不自然に出現する。その異質な感覚に俺は消耗する。遭難した雪山で、徐々に体力を削ぎ落とされていくような感覚。負の摩擦係数。

愚痴外来に来る人の中には、留蔵さんのように黙り込む人もいる。そういう人でも耳を澄ますと、無言の訴えがわき上がって来る。声なき声まで耳を傾けると、愚痴外来の患者は、誰もみな饒舌で感情豊かだ。氷室は正反対だ。感情のかけらが感じ取れない。

ぴったりあてはまる言葉が、ふと浮かぶ。

氷室は、死体のような男だった。


短い沈黙が二人を包む。

静寂を破ったのは、氷室だった。

小さな咳が次第に大きくなる。続いてヒューヒューという風切り音が聞こえ始める。

「喘息《ぜんそく》ですか？」

口を手で塞ぎながら、氷室はうなずいた。その眼には、諦観に似た光が見えた。

「みず……」

俺は控え室で、水を汲んだ。

氷室は、白いケースから錠剤を一錠取り出し、奥歯で噛み砕く。渡した水で流し込む。

喘鳴《ぜんめい》は次第に収束した。死人のように青白かった氷室の頬に赤みがさした。氷室の喉仏が異様に隆起していることに気づく。呼吸が落ち着いたのを見計らって尋ねた。

「喘息は、長いんですか？」

氷室はこほこほと小さく咳き込みながら、うなずく。

「三歳の頃からです」

「仕事の邪魔にはなりませんか？」

「手術中に発作が出たことはないです」

氷室の研究についての質問に切り替えた。

「氷室先生は酒井先生との共同研究をされているとか」

「ええ、イヌの手術に関連した研究をしています。僕は、麻酔深度と脳幹反射の相関という、生理学的分野の研究をしています。術中血液検査から微量カテコラミン量の計測をするという、酒井君のサブの研究のお手伝いもしています。協力といってもこっちの方は、麻酔モニタリングのついでに術中採血をしているだけですが」

「犬の脳波を調べるのですか？」

「脳幹に電極を刺して、手術の侵襲時の脳波を直接計測しています」

「手技は難しくありませんか」

「慣れれば簡単です。どうせ二十四時間後には殺されてしまうイヌなので、失敗してもあまり問題ないですし」

「外科医として、酒井先生の素質はどうでしょうか」

「あと三年も研鑽を積めば、上手になるでしょう」

「垣谷先生の手技は？」

「手際悪いですね。あの程度の技術《うで》の外科医は、掃いて捨てるくらいいます」

酒井が俺に伝えたことは事実のようだ。しかし氷室から、他人に対する評価をここまであからさまに聞くことができるとは思ってもいなかった。

氷室の寡黙さは、防御本能からではなく、他人との距離感覚に何か本質的な欠落があるためのようだ、という印象を受けた。

「最後になりますが、差し支えなかったら、先生のお名前の由来をお聞かせ下さい」

「貢は、世の中に貢献するように、ということです。長男なので、一郎」

面接を終えようとした時、ふと思いついて、質問をひとつ追加した。

「手術の時は発作は出ない、とおっしゃっていましたね」

「ええ」

「それは犬の手術も同じですか」

「ええ。イヌの手術の時も発作は出ません」

そういうと氷室は俺の眼をじっと見つめた。

見てはいけないものを見てしまった気がして、急いで俺は「尋問」を終了した。

気がつくと氷室は、音もなく姿を消していた。茫漠《ぼうばく》とした闇が俺の周りに残されていた。

□田口ファイル⑥　チーム・リーダー　桐生恭一　助教授（42）　午後9時

午後九時。入ってくるなり、桐生はぐるりと部屋を見渡した。

「ウワサには聞いていましたが、ずいぶん変わった部屋ですねえ」

今夜の桐生からは、熱感は伝わってこない。一日の仕事を終えた安心感に包まれているのだろうか。手術を前にした一瞬の静けさに身を委ねているのだろうか。

その落ち着いた雰囲気に、俺は明日の手術の成功を予感した。

「マスコミは相当しつこいみたいですね」

少年ゲリラ、アガピ君の手術が始まるまで十二時間を切った。

「ええ。黒崎教授は、メディア対応が上手なので助かります。新聞取材の時も、黒崎教授がすべて一手に差配して下さったんです」

単に目立ちたがりではないのか、と言いかけてやめた。調査とは無関係だ。

「明日は大切な手術当日ですから、できるだけ手早く済ませますね」

「ありがとうございます。でも、あまりお気になさらないで下さい。やるべきことは全部終わっていますから」

無駄とわかっているが、手続き上どうしても必要な質問をする。

「早速ですが、桐生先生が術死症例に関して、他の症例と違う印象を持った部分はありますか」

「そのことはイヤになるほど考えました。違いは全く見つからなかった、という結論でしたが」

俺は皮肉をこめて訊き返す。

「その世界の第一人者である桐生先生が見つけられない原因を、素人の私がスタッフの話を聞きかじっただけで発見できるはずありませんよね」

「おっしゃる通りです。田口先生から見れば、本当にとんでもない依頼ですよね。よく引き受けて下さったものだと感謝しています」

「私の仕事のメインは、明日の手術の観察ですね？」

桐生の眼が妖しく光る。高みを旋回している鷹が、眼下に飛び出したウサギを見つけた時のような、強い方向性のある視線。

「その通りです。過去の症例を調べ直してみても、何かが見つかる可能性はおそらく低いでしょう。でも田口先生が手術に同席して下されば、スタッフが見落としたり感じ取れないことを、検知して下さるかも知れない」

「素人が専門家より役立つとしたら、先入観のない視点からの再確認ができる点だけです。ですから手術以外の部分を、できるだけ事前に把握しておきたかったんです。強行スケジュールでしたが。明日は手術の観察に集中します」

「田口先生を選んだ高階病院長の御判断は適切でしたね。ところで、スタッフと面談してみた感想はいかがですか」

「桐生先生が人を見抜く眼力は本物だと、感服しました」

「そういう誉め言葉は嬉しいですね。このチームは私の自慢です」

「本当に素晴らしいスタッフですね。ところで星野さんはどういう看護師だったんですか？」

「一言で言えば天才です」

桐生は懐かしむような視線を遠くにさまよわせる。

「反射神経の塊のような娘でした。あれほどの才能は見たことがない」

「凄い誉め言葉ですね。大友さんはいかがですか」

「大友君も優秀ですが、星野君とはタイプが違います。星野君はひらめきの風に乗って一気に遠くまで達するタイプ、大友君は論理を組み立てて一歩一歩積み上げていくタイプ。飲み込むのに多少時間がかかり、少し真面目すぎる。まあそれは、短所であり長所でもあるのですが。星野君のきらびやかなパフォーマンスを意識しすぎて肩に力が入りすぎています。

大友君の登用と術死の出現時期が重なったので、相当なストレスはあるでしょう。でも実力的には問題ないのですから慣れれば大丈夫、時が解決するでしょう」

「今回の術死の直接の原因ではない、とお考えなんですね」

「当然でしょう。器械出しの看護師は、患者には直接触れないんです。関係するはずがない」

桐生は論理だけで、看護師交代が原因かもしれない、という垣谷説をばっさり切り捨てた。俺は、桐生の言葉をそのまま大友さんに伝えてあげたい、と思った。

「麻酔—人工心肺工学士ペアについては、どうですか」

「田口先生は、いいセンスをお持ちですね。麻酔医と臨床工学士をペアで扱うのは、サザンクロス病院で私が考え出したやり方です。あの部分は、二人一組で決まったんです。二人は、お互い補い合っています。かねてから深い信頼関係があったようです」

道理で相性抜群なわけだ。

「お二人とも、お互いに同じことを言っていました。もっとも氷室先生の方とは話が続かなくて、あまり詳しく聞けませんでしたが」

「彼と長く話すことができる人は、スタッフの中にもほとんどいません。氷室君と一番相性がいいのは酒井君のようです」

少々、意外な組み合わせのような気がした。

「基礎で共同研究をやっているからですかね」

「ええ、気が合うようです。犬にバチスタ手術をして、術中術後の微量ホルモンの変動や、脳波の変化などを調べています。酒井君は、細かいことをきちんと積み上げていくことが好きで、その辺りが共鳴するのかな」

桐生の完璧な受け答えを聞いているうちに、俺は少しばかり意地悪な気持ちになった。その鉄壁のディフェンスに、少し切り込んでみることにした。

「こうしてみると、外科スタッフがチーム・バチスタの一番の不安要素だということは皮肉ですね」

桐生は質問を予見していたようだ。予見されてしまえば不意打ちにならない。平静に処理されてしまう。

「確かに二人は、反目しています。正確に言えば、酒井君が一方的に垣谷先生の技術に不満を持っています。まあ、若い外科医ならその程度の気概は持たないといけません」

「酒井先生は、垣谷先生が桐生先生の足をひっぱっている、と言っていましたが」

「たとえそう見えたとしても、それは間違いです」

桐生はきっぱりと言い放つ。

「瞬発的な反射神経だけを比較すれば、酒井君の方が少し上かも知れません。けれども酒井君にはないものを、垣谷先生は持っているんです」

「どういうことですか?」

「それは胆力です。トラブルや非常事態になった時に露《あらわ》になるものです。経験によって培われた度胸と言ってもいい。手術現場で何もしないでいるということには、度量が必要なのです」

桐生の発言は酒井の言葉を裏づけている。垣谷が手術時、ほとんど手を出していないことは是認されているようだ。けれどもその価値基準は正反対だ。俺は混乱した。

　桐生は白衣のポケットを探り、煙草を取り出す。火をつけようとして、眼が合った。煙草をくわえたまま、慌てて言う。

「吸ってもいいですか?」

　俺はうなずく。非難の視線を向けたつもりはなかったのだが。

「業務時間内でしたら、珈琲をお出しできるのですが」

「私は煙草さえあれば、あとはどうでもいいんです。止められているんですがね」

　桐生はくわえ煙草の周りに漂う紫煙に、細い眼をさらに細める。

「ええと、何のお話でしたっけ。そうそう、度胸の話でしたね。確かに、手技は素早くこなせた方がいいのですが、格段に早くなくても最後に収支が合いさえすればいいのです。

　手術には、表には出ない部分を引き受けてもらうことで、術者が精神的に安定する部分があるのです。酒井君はそのことをまだ理解していない。手術を手先の反射神経勝負だと思っているうちは、一人前の外科医とは呼べません。こういうことはいずれ骨身で知る日が来るでしょう」

　意外にも垣谷に対する評価は高く、反比例するかのように酒井の評価は低い。

　経験が浅い故に垣谷の価値が理解できない、という評価は、含みのある表現だ。桐生は二つのことを同時に言っている。一つは酒井の技量に対する評価は低いわけではないこと。そしてもう一つは、垣谷の技術が低いと繰り返すことで酒井は、自分が外科医として未熟だということをさらけ出してしまっているということ。

　言葉にできないものを感知する能力。それが器というものだ。桐生の評価はその意味で厳しい。外科医としての酒井の器は小さい、と言っているのだ。

話題を変えた。

「明日の手術は注目されていますね。今日もテレビニュースで見ました。よく、ゲリラ少年兵の手術をお引き受けになりましたね」

桐生は苦笑した。

「断りきれなかったというのが事実ですね。表向きは国境なき医師団の依頼ということになっていますが、実はフロリダでお世話になったミヒャエル教授から打診されたのです。ノルガ共和国は内戦状態で、米国は政府軍を支持している。かといってゲリラと完全な敵対関係にあるわけでもない。ああいう小国では、ゲリラと正規軍の立場なんて、一晩でひっくりかえることもあるのです。だから米国は外交的には曖昧な状態でありたいと考えているようで、この依頼をスルーして日本に押しつけてきたんです。ミヒャエル教授は、ペンタゴンから圧力をかけられた、と言っていました。どこまで本当かは、知る由もありませんがね。但しミヒャエル教授の本音は日本でのオペではなく、内科的保存療法を期待していたようですが」

「手術が難しいということですか？」

「そうです。リスクはかなり高いでしょう」

「自信のほどはいかがですか？」

桐生は、眼を細めて俺を見つめる。

「いつだって、手術前には絶対の自信なんてありませんよ。逃げ出すわけにはいかない、と思って踏みとどまっているだけです」

「米国で心臓移植を受けた方が、根本的な治療になるのでしょう？」

「米国にも心臓移植の臓器提供を待つ患者は大勢いる。反米ゲリラのアフリカ人に、貴重な医療資源を提供することに対する反感もあるんです」

「日本では小児の心臓移植はしないのですか？」

俺は、日本人の子供が心臓移植を受けるために渡航する、というニュースを時折見たことを思い出しながら尋ねる。桐生は答える。

「しないのではなく、できないのです。子供は脳死臓器移植の対象外なので、日本では小児心臓移植は、現実に行えないシステムになってしまっているのです」

桐生は、吐き出した煙を追って、視線をさまよわせる。

「新聞の記事をお読みになったとおっしゃっていましたよね。どう思われましたか？」

「奇跡のようなチームだと思いました」

お世辞抜きに俺は言った。桐生は俺から視線をそらし、窓の闇に眼を凝らした。ぽつんと尋ねる。

「あの記事が掲載される少し前に、心筋症の子供が心臓移植のために渡米するという記事が掲載されたのはご存じでしたか？」

俺は首を横に振る。

「日本の医療には矛盾がある。メディアは問題から眼をそらし続けているんです」

「どういうことですか？」

矛盾のない組織は存在しない。心の中で俺は呟く。桐生は穏やかに言葉を続ける。

「小児臓器移植は、日本では対象外です。だから一握りの恵まれた子供が米国で移植手術を目指す。メディアはそうした患者をまるでスターのように扱います。善意の人たちから寄付を集め、美談に仕立て上げる。確かにそれは美談だし、悪いことではない。その一方で、文化人や倫理学者に発言させ、子供の臓器移植を倫理的、あるいは感情的に問題視させる。日本で子供の臓器移植を推進しようとすると足を引っ張る。米国では美談として支援し、日本では問題視する。同じ小児心臓移植なのに、おかしいと思いませんか。

今メディアが本当にしなければならないことは、なぜ日本では小児心臓移植ができないのか、ということを問題として取り上げることだと思います」

桐生は言葉を区切った。

「昨年七月、心臓移植で渡米する子供の記事が掲載され、八月、我々の記事が載り、そして九月、子供の臓器移植に反対する倫理学者のキャンペーンがはられました。これが新聞の一連の流れです。そこに隠された意図を感じてしまうのは、神経過敏でしょうか?」

切り取られた点景からだけでは、世の中は読み切れない。桐生のバトル・フィールドは、病院の中だけではなかった。俺は、桐生が発散している迫力の源泉を理解した。

「私は取材時に、今お話ししたようなことを、そのままお伝えしました。むしろ、日本の小児心臓移植の現状について伝えたくて取材を受けたと言ってもいい。ところが記事では、ばっさりカットされた。おかげで私にも記事の企画意図が理解できました。もっとも後日、私を取材した記者は、本社で勝手に記事に手を加えられてしまった、と申し訳なさそうに謝りながらも憤慨していましたがね」

桐生の眼が赤黒く光る。吐き捨てるように呟く。

「移植で助けられる命を、なぜむざむざ見殺しにするんでしょうか、この国は」

それは、誰もが悪人になりたくないからだ。心の中で呟きながら、俺は桐生の迫力に気圧される。間合いを外すように釣り球を投げてみる。バチスタ・リストを眺めていた時の違和感の追求が裏の意図だ。続けて起こった術死の最中でも、不連続な断層のように小児症例は成功裏に終わっている。その結果、子供の症例に関しては連勝が続いている。

「明日の手術は先生にとって、マスコミのストレスが強いですか、それとも小児心臓手術というご専門だから気楽ですか？」

桐生は笑う。

「いつもと同じ、ベストを尽くすだけです。子供でも大人でも、私の手技には関係しません。普段と違って大変なのは、高階病院長と黒崎教授の方ですよ」

桐生の選球眼なら、こんな悪球は当然見送るだろう。試すまでもなくわかっていることでも、試してみたくなる時はあるものだ。

桐生の眼から、ぎらぎらした光が消え失せ、透明な表情になる。

「明日の手術は成功させます。子供の無限の可能性を潰したくはないですから」

俺は、桐生の煙草を持つ指が、かすかに震えているのに気がついた。


「話は変わりますが、鳴海先生は義弟さんだとか」

「リョウのことですね。実は帰国の際、妻と離婚したので、兄弟関係は解消しています。未だに義兄さんと呼ばれていますがね」

「彼の技術は、どれくらい手術に関わってくるのですか？」

「影響ははかり知れません。バチスタ手術はリョウとの二人三脚で作り上げたものです。手術成績が良いのは、切除前の心筋変性部位の的確な把握と完全切除を確信できるようになったからです。リョウが術中に心臓を肉眼観察し、私と共に切除範囲を決定する。変性部の完全切除を術中迅速組織診で確認する。このため、私の精神的負担はとても軽く、その後の手技に好影響を及ぼします」

「病理医でありながら、そこまで外科医のセンスを持っている方も珍しいですね」

「リョウは、フロリダでは外科医として私とチームを組んでいましたからね。本人は基礎医学をやりたがっていたのですが、私が強引に外科に引きずり込んでしまったんです。最終的には、自分の希望通りの世界に落ち着いたわけです」

「鳴海先生は、診断と治療を分離すべきだと主張されているとか」

「ええ。私の主義とは異なりますが、理解はできるスタンスではあります」

「別れた奥さんの弟と仕事を続けることには、抵抗ありませんか？」

桐生は首をひねる。

「能力を認め合った者同士で仕事をする時には、そんな私事は些事です。それに、妻とは離婚しましたが、彼女に対して、今はそれほど強い悪感情はありません。離れてみるとむしろ懐かしい。ですからリョウに対する気持ちにも影響ありません」

桐生の言葉は明解だが、いまひとつ説得力には欠ける。離婚理由は腑に落ちないし、別れた妻が桐生と同じ風景を見ているとは限らない。それは鳴海にも同じことが言える。鳴海から桐生と同じ答えがもらえるという保証はない。こればかりは、本人に確認してみるしかないだろう。


話が途絶えた一瞬を捉えて攻守交代。桐生が質問を仕掛けてきた。

「田口先生は、高階病院長とは昔からのお知り合いなんですか」

「ええ。私は高階先生のおかげで落第せずに医者になれたようなものです」

「お二人の信頼関係はとても深そうですね」

「私は信頼申し上げていますが、高階先生が私を信頼しているかは疑問ですね。これまであまりお話ししたことがなかったものですから」

「そうなんですか？　こうした依頼は強い信頼関係がないとなかなか頼みにくいことだと思っていました」

「私も同感です。けれども本当なんです。こんなこと、隠す意味ありませんよね。落第寸前だった学生時代、一方的にお世話になったことはあります。でもそれは十五年前の話で、医師になってからは、先日、先生とご一緒した時が一番長くお話をした機会でした」

「だとすると私には、高階先生が田口先生を指名した理由がわからなくなってしまうのですが」

桐生は俺を見つめる。ごもっともだが、俺にはこれ以上説明のしようがない。桐生の疑問は俺の違和感と同じなので余計始末に負えない。桐生の鋭く光を増した視線をかわして、俺は心の中で繰り返す。桐生の疑問はもっともだ。俺だってそう思う。

なぜ、俺がこんなことをやる羽目になったのだろう？

＊

俺は、卒業間近のある日の記憶を呼び起こす。ちょうど今頃の季節のこと。

当時の高階教授と、今の桐生のイメージには、どこか重なり合う部分がある。


俺は卒業試験の追試をいくつか抱えていた。本音では卒業は諦めかけていた。怠惰に過ごした六年の決算は、いつかどこかで必要になるだろうと予想していたので、悔いはなかった。それでもせめて最後の悪あがきでもしてみようと思い、実際に悪あがきをして、その粘りが奇跡を呼ぶ一歩手前まで来ていた。

残された最後の難関が、外科学の口頭試問だった。

五つのヤマはすべて外れた。広範な外科学のヤマをたった五つに絞り、それが当たると信じきっていたあの頃。どうしてあんなにポジティブだったのだろう。暴走車が、自分だけは事故らないという根拠のない自信を胸に驀進《ばくしん》するような、あの感覚を失ってから、もう久しい。

きっぱりと落第を覚悟したその時だった。高階教授が意表をつく質問を切り出した。

「イレウスはご存じですか？」

イレウス、腸閉塞。例えば、癌《がん》を知っているかと訊かれたら、医学生なら怒るべきだろう。それと同じくらいの基礎知識。これをヤマと考えるようなヤツは医者にはなれない。それくらい基本的だったので、その時俺は「イレウス」にヤマをかけていなかった。

「腸閉塞、です」

時間稼ぎ。単語を言い換えただけ。後が続かない。三重苦の俺にのしかかる重苦しい沈黙。その時、なんとも間の抜けたタイミングで、高階教授の長閑《のどか》な声がした。

「……その通り」

切れ者と誉れが高かった若き日の高階教授は、にやにやと笑った。評判とはうらはらのいたずらっこの表情。視線を手許に落とすと、手早く何かを書き込んだ。

「Aは無理ですが、Cを差し上げましょう」

「えっ、何故ですか？」

口に出してから後悔した。黙って頭を下げて、とっとと退出するべきだった。

高階教授は、ほう？　と眼を見開いた。柔和な表情に戻る。

「Cではご不満ですか？」

俺は唇を噛む。後悔したってしょうがない。とりあえず、いけるところまでいくしかない。もう止まれない。

「僕の合格は不当だと思います」

あーあ、言っちまった。本当に馬鹿だ。間髪いれず高階教授は答えた。

「私もそう思います。今、この瞬間だけで評価するなら、ですけれどもね。私が君を合格にしたのには、他に理由があります」

目の前に垂れ下がってきた蜘蛛の糸をぼんやり見つめる。高階教授は続ける。

「医師の仕事は、口頭試問で適性が測れるほど底の浅いものではありません。知識なんて些細な枝葉、臨床の海に飛び込めばイヤでもついてくるものです。それ以前にもっと大切な資質があるんです」

「それは何ですか」

高階教授は俺をじっと見つめた。それから静かに言った。

「それを卒業試験の追試課題としましょう。よく考えてみて下さい」

ちょっぴり不親切だと思ったのか、高階教授は思い出したようにつけ加えた。

「ひとつだけ、ヒントを差し上げましょう。ルールは破られるためにあるのです。そしてルールを破ることが許されるのは、未来に対して、よりよい状態をお返しできるという確信を、個人の責任で引き受ける時なのです」

それから、俺の眼の奥をのぞき込んで、にっこり笑う。

「ま、少なくとも今の君の答えを聞いて、私が未来の債務を免除していただけそうなことだけは確信しましたがね」

高階教授の言葉は、その日暮らしの俺にとっては、難解すぎた。その後の呼び出しがなかったことをいいことに、俺は追試をバックれた。

卒業証書は手にできたが、代わりに追試課題はずっと心にひっかかり続け、今日に至っている。高階病院長の前に立つと、落第生の落ちこぼれ気分になるのはそのためだ。

＊

ぼんやりした俺を、桐生は興味深そうに見つめていた。ふと我に返ると、時計の針は、十時近くを指していた。

「すっかり遅くなってしまいました。今日はこれで終わりです。ご協力ありがとうございました」

桐生が立ち上がった。

「今回のことでは大変お手数をおかけしています。明日はよろしくお願いします」

手を差し出してくる。つくづくコイツは米国人だと思いながら、その手を握り返す。また、かすかな震えを感じた。

「手術、がんばって下さい。明日は、きっちり見学させていただきます」

桐生は笑顔を見せた。少年兵士の手術まで、あと十一時間。

8章 アフリカの不発弾

2月7日木曜日　午前8時45分　2F・手術部・第一手術室

目覚ましの最初の一鳴りで目がさめた。七時ジャスト。学生実習以来の手術見学なので、少し緊張しているのだろうか。

昨晩、聞き取り調査の内容をまとめていたら、日付が変わってしまった。家に帰るのも面倒臭くなり、愚痴外来控え室のソファで一夜を過ごした。

こういう時は、独り身の気楽さがありがたい。

丸まって毛布にくるまっていたが、思考の糸は寒さに萎縮し、もつれてこんがらがった。小部屋に冷気がしのび込む。

……でも、何かある。

眠りに落ちる直前、俺の中で囁く声がした。

七時すぎ。院内ロビーに人影はない。朝日が正面エントランスのガラス窓から病院の奥までのぞき込む。ロビーの端まで俺の長く赤い影を引く。

朝食を買いに二階売店に行く途中、普段と違う光景に出くわした。

外科外来の前に、人のかたまりができていた。マイクを持った、華やかな色彩の服の女性にカメラが向けられている。厚化粧、香水のむせかえる香り。乱雑なざわめき。耳をすますと、遠くでヘリコプターの音がする。

「それでは、外科外来前からお伝えします。アガピ君を乗せ、横須賀の駐屯地を飛び立った自衛隊の特別ヘリが、ここ、東城大学医学部付属病院屋上へリポートに舞い降りたのは、十日前でした。待機していた黒崎教授が、桐生助教授と共にアガピ君を診察、バチスタ手術適用が即時決定されたのがこの場所でした」

アナウンサーが指さしたのは、第二外科外来、今は消化器腫瘍外科外来だ。そこは黒崎教授の天敵、第二外科教授の高階病院長のなわばりだ。第一外科、もとい、臓器統御外科の黒崎教授が見たら、さぞかし激怒するに違いない。

そもそもコイツらはどこから侵入し、誰の許可を得て、こうしたご乱行に及んでいるのだろう。病院の警備が甘いにもほどがある。

しかし、俺の疑問と憤激は次の瞬間、あっさりと融けた。小さな憤りを抱えて佇んでいる俺の背後から、聞きなれた声が響いてきたのだ。

「やあやあ皆さん、朝早くからごくろうさま」

テレビクルーが一斉に、俺の背後の人間を見た。俺の脇をすり抜けて、すたすたとクルーの方に歩み寄っていく人物。

第一外科、もとい、臓器統御外科、黒崎誠一郎教授だった。

黒崎教授は満面の笑みを浮かべていた。プロデューサーとおぼしきヤツがすりよる。

「黒崎教授、本当にありがとうございました。まさか手術当日に、外科外来前からオンエアさせていただけるなんて、我々にとってはまさに快挙です」

「本当は手術室の前からできれば一番良かったんだけどね。事務長の了承は取りつけたんだが、何しろ総看護師長が石頭でねえ」

黒崎教授の上機嫌なインタビューの声を背中で聞きながら、俺は売店へ急ぐ。テレビに映りさえすれば、仇敵の第二外科外来の前でも気にはならないらしい。まったく大したお方だ。呆れるのを通り越し、つくづく感嘆してしまう。

外科外来の前を通らないようにして部屋に戻る。朝食のカツサンドのメニューは、カツと勝つをかけるというゲンかつぎで決めた。成功を祈る意志がここにもあるということを天に表明するためのささやかな行為。これくらいしないと、あまりにも桐生が気の毒だ。


手術室に、ためらわずにすっと入る。経験を積んだ成果。ひとりでできるもん、気分。でも着替えは初めてだった。まごつく俺を見かねた研修医が手術着の着替え方やロッカーの使い方を教えてくれた。胸元が開きすぎて薄ら寒い手術着を着、手術帽をかぶり、使い捨ての紙マスクを装着する。バチスタが第一手術室で行われることを、ホワイトボードで確認する。

十五年ぶりの手術室。俺は深呼吸した。


ドアが開く。

無機質な部屋の中央に、少年が横たわっていた。

黒い肌が視界に飛び込んでくる。左腋から肋骨弓にかけてあるガーゼの白さが眼に痛い。その下には赤い傷跡が口を開けているのだろう。

心電図モニタの電子音が単調なリズムを刻む。氷室が酸素マスクを少年の口許に固定している。時々、耳許で何か囁きかける。少年はかすかにうなずく。

左手には業務用冷蔵庫のような不愛想な箱が、無造作に置かれている。透明なチューブが金属の本体を喰い破り、のたうち回ったあと、動きを停止したかのようだ。乱雑に散らばったそいつらを一匹一匹なでながら、羽場が人工心肺の機嫌を確かめている。本体には、透明な丸い窓があって、中ではローターが回転と休息を繰り返している。

右手には、青い滅菌布でカバーをした台を三つ並べ、その上にぴかぴか光る刃物をきれいに揃え、並べている大友看護師。俺に気がつくと、かすかに視線を揺らして小さな挨拶を送ってきた。

視線を、少年に戻した。大きな眼。肌の黒さが白眼を際立たせる。感情がすべて抜け落ちているかのような眼。その眼は一体、どれほどの地獄を見てきたのだろう。そしてそれは今も続いている。言葉が通じない遠い異国の、手術室という亜空間に置きざりにされ、弾丸すら射抜くことができなかった鋼《はがね》の心臓が、これからメスで切り裂かれるのだ。

この世界には、銃弾を身体に受ける子供はどのくらいいるのだろう。その上さらに心臓にメスを入れられる人間は？　天文学的な確率を乗り越えて、彼はここにいる。

横たわる少年の左腕に氷室がうずくまる。外回りの看護師が寄り添う。

「動脈ライン、確保」

差し出されたチューブを氷室が接続する。面を上げると俺と眼が合った。一瞬、少年のまなざしと似ている、と思った。

氷室から視線を外し、手術室を見渡す。酒井がシャーカステンにフィルムを展開している。いつもと違って、動きがどこかぎこちない。隣で、だぶだぶの手術着に埋没した小男が、こじんまりとフィルムを見つめている。

「酒井君、フィルムの並べ方を入れ替えた方がいいとは思わんかね？」

黒崎教授だった。まったく、呆れるくらいフットワークの軽い爺さんだ。しかし、何と意味のない動きばかりをする人なのだろう。

黒崎教授は俺を見つけて、怪訝そうな顔をした。

「神経内科の仙人が、なぜこんなところにおるんだ？」

俺はぺこりと頭を下げる。

「まあ、その、ちょっとイレギュラーな頼まれごとがありまして」

幸い、黒崎教授は儀礼的に質問しただけで、すぐに俺に対する興味を失ったようだ。ほっとする俺の隣で酒井が、白けた表情で写真展示を続けていた。


時計の針が九時を指す。氷室が少年に声をかける。

「Agapy, you will be sleepy, understand, OK?（アガピ君、君はだんだん眠くなる、いいかい？）」

少年は小さくこっくりする。氷室は膨らんだ手術着のポケットから注射器を取り出すと、看護師から手渡されたアンプルをカットし、液体を吸い上げる。コネクターに接続し、透明な液体を注入する。酸素マスクを少年の下顎に押し当てる。

一瞬の間。そして氷室の声。

「アガピ、…………アガピ？」

返事はない。ギアが入り、氷室のスピードが切り替わる。

「マッキントッシュ、……挿管チューブ」

挿管完了。人工呼吸器装着。少年の胸部が、自動呼吸器の動きと共に規則正しく上下し始める。

ドアが開く。垣谷が極彩色のバンダナを頭に巻き、鼻歌を口ずさみながら入ってきた。色彩の派手派手しさはまるで太った孔雀だ。

映画『ロッキー』のテーマ曲がとぎれた。

「く、黒崎教授、今日はどうされたんですか?」

垣谷が動転している。黒崎教授はぎょろりと垣谷を見る。

「垣谷君は、バチスタの屋台骨をしっかり支えてくれているようだね」

誉め言葉に聞こえるその言葉の裏側に、ひやりとする冷たさがあった。黒崎教授はそれを隠そうともしない。垣谷が言う。

「そんなこと、ありませんよ」

垣谷と黒崎のやり取りが始まったのをこれ幸いと、酒井が気詰まりな場から逃走を謀る。手洗いしなくっちゃ、と呟きながら、そそくさと部屋を出ていく。

「いやいや、垣谷君はいまやチーム・バチスタにはなくてはならない人材だと、もっぱらの評判だよ。おかげで私も鼻が高くてね」

「いえいえ、私なんて、ほんの頭数合わせでして……」

垣谷がさらに言い訳をしようと口を開いた。

ドアが開く。手の甲をこちらにむけ、両手を胸の高さに掲げた桐生が立っていた。

第一手術室は、一瞬で沸騰した。

桐生は黒崎教授をじろりと見て、かすかに目礼した。黒崎教授は、慌てて胸を反らし鷹揚にうなずく。桐生は俺の姿を認めると、改めて軽く頭を下げた。

ゆっくりとした足取りで定位置に向かう。眼は少年に注いだまま、大友看護師に手を差し出し、イソジン綿球をオーダーする。

ガーゼが外される。黒い上半身が褐色に塗り替えられていく。

「滅菌布……。フィルム」

矢継ぎ早な指示に、寸分違わず周りが動く。

ドアが開く。手洗いを終えた酒井の再入室。術野の基礎工事に参入する。やがて準備の動きが止まる。メンバーが定位置につく。

ぐるりと見渡し確認してから、桐生はおもむろに玉座に就いた。一礼。

「執刀開始する。メス」

桐生の指示に大友看護師の指先が反応する。

「クーパー」

クーパー一閃。この瞬間、桐生の脳裏からは、術死が連続していることも、部外者の俺がいることも、消え去っているようだ。

「ストライカー」

チェンソーの回転音。肉と骨が焦げるかすかな臭い。開窓器が装着される。激しく鼓動している心臓が、薄い皮膜ごしに暴れているのがチラリと見えた。

スタッフが築いた石垣の内側には、小さな鼓動。外から注ぐ部外者の視線の矢。

それにしても黒崎教授はなぜ、わざわざ手術室内部で見学しているのだろう。教授なら、モニター付きの観覧席から手術を見下ろすのが普通だ。術野は見やすいし、着替える手間もいらない特等席だ。手術室から見れば雑菌が一つ減る。お互い、いいことづくめなのだが。

黒崎教授の眼は、落ち着きなく術野と壁の時計を交互に見比べていた。

桐生のメスが少年の身体の奥深くへと分け入っていく。心臓が露出された。

「イメージより一回り大きいか。だが、状態は良さそうだな」

桐生は呟き、そして眼を閉じた。術野が停止する。

ふわり、と空気が揺れた。

「心尖部は残せそうだね」

語尾にビブラートがかかる、やや高い声。顔を上げて正面を見る。

コイツがジュニアか。

桐生の対角の高みに陣取った鳴海の視線は、微動だにしない。その照準は、少年の身体の内部で拍動している小動物にぴたりと合わされている。

「前下行枝領域にかかるか?」

「Yes, but a little.（少しかかるね）。でもノー・プロブレム、リミッターの範囲内だよ」

「切除可能なんだな」

黒崎教授が口を挟む。鳴海は答える。

「Probably.（多分問題ないでしょう）」

眼を開き、桐生が高らかに宣言する。

「よし、いくぞ」

術野が揺らぐ。羽場と氷室が、冬眠から目覚めて活動を再開する。活性化し始めた術野に背をむけて黒崎教授がいそいそと部屋を出ていくのを、俺は視界の片隅で捉えた。

「低体温に移行します。心停止液注入のタイミングを指示して下さい」

氷室が桐生にオーダーを出す。桐生は、手早く人工心肺を装着していく。羽場の視線が、人工心肺のあちこちを飛び回る。

「オーケー、ゴー」

桐生の合図とともに、垣谷が黄色いシリンジをゆっくりと押していく。激しい暴れ馬のようだった拍動が、寒さに凍えるウサギのように、ぶるぶると統一感のない震えに変わっていく。やがて凍えたように動きを止めた。少年は地獄の門のたもとで立ちすくんでいる。

メス、電気メス、バイクリル、モスキート、と器械の名称を指示する声がランダムに響く。桐生の声、時おり、垣谷と酒井の声が交じる。

俺は、桐生の手技に見とれていた。徹底して論理的に組み立てられると、手術は鍛え抜かれたアスリートの技のように美しかった。ふと、桐生の手術がほとんど出血しないことに気がついた。

ごとり、と、モスキートがついたままの肉片が置かれた。

「モスキート側が心尖部だ」

受け取った鳴海がうなずく。ドアが開く。心臓片を手に部屋を出ていく。

鳴海が退場した後も、手術は淡々と続く。金属の触れ合う音、器械の名を呼ぶ声。

三十分経過。ドアが開く。鳴海が戻ってきた。

「切離断端問題なし。変性部は取り切れています」

鳴海には眼をやらず、桐生はうなずく。

「縫合終了。心血流を再開する」

「復温開始します」

羽場の声。

桐生は手を止めた。心臓を見つめる。長い時間が経った、ような気がした。

「再鼓動、しません」

酒井が囁く。

垣谷も動かない。極彩色のバンダナだけが騒々しい。

「復温は？」

「三十五度です」

羽場の声。

桐生は動かない。ちらりと俺を見上げたが、すぐに眼下の心臓に視線を戻す。

「桐生先生、再鼓動が来ません」

酒井の泣き出しそうな声。桐生は動かない。

垣谷の野太い声。

「酒井君、もうちょっと我慢しな」

凍りつく時間。それは、時間という概念をはみ出してしまった何ものかのようだ。

大友看護師の切れ長な眼が、おびえたように少年の心臓を見つめる。その眼は瞬きを忘れてしまっている。

「三十六度です」

俺はきつく眼をつむった。

桐生がぽつんと呟いた。

「来た」

のぞき込むと、小さな心臓がおそるおそる、小さな鼓動を始めていた。

緊張が一度に解けた。手術室は暖かい空気に包まれた。

俺は自分の両足ががくがくと震えていたのを感じた。


何事も実際に体験してみなければ、本当のことはわからない。俺は今日、「再鼓動せず」という言葉を疑似体験した。術死は、カルテの薄さなどという洒落《しゃれ》た表現に収まりきるものではなかった。それは、暗黒の絶望感だった。

俺に反感を抱く酒井でさえ、調査に素直に協力した理由が納得できた。この恐怖を取り除いてくれるのなら、俺でもきっと親の仇にだってすがりつくだろう。これと比べたら、俺と酒井のいざこざなんて、取るに足らない笑い話だ。

現実に横面を張られ、俺は自分の使命を再認識した。術死は二度と起こしてはならない。そのためには立て続けに起こった術死の原因を明らかにすることが、何よりも最優先だ。

垣谷が言うように、偶然が重なっただけなら、それに越したことはない。俺の労力が無駄になるくらいで済むのなら、そのくらいの不利益は喜んで引き受ける。

けれども、手術に立ち会って、俺の中に確信が生じていた。あれだけ冷静な桐生がおかしいと言っている。それだけで、もうすでに十分おかしいことなのだ。

その夜、ニュースでは、アガピ君の手術の話題が大きく取り上げられていた。テレビを見ていて、ひとつ謎が解けた。どの局でも、黒崎教授のインタビューが大きく扱われていた。紙マスクを乱雑に外し、手術室から大急ぎで駆けつけてきたかのような術衣姿が印象的だった。

この演出のために、黒崎教授は術衣に着替える必要があったのだ。

一体何を訴えたいのだろう？　誰にアピールしたいのだろう？

画面の中の満面の笑みに、黒崎教授の欲望がむき出しにされていた。

9章
聞き取り調査3日目

2月8日金曜日　午後3時　1F・不定愁訴外来

手術翌日、午後二時。不定愁訴外来。

約束の時間に姿を見せない鳴海を待ちながら、俺は昨日の手術が終わった後のことを思い返していた。

＊

アガピ少年がCCUに運ばれるのを見送った。CCUでは、桐生、垣谷、酒井の三人がはりつくはずだ。きっと今夜は、酒井が泊まり込むのだろう。

手術室に戻り、鳴海とアポイントをとりつけた。事前に言い含められていたようで、日程はすんなり決まった。

羽場が人工心肺の後片づけをするのを見学しながら、手術室豆知識を伝授してもらった。羽場は機嫌よく質問に答えてくれた。

「手術はいつも、こんな調子で進んでいくんですけどね」

嬉しげに教えてくれた後、羽場の表情が一瞬曇る。

「ただ、術死した三例も、再鼓動寸前までは今日と同じような感じでした。今日もまたかと思ってびびりました」

一言そっとつけ加える。「無事に終わって、本当によかった」

羽場は心から安堵したという気持ちを素直に表現した。

あの再鼓動の遅れは、やはり普通ではなかったらしい。でも結局は無事だったのだから問題ないだろう。俺は自分の中の不安を強引にもみ消した。

桐生の手術は冷徹なまでに論理的だ。無駄が削ぎ落とされているので簡明に見える。もし手術中に異状が生じれば、素人の俺にもわかってしまうに違いない。

これでは術死の原因を探し当てるのはおそらく困難だ。数例見学して術死が起こらなければ、高階病院長に原因不明の死亡だったと報告するしかないだろう。

昨日の手術が無事に成功したことで、俺は任務の半分を終えた。残り半分についてもゴールが見えた気がした。肩の荷が少しばかり軽くなった感じがした。

もっとも、これが大きな思い違いだったことは、すぐに思い知らされることになるのだが。

*

□田口ファイル⑦　病理医　鳴海涼　助教授（37）　午後3時

「申し訳ありません。突然、解剖依頼が入ってしまったので」

鳴海は一時間の遅刻を謝罪した。解剖は予測不能なのだからやむを得ない。

鳴海からは、かすかなホルマリンの刺激臭と石鹸の香りが混じって漂ってくる。多分、シャワーを浴びて来たのだろう。

手術室で鳴海を見た時、異質な感じを受けた。戦場をうろついている画家か詩人、と喩えるとしっくりする。自分を特別な存在だと主張はしないが、彼を見た人間は瞬間的に、彼はこんな場所にいるべき人間ではないと感じてしまう。

顔立ちは、冷たく整いすぎている。しかしそれよりも、異質な声が際立つ。ビブラートのように細く震える。弱々しいのに不思議によく通る。

しなやかなムチのような細身。気まぐれなシャム猫。うかつに手を出すと、気高く無視されてしまいそうだ。

俺は、おそるおそる尋ねた。

「解剖は多いんですか」

「少ないです。三百床のこの施設で、昨年は剖検数が十体を切りました。剖検率五％です。もっともこれは、日本全体の剖検率とほぼ同じですが」

「ということは日本では死者二十人に一人しか解剖されていないのですか？」

「そうです。年間百万人死亡し、行われる解剖は三万体前後。これがどれほど由々しき事態なのかということに関して、医療関係者は自覚がなさすぎる。

剖検は、現在唯一の死亡時医学検索です。剖検率五％ということは、九十五％は死亡時に医学検索されずに弔われてしまっているということです。医学検証しなければ、死亡時に起こったことはわかりません。後に犯罪が疑われても、その時には客観的な医学情報は何ひとつ、証拠として残されないんです」

鳴海は激しい口調で吐き捨てる。遅刻の理由説明から、話が本筋のど真中につっこんできた。俺は鳴海の流れに従う。

「私は、連続術死の調査を依頼されました。そのため鳴海先生にもご足労いただいたのです。そこでお訊きしたいのですが、鳴海先生の目から見て、この連続術死が医療事故である可能性はあるとお考えですか?」

「私の考えでは、そうは考えられないと思います」

「では、術死が連続したのはなぜでしょうか」

「偶然でしょう。ドクター桐生はフロリダの専門病院で、十年で二千例を越える心臓手術を手がけたエキスパートです。ずっとドクター桐生の手術を見続けていますが、手技は全く衰えていません。米国時代の彼の術死率は〇・五%、十人を手術で亡くしています。バチスタ手術の術死は五例、そのうち三例は連続しています。かつて立て続けに術死に見舞われた時でも、彼は術死の原因を自分で冷静に把握していました。彼が、術死の原因究明を外部に委託しようと考えたこと、そのこと自体がすでに私から見ると異様なことなのです」

桐生とほとんど同じ内容表現。まるで口裏合わせをしているかのようだ。

但し、口裏を合わせなくても話の内容が一致することはある。二人が真実を語っている場合だ。

つまり、彼らの話を疑うのか信じるのかは、俺の考え次第ということか。

「病理医の立場から、この調査に対するアドバイスはありませんか」

「Nothing.(ないですね)。田口先生は本当にお気の毒です。術死三例には、解剖が行われていません。つまり客観的な死亡時医学情報はゼロです。それで後日、死亡原因を調べ直せなんて無理難題もいいところです」

羽場が言った通り、この義兄弟の精神構造は一卵性双生児だ。物事が論理で割り切れると信じきっていて微塵も疑いを持っていないところなど、本当に瓜二つだ。

俺は純朴な青年を装って質問してみた。

「そんなに解剖が大切なら、なぜこれらの症例に対して解剖を行わなかったんですか？」

鳴海は苛立った表情になり、早口にまくしたてる。

「私はドクター桐生に解剖するように提案しました。でも、できなかったのです」

「なぜです？」

「そんな承諾、遺族からとれますか？　心臓を止めて手術をして再鼓動しなかった。誰でも患者の体力がもたなかったか、手術ミスのどちらかだと思うでしょう。

心臓手術の術死の場合、死因があまりに自明に見えるので、解剖できないのです。手術ミスの場合は、遺族から解剖依頼されることもあります。背景には、医療施設に対する不信感がありま す。その点、ドクター桐生には絶対的な信頼があるし、手術の危険性は十分理解してもらっているので、その方面からの解剖要請もありません。どちらにしてもドクター桐生は剖検ができない状況にあるのです」

「なるほど。それなら仮に、病院内部で犯罪が行われた場合、それが医療過誤か犯罪かはどうやって見分けるのですか？」

鳴海は複雑な笑顔を浮かべる。

「医師が積極的に犯罪に手を染めていた場合、立件は難しいでしょう。証拠隠滅が容易で、独立した医療監査システムも存在していませんからね。そうした問題は、現在ではたいてい内部告発の形で表に出ます。もしスタッフが告発しなければ、おそらく犯罪は隠蔽されます。その時は、犯罪立証される可能性はほぼゼロでしょう。

医療過誤の調査に関する社会システムにも問題があります。異状死は警察への届け出義務があります。すると始めに来るのは警察官です。彼らの手に負えないと本部から警察医が呼ばれる。警察医はたいてい地元開業医などの兼任です。警察の言葉を鵜呑みにしてしまう警察医もいる。そんな人たちに巧妙に隠された犯罪を見抜く能力があると思いますか?」

鳴海が必要以上に挑発的になっているのを感じる。不快感を感じる以上に、呈示された現状の問題点の大きさと深さに愕然とした。

医療過誤問題に対して社会が有している調査システムはとてもお粗末なもののようだ。これでは、〝天網恢々疎《てんもうかいかいそ》にしてダダ漏れ〟ではないか。

「こうした問題を解決するため、厚生労働省が関連四学会からの申し出に答える形式で作ろうとしているのが、医療過誤関連の中立的第三者機関です。その実態は、現状の不十分な死亡時医学検索の土台の上に、新しい看板を上塗りしただけの、いかにもお役所的なアリバイ仕事です。このままでは、帯に短いだけではなくて、タスキにも短いものができてしまうことは確実ですね」

その記事は俺も読んだことがあった。鳴海は続ける。

「横道にそれてしまいました。話をもとに戻しましょう。今回の田口先生の調査を見ていて興味深いのは、その手法と根底にある仮説です」

「不定愁訴外来と同じやり方で、聞き取り調査をしているだけなんですが」

「そうではなくて、全員の聞き取り調査をしてから、手術を見学するという手順の方の話です」

「ごく普通のやり方だと思いますが」

「いいえ、そんなことありません。このやり方には、田口先生の仮説が見え隠れしています。田口先生のお話を伺っていて、私はますます自分の推測に確信が持てました」

「と、言いますと?」

「先生はこの案件を、殺人、しかも犯人はスタッフと考えているということです」

俺はぎょっとして、コーヒーカップを落としそうになった。

「はあ？　な、なぜいきなり、そんなことを。そんなことあるはずないじゃないですか」

裏返った俺の声に、鳴海は笑って答える。

「なるほど、田口先生ってそういうタイプだったんですね。自分の奥底にある声に気づかなくても、反射的に動くことができるんだな」

鳴海の言葉が俺の中で過剰に反響する。一体何を言いたいのだろう、コイツは。

「どうやら田口先生にはご自分の姿がよく見えていらっしゃらないようですね。それなら私が解説しましょう。まず田口先生はスタッフ全員の聞き取り調査をしました。一人一人に対しかなり詳細に聞いているようですね。それなのに、その前に行っている過去のカルテの検討は、ひどくラフです。昨日の手術にはぴったりはりつき、手術を見学し続ける。手術終了後はＣＣＵへはいかず、手術室をうろつきまわる。

田口先生は、術死をスタッフが起こした殺人だと考えている。こう考えると、こうした行動のつじつまが合うんです。カルテを詳細に調べないのはなぜか。意図された殺人ならば、証拠が記載されているはずがないからです。手術終了後も手術場に残り続けたのはなぜか。問題が手術の中に隠されている、と考えているからです。

これが、田口先生の行動と今のお話から割り出した、一つの結論です」

そうだったのか。俺はシャッポをぬいだ。鳴海は、本人でさえ気がつかなかった深層心理を解き明かし、挙げ句の果てに無自覚だった本人を納得させてしまったのだから。

「恐れ入りました。私ってば、そんなことを考えていたんですね。気づかなかったなあ。するとこの聞き取り調査は、被疑者に対する取り調べですね」

俺は皮肉を込めて鳴海に問いかける。俺の嫌がらせを、鳴海はあっさりすり抜ける。

「私は患者にはノータッチですから、当然容疑者リストから除外されます。私の場合は周辺への聞き込みに相当しますね。それにしても、田口先生の考え方は参考になります。私の手法で検討してみると、いくつかのポイントで整合性を欠いてしまうので、困っていました。それが田口先生の仮説のように、殺人と見立ててみると、腑に落ちなかった点が矛盾なく収まりがついてしまうので、少し驚いているんです」

俺は殺人を前提にして、物事を組み立て、行動してきたのではない。本当はそのはずなのに、鳴海と話していると、どういうわけか言われた通りであるような気がしてくるのだから、言葉というものは恐ろしい。本当に恐ろしいのは鳴海の暗示力かも知れないが。

俺は緩みかけたガードを固め直す。

「鳴海先生の仮説からすると、昨日、問題が起こらなかったことも説明がつきますね。きっと私が見ていたから犯人は自重したのですね」

「そうですね。ドクター桐生の……」

言いかけて鳴海はふっと肩の力を抜き、俺に笑いかける。

「いや、義兄の本当の狙いはそれだったかも知れません。ただし、別の見方もできます。これまでの術死は偶然起こったことで、昨日はいつも通り成功しただけだ、ということです。こう考えれば、何も起こらなくて当然です」

鳴海は俺をあちこちに引きずり回す。一体どこへ連れていこうというのだろう?

「スタッフによる殺人、という〝田口仮説〟は支持できませんね。術死が起こって以降、スタッフ間のチェックは相当厳しくなっています。その中でもしも不自然な動きをするようなヤツがいたら、すぐにわかってしまいます」

　俺はそんな仮定はしていない。手術室をうろついていたのも、術死調査だから手術場だけ調べればいい、という単純で横着な発想からに過ぎない。CCUについていかなかったのも、俺からすればごく自然なことだ。だってCCUでは患者は亡くなっていないのだから。鳴海は俺を買い被った挙句、深読みし過ぎているようだ。

　鳴海と会話を交わす度に、スタッフ犯人説は〝田口仮説〟と〝鳴海仮説〟との間でころころ名称を変えている。ピンを抜いてしまった手榴弾のたらい回しみたいだ。こういうのを確か、ココナッツ・ゲームっていうんじゃなかったっけ。

　見方を変えると、まことに麗しい光景だ。プライオリティの尊重。俺は〝鳴海仮説〟、鳴海は〝田口仮説〟と、互いに相手を立てようとしている。どんな状況下にあっても我々は研究者の顔も持っているのだ、と実感する。

　この仮説の本体は、鳴海の視点からは俺がそう考えているように見える、ということなので、誰がどう見ても、その主体は鳴海にある。そう考えれば、この命名権争奪戦の軍配は〝鳴海仮説〟に上がりそうだし、また、そうなってもらわなくては俺としても困ったことになる。俺は鳴海に言った。

「自分でも気づかなかった潜在的なアイディアを取り上げていただいた後で、叩き潰されたとしても、恨みませんよ。提唱者の鳴海先生には申し訳ありませんが、〝鳴海仮説〟は間違いであった方が、私も気がラクですし」

　鳴海は笑った。

「そうですね。〝田口仮説〟の最大の弱点は、動機が設定しにくい点ですからね。現実的には妄想に近い、と言うことができるでしょう」

仮説のプライオリティをめぐり互いに相手を立て合うという意地のはり合いは、鳴海の自爆で幕を引いた。鳴海は、勝手に人の名を語った仮説を打ち立てて、勝手にとどめまで刺してくれた。まさしく、〝ゆりかごから墓場まで〟。結局、ピンを抜いた手榴弾は鳴海の手の中で爆発した。

鳴海という男はヤサ男風の見かけと違って、なかなかどうしてかなりの猛者のようだ。もうもうと立ち上る煙の中、顔は黒こげ、髪はちりちりになりながら、無邪気にニコニコ笑っているのだから。それにしても、論理一辺倒のヤツと話をすると、どうしてこんなにむかつくのだろう。

俺は話を変える。

「桐生先生のご専門は、小児心臓移植でしたね」

鳴海はうなずく。

「米国でも小児臓器移植は少なく、義兄は成人手術も手がけていました。そういう意味では、特殊症例に対応できるスペシャリスト、という形での専門家です。

フロリダでは移植とバチスタを併用していました。日本からのオファーは心臓移植だったらしいのですが、実際にはバチスタが集中してしまい、義兄もとまどったようです」

「米国で成功したら、日本に帰る気がなくなるのではないですか。よく当院に来ていただいた、と感謝しているんです」

「普通はそうなんでしょうね。でも、義兄は変わり者なのです。どんなに地位が上がっても、初心を忘れない。渡米当初から、米国の最先端の医療技術を持ち帰り日本の子供を助けたい、というのが口癖でしたから」

「それじゃあ記事に書かれているまんまじゃないですか」

俺の言葉に鳴海は不思議そうな顔をする。

「ええ、あの記事は義兄の本音ですよ」

桐生の品性の高さにうんざりした俺は、ひねくれた気分になって意地悪な質問を鳴海に投げる。

「凄いですね。ご自分の家庭まで犠牲にして、他人の命を救うために日本に帰国されるなんて」

鳴海は首をひねる。「一体、何の話ですか？」

「だって今回の帰国が原因でお姉さんと離婚されたわけでしょう？」

俺の言葉に鳴海は、ああ、そうか、という顔をした。

「二人は仲は良かったのですが、どちらも頑固者でしてね。日本に帰りたくない姉と日本に貢献するチャンスを摑みたい義兄がお互い一歩も譲らなかったので、一気に離婚までいってしまったのです。今頃、姉は後悔していると思いますよ」

「鳴海先生はなぜ、日本にいらしたんですか」

「私は日本で医師免許を取得してから渡米しました。サザンクロス病院で米国式の医学研修を受け、米国の医師資格も取得し医者になりました。ドクター桐生のチームで外科研修をしたのですが興味が病理に移りました。でも、たとえ所属が変わったとしても私の研究や医療はドクター桐生をサポートするためにあります。

私はドクター桐生の影です。彼が日本で医療をするなら、影がついていくのは当たり前です」

これなら、裏でジュニアと呼ばれていても、鳴海には何の不満もないだろう。

俺はひそかに、桐生の吸引力の強さを恐れた。チーム・バチスタのスタッフは全員、桐生に心酔し、忠誠を誓っている。

みんな、桐生という恒星の重力場に捉えられた惑星だ。

俺は話題を変えた。ネット検索で論文を調べた話を振ってみる。

「鳴海先生は論文が多いですね。本学でもトップクラスです」

「論文の数で医師を評価するのは、日本の悪弊です。私はフロリダ時代、術中迅速免疫組織診断検査法の基礎論文を相当数書きました。けれども本当に優れているのは義兄の論文の方です」

桐生の論文についても調べたが、ヒットした件数は鳴海の半分以下だった。俺がかすかに首を傾げたのを、鳴海は見過ごさなかった。

「論文は数ではない、質です。確かに義兄の論文数は少ない。しかしそれは、手術術式の創意工夫であり、手術の長期成績、つまり患者の命がかかり失敗が許されない真剣勝負の場から産み落とされたものです。私の論文のように、机上で理論を弄《もてあそ》んだものとは次元が違う」

病理医らしからぬ発言だ。ふと、鳴海が外科医からの転身組だったことを思い出す。

「本当に大切なことは、論文ではリバイス（書き直し再提出）の対象になります。感情的な表現は避けろ、事実だけを記せ。そうやって学問の瑞々しさを奪っておいて、それこそ学問だと強弁する。学会を仕切るお歴々は、新鮮な刺身を食せず、干物ばかりを所望する」

端正な顔立ちに似合わぬ過激なセリフ。手負いの獅子が吼える。何が鳴海をこれほどまでに傷つけているというのだろう。

「鳴海先生の研究は、桐生先生のバチスタをサポートするためにあるんですね」

「Exactly.（まさしくその通り）」

一片の曇りもない表情。

「手術の土台なので、術中迅速免疫組織診断についてわかりやすく原理を教えて下さい」

「拡張型心筋症では変性部位の収縮力低下が問題になります。変性部を切除し、心臓のサイズを小さくするとなぜ心機能が回復するのか、には諸説があり確定されていません。私の中心仮説は、拡張部の心筋細胞は変性している、というものです。拡張部＝変性部という等式です。これを逆展開し、変性部同定によって拡張部を決定するという発想です。幸い免疫染色と特殊繊維染色の相性がよく、二種の染色法の同時施行という、いくぶんトリッキーな手法を用いることで、変性部位を迅速に検出できるようになったのです」

「でも鳴海先生は、診断と治療を切り離すべきだとお考えで、術前カンファレンスにも参加していらっしゃらない、とか。そうした姿勢は、手術室に足を運ぶことと矛盾しませんか？」

「いいえ。それは学会の重鎮たちと同じような発想ですね。彼らは一番大切なことを理解しようとしない。この診断法は、顕微鏡診断で完結しては意味がありません。術中迅速免疫組織診による変性部確定は大切ですが、重要なことはそれ以前に終わっているのです」

　次第に鳴海の話に引き込まれていく。同時に理解から遠ざかる水平線。学生時代に舞い戻る。ここ数日、俺に劣等生時代を思い出させる人物と接触する機会が増えている。これも天の嫌がらせだろうか。

「それでは、お仕事の中で一番大切なのは何ですか？」

「切除前の心臓の動きを目に焼き付ける。続いて切離後の心臓組織の標本を作る。切離前の心臓の動きと顕微鏡で観察した変性心筋細胞の分布図を重ねる。それこそが重要なのです。その対応を積み重ねれば、心臓の動きを見ただけで変性部位がわかるようになる。それこそ私の仕事の本質、すなわち生体直接診断です。生体診断により切除範囲を適切に決定する。これは通常の病理診断の枠組みからは逸脱するかも知れません。しかし診断学の原則から見れば基本的な話です。術前カンファレンスに参加すると先入観を持つことになり、診断にバイアスが混入します。ですから参加しない。手術室に足を運ぶのは、純粋な生体診断を行うため。心臓を眼で見てマクロで変性範囲を決定する。その本質は通常診断と変わりません。見かけが違うだけなのです」

桐生が手術中、鳴海に切除範囲を確認していた光景を思い出した。鳴海が心筋切除範囲を決定している間、桐生は眼を閉じていた。つまり、鳴海は桐生の眼なのだ。確かにこうしたことはアカデミックな世界では理解されにくいことだろう。

二人の間に沈黙が流れた。俺は最後の質問に移った。

「全員に質問していることがあるんですが、個人的な趣味ですので、答えたくなければお答えにならなくても結構です」

前置きをしてから、涼という、彼の名前の由来を尋ねてみた。鳴海は一瞬きょとんとしたが、次の瞬間シニカルな微笑を浮かべて言った。

「田口先生の発想は実にユニークです。日本には珍しいタイプですね。義兄が田口先生のことを気に入った理由がよくわかりました」

俺の質問には答えようとせず、鳴海は、はぐらかすように俺を評価し返した。

鳴海は断じて、桐生の影などではない。鏡だ。相手を映し出すが、自分の裏側は決して見せない。鳴海の心の裏側を見るためには、鏡は砕かれなければならないだろう。但しその時には、鳴海の存在自体が砕かれてしまうかも知れない。

俺は鳴海に、桐生の印象を尋ねようとして、やめた。それは二枚の鏡を合わせるようなものだ。

言い伝えでは、合わせ鏡から飛び出してくるのは悪魔だったはず。オカルト系の話は苦手だ。俺は鳴海の聞き取りを打ち切ることにした。

10章　バチスタ・ケース32

2月21日木曜日　午前8時　2F・手術部・第一手術室

少年兵士、アガピ君がCCUから一般病棟に移ったというニュースが、気の抜けた時間帯にブラウン管に流れた。アナウンサーが事実だけを淡々と短く伝えると、画面は余韻もなく天気予報に切り替わった。

病院全体が弛緩した空気に包まれていた。桐生チームもその例外ではなかった。スポットライトの当たる中で、最高のパフォーマンスを行った自信、それに対する賞賛の喝采が、スタッフを温かく包んでいた。何より連続術死がとぎれたことが、チーム全体に心地よい安堵感をもたらしていた。

そんな中で俺だけは、そうした弛緩した空気に染まらなかった。俺だけはまだ、何の実績も残していなかったからだ。Dカルテ（術死カルテ）を繰り返し読み込んだ。看護記録の一字一句まで記憶してしまったほどだ。

三冊のDカルテを前に頭を抱えて呻吟している俺を見かねて、藤原さんはいつもよりちょっぴり優しかった。ふとカルテから目を上げると、淹れたての珈琲がさりげなく置かれている、というささやかな心遣いが幾度かあった。

俺は、自分としては、かなりの努力をしていた。だが結局、何ひとつ手がかりを見出せないまま、二週間が経とうとしていた。

二月十九日火曜日、朝七時三十分。術前カンファレンス。

二症例に対する検討が行われた。ケース32、仁科裕美殿（67）は、繰り上がり症例だ。糖尿病以外にさしたる問題はなく、検討はあっさりと終了し、二十一日に手術が行われることになった。

ケース33、小倉勇吉殿（78）は、二度目の検討だった。一週間前の二月十四日に手術予定だったが、手術前夜に狭心症発作を起こしたため、翌日予定されていた手術は延期された。胃痛を訴えた小倉さんに処方された胃腸薬による薬剤アレルギーが原因だと推測された。投薬は中止され、再度発作が起こったら緊急手術適用という方針が確認された上で、来週二月二十八日に手術予定が組まれた。

検討会はゆったりとした空気の中で淡々と進んだ。厳しい表現をすれば、たるんだ雰囲気と言えたかも知れない。仕方のないことだ。極度の緊張の後には弛緩も必要だ。小倉さんの手術が延期になり一週間ぽっかりと予定があいたのも、見方を変えればチーム・バチスタに対する天与の休息だったのかも知れない。

前回のカンファレンス終了後に、あと二例「観察」を継続して欲しい、と桐生から頼まれた。俺はその追加依頼を受けた。建前としては、まだ結果を出せていないからという理由で。本音は、もう少し桐生の手術を見てみたいという純粋な好奇心から。

以前も言ったが、俺は血を見ることと、退屈を強要されることが苦手だった。だから手術見学が嫌いだった。手術を自分とは一生縁のない世界に葬り去っていた。それが今、俺は積極的に桐生の手術を見たいと思い始めている。

俺は、自分の変心を怪訝に思った。だが少し考えてみて、すぐにその理由がわかった。

俺は桐生の手術の美しさに魅せられていたのだ。桐生の手術はほとんど出血しないし、手術手技は論理の積み重ねで、一つ一つが正確で華麗だった。

学生時代、手術見学が退屈だったのは、レベルが低かったからだということにようやく気がついた。質の低い技術をむりやり見せられることが我慢できなかっただけだ。桐生の手術に魅せられた後で、俺は自分の過去を正確に理解した。

本物には有無を言わせぬ説得力と強制力があるということをつくづく実感させられた。


二月二十一日木曜日、バチスタ・ケース32、仁科裕美殿、手術当日。

着替えの手際もよくなり、俺は手術開始予定時間よりもずっと早く入室できた。目を瞠る進歩に対し、自分で自分を誉めてやる。俺は意気揚々と第一手術室のドアを開ける。

いきなり裸の背中が見えた。物音と気配に振り返った氷室は俺を視認して、再び物憂げに患者の背中と向かい合う。患者は膝を抱え横向きに寝ていた。丸めた背中をむき出しにしている。氷室の手には蝶のような羽を広げた金属針が持たれていた。氷室が指に力を入れた。太い金属針が、背中の正中線、その肌の奥に滑らかに侵入していく。側にいる羽場を捕まえて、小声で尋ねる。

「何しているんですか？」

「ご存じないんですか？　エピドラ（硬膜外麻酔）ですよ」

羽場が呆れたように答える。もともと俺は外科オンチなのだから、些細な軽蔑は気に留めない。知りたいことはわかるまで訊く。

「えと、名前は聞いたことありますが。何のためにやるんですか？」

「脊髄硬膜腔にチューブを留置し、局所麻酔薬を注入するんです。患者の状態に応じて術中に併用して、吸入麻酔の量を抑えます。術後の疼痛《とうつう》コントロールにも使えるんです」

「いいことずくめですね。それにしても手術の時って、身体中が管だらけだ」

患者に聞こえないように小声で話しかける。羽場もひそひそ声で応じる。

「そうですね。ざっと見渡しても、装着されるチューブ類は十本以上でしょうね。動脈ライン（Aライン）、静脈ライン二本、鼠径《そけい》部からＩＶＨ（中心静脈栄養）、胃管、エピドラ、肛門の体温プローベ。心電図端子が四本。指先にパルスオキシメーター。手術が始まれば、心臓カニュレーション四本。あ、そうそう、一番大事なのを忘れてました。麻酔用の挿管チューブ。それに、経食道的心エコー・プローブ」

「何ですか、最後のは？」

「あそこにエコーのモニタがあるでしょ。食道の内腔から超音波端子を当てて、心臓の動きをモニタするんです」

「管とモニタでがんじがらめですね。全部で何本になるんですかね？」

「全部教えてあげたんですから、そっちで数えて下さいよ」

むくつけき中年男二人が顔を寄せ合ってひそひそ話をしながら、指折り何かを数えている光景は、ほほえましいという表現からはほど遠く、まったくさまになっていない。

氷室の手技は手際がよい。針の中空に細いチューブを通して、するすると脊髄の近傍、硬膜外腔に送り込んでいく。桐生の手技と相通じる雰囲気がある。

「テープ」

サージカルテープで背骨に沿って管を固定。患者に仰向けに戻るよう指示する。

ドアが開き、両手いっぱいフィルムを抱えた酒井が入室した。氷室が尋ねる。

「酒井君、桐生先生は？」

「ついさっき、更衣室に入っていかれました」

「じゃあ、麻酔を始めましょうか」

氷室に言われるまま数を数えていた患者の声が聞こえなくなる。氷室の動きが慌しくなる。気管チューブが挿管され、人工呼吸器に接続を終えた途端、桐生が入室した。


イソジン球でボディ・ペインティングを施し終えると、家臣と姫を従えて、桐生は定位置に就く。自分の中に君臨している何ものかに向かって、一礼する。

「メス」

スティヒ・メスが前胸部正中線を切り開く。続いてクーパー、ストライカー、開胸器装着、流れるような手際に見とれていると、空気が揺れた。

顔を上げると、鳴海と一瞬眼が合った。鳴海は俺に向かって眼だけで微笑んでみせた。続いてすぐに、むき出しで激しく拍動する心臓に鋭い視線を投げかける。

心膜を切開し、桐生の手が止まる。鳴海の視線が強くなり、桐生は眼を閉じる。

「前壁、心尖部近傍、変性が強いね。かなり広範だし」

「やはり、そうか」

桐生はメスを大友看護師に戻す。腕組みをした。その眼にためらいの光が揺れる。

「撤退するか」

「撤退？　まさか。いけるよ。但し、相当ストリクトなエッジだけど」

鳴海が断言する。桐生はちらりと鳴海を見た。再び心臓に視線を落とす。網膜に焼きつけるように見つめ続ける。顔を上げた時、その眼からはためらいの色は消えていた。

「オーケー、ゴーだ」

羽場が、低体温環流を告げる。人工心肺カニュレーション装着。心停止液注入、心室細動状態から心停止へ。手術台に横たわる患者は、いったん生命を停止した。

二度目の見学なので、今回は俺にも多少、周囲を見回す余裕がある。

桐生の迅《はや》いメスにかろうじてついていっているのは、酒井だけのようだ。垣谷は始めから流れに乗ろうとすらしていない。予備知識がなかったら、きっと酒井の方が第一助手に見えるだろう。

フィールドは桐生の華麗な指の独壇場。ピアニストの指が繊細な旋律を奏でている。

「検体が出ます」

心臓のかけらが手術野から吐き出される。受け取った鳴海は、風を残し部屋から消えた。

術野では僧帽弁縫縮術が終了し心筋縫合に入った。素人目に見ていても、垣谷の手つきが一番おぼつかない。意に介さず垣谷は淡々と、自分のできることだけを行う。桐生は、垣谷の領域を避けるようにして、酒井とペアを組んで別領域を進めていく。

ひょっとしたらこのチームは、危ういバランスの上で、かろうじて成立しているのではないか？　少なくとも長く続く安定感は感じない。まるで、つま先立ちのバレリーナのようだ。

俺は桐生の言葉を思い出し、違和感を覚えた。はたで見ている限り、酒井の言葉の方が妥当に思えた。雑念に囚われていると、背後から涼しげなビブラートが聞こえた。

「変性部は、マージン（境界）にかかっていません。It's perfect.（完璧だよ）」

「縫合も順調だ。氷室君、羽場君、再鼓動に入る」

「上行大動脈クランプ解除」

酒井が術野全体に声をかける。心臓への血液供給が再開する。間もなく拍動が再開されるはずだ。俺は再鼓動を待つ。


途方もなく長い時間が流れた。ふと視線を向けると、桐生の周りに白い闇が見えた。一瞬、桐生が抱えている虚無に触れた気がした。

俺の視線に気づいたかのように、我にかえった桐生が尋ねる。

「体温は？」

「三十六度に復帰。三分経過」

緊張が手術台を覆う。視線が錯綜する。ゆっくりと、やがて慌しく。視線のかすみ網の中心でひとり、桐生は眼を閉じている。気高い鷹《ファルコ》。

時が流れた。ふと思い出したというように、ぽつんと指示が出る。

「氷室君、強心剤をワンショット」

氷室は胸ポケットいっぱいのディスポーザブル・シリンジの中から一本を取り出すと、看護師から差し出されたアンプルをカットし、透明な液体を吸い上げる。

「注入、しました」

長い長い時間。人工心肺のモーターが単調な音を繰り返す。

彫像のように動きを止めていた桐生が眼を見開く。眼下の心臓、意のままにならない小動物を凝視する。

絞り出された声が響く。

「カウンターショックの準備！」

第一手術室は騒然となった。


それから一時間の間に起こったことを、俺は正確にスケッチできない。それまでと次元の異なる速度で物事が眼の前を走り去っていく。指の間からこぼれ落ちる命砂をすくい上げようと、桐生の細く長い指が心臓の周りを踊る。カウンターショックで患者の身体が身悶える。失われた生命が、電気という媒体を通じて一瞬身体に戻ってきたかのような錯覚。桐生の怒声に周囲は右往左往し、その指をサポートすることで精一杯だった。

砂時計は終末へ向かって急激に加速していく。こぼれ落ちる速度に歯止めがかからない。苦悶の表情を浮かべながら、桐生は命のかけらを寄せ集めようと格闘し続ける。しかし桐生のしなやかな指の中には、もはやひとかけらの砂も残されてはいなかった。

激しく動いていた桐生の指が動きを止めた。桐生は目を閉じた。極彩色の時間が止まる。

沈没する戦艦の艦長のように静かに、しかし決然と桐生は宣言した。

「オーケー。人工心肺を止めて。垣谷君、酒井君と二人で術創を閉じてくれ。私は患者の家族に説明にいく」

ケース32、仁科裕美殿の術死が確定された瞬間だった。

＊

俺は家族控え室の外で、桐生の説明が終わるのを待っていた。長い時間が経過したように感じられたが、真赤な眼をした中年女性が抱きかかえられて部屋から出てきた時、彼らが入室してから、わずか五分しか経っていなかった。

桐生は部屋から出てこなかった。秒針がかっきり一周するのを待ってから、ノックした。

桐生はひとり肘をつき、組んだ指に額を押しつけていた。物音に気づき顔を上げる。眼が合った。俺は小さく会釈した。桐生は黙ってまたうつむいた。

俺は、桐生の傍らに立ちつくしていた。


ふわり、と空気が揺れた。鳴海が入ってきた。

鳴海は、桐生の傍らに俺がいることに一瞬驚いたようだったが、俺に目もくれず、桐生に話しかける。

「義兄さん、解剖をお願いしよう」

桐生は、またか、というように、うんざりとした眼で鳴海を見た。鳴海は意に介さず続ける。

「解剖しなければ、死因がわからない」

桐生は短く、鋭く、吐き捨てた。

「無理だ。家族にどう説明すればいいんだ？」

「事実を言えばいい。死因をきちんと調べたい、と」

「手術で心臓を止めておいて、戻らなかったから調べさせてくれ、と言うのか？　他の理由があるかも知れないから解剖させてくれと頼むのか？　手術以外に原因があるわけない、と言われるに決まっているだろう。こんなこと、手術で死亡した直後に家族にお願いできることではない」

「急性の脳出血を併発したかも知れないじゃないか」

「四例続けて、か？」

桐生は首を振る。

「仮に解剖させてもらったとしても、心臓の他に何も所見が見つからなかったら、その時はどう説明すればいいんだ？」

桐生の問いかけに鳴海は黙り込む。

遠慮がちなノックの音。手術室の高橋看護師長の顔がのぞく。

「ご家族が一刻も早く退院されたいと希望されています」

桐生は、気力を振り絞るようにして、答える。「今、行きます」

鳴海を振り返る。

「そういうわけだ。こんな状況では、解剖はお願いできない」

鳴海は黙り込んだ。論理で納得できない決定を、感情で呑み込んでいる。

桐生は俺と向き合う。すがりつくような視線、言葉が急に弱々しくなる。

「何か問題を見つけていただけましたか？」

俺は首を横に振る。

「残念ながら、ご期待には添えませんでした」

あからさまな失望。システム・エラーという言葉が脳裏に浮かぶ。

何かが狂っている。羅針盤か、速度計か、アクセルか、何かわからないが、何かが根本から狂っている。俺たちは狂った磁場の中にいるから、それが見えないだけなのだ。

「田口先生、殺人捜査の手がかりは摑めましたか?」

鳴海の乾いた声。冷たい響きに桐生がびくり、とした。「殺人だって?」

「田口先生の聞き取り調査の進め方は、殺人を前提にしているフシがあるんだ」

「本気ですか?」

桐生は、しんから驚いたような眼で俺を見た。俺はすぐさま否定した。

「鳴海先生が私の行動を解析したら、私が深層心理でそう疑っているという仮説を立てたんです」

「田口先生が意識しようがしまいが関係ない。〝田口仮説〟はもうすでに実存しているんだから。改めて質問するけど、殺人が行われているという可能性は見つかりましたか?」

俺は首を横に振る。鳴海の言葉から漂う硝煙の香りが鼻腔を刺激する。引き金を引いた直後の銃口をつきつけられたみたいだ。

「ボンクラだな。話を聞くだけで問題解決できるのは年寄りの神経症くらいだよ」

おっしゃる通り。俺の仕事は鳴海が指摘した通り、まさにそのものだ。俺は二人に言った。

「お役に立てず申し訳ありません。けれども、この術死は異様です。これは単なる手術ミスではありません。それだけは感じます。ここで起こっていることは、私の理解の範囲を越えています。直ちに高階病院長と善後策を講じたいと思います。よろしいでしょうか?」

桐生は弱々しくうなずいた。

「お願いします。この泥沼から脱出するためなら、何でも協力します」

俺に向けた反感を隠そうとしない鳴海から眼をそらし、俺は桐生に告げる。

「全力を挙げて、次の手を考えます」

急ぎ足で病院長室へ向かう。何かがおかしい。それが何か、わからない。だが何かが狂っている。俺が、いや、俺たちが大前提としている何か。焦燥感が俺の歩みをせき立てる。二階分の階段を一息に駆け登る。ノックの返事も待たず、病院長室のドアを開けた。腕組みをした高階病院長が驚いたように俺を見た。

「高階先生、また術死です。私は始めからずっと見ていましたが、おかしな点には気づきませんでした。どう見ても単なる医療ミスではなさそうです。何かが起こっている。それが何かわかりません。何が何だかさっぱりわからないんです」

俺は高階病院長を見つめた。

「残念ながらこの件は、私の調査能力を越えています。至急、リスクマネジメント委員会を招集して下さい」

高階病院長は、胸ポケットから煙草を取り出す。火をつけると眼を閉じて、大きく煙を吸い込む。煙草の先がオレンジ色に光る。数回の明滅。それから眼を開くと、俺を見た。

煙草を灰皿にきつく押しつけながら、低く答えた。

「わかりました。来週月曜午後、リスクマネジメント委員会を臨時招集します。それまでに田口先生は、これまでの経緯をまとめておいて下さい。委員会の場で報告していただきます」

俺は、うなずきながら、病院長室の窓の外へ視線を投げる。

しかし、俺の眼にはもう、お気に入りの窓の風景は映っていなかった。

第二部　ポジ　白い棺

11章 廊下とんび

2月22日金曜日　午前11時　1F・不定愁訴外来

バチスタ・ケース32、仁科さんが術死した翌日。俺は上の空でノルマを終えた。愚痴外来五人目カネダ・キクさんが終了した時、時計の針は十一時を回ったばかりだった。

「だから、せっかくイネさんのためを思って言ってあげたのに、しつこいと言われてしまったんでしょう？」

キクさんは、俺が先回りするようにして話の腰を折ったので、驚いたようにまじまじと俺を見た。しばらくの間じっと考え込むように動かなかったが、途中からはっと我にかえったような表情になった。そしてぽつんと言った。

「そうよねえ、同じ話を聞かされてばかりじゃあ、田口先生だって大変よねえ」

キクさんは二、三度、軽くうなずくと、優しく繰り返す。

「そうよねえ、田口先生だって大変よねえ」

俺はキクさんの痴呆を疑った、過去の診断を微修正した。

いつもと違う外来内容には何も言わず、藤原さんは黙って珈琲を淹れてくれた。時が、さらさらと小さな音を立てて崩れ落ちていく。

静寂を破ったのは、乱暴なノックの音だった。

「田口先生、一体何をしでかしたんですか？」

返事を待たずに部屋に飛び込んできたのは、わが神経内科学教室のホープ・兵藤勉助手だった。何でコイツがこのタイミングでここに来るのか、俺には理解できなかった。けれども兵藤の次の一言で、昨日の件が今や病院中の関心の的であることを否応なく理解させられた。

「昨日のバチスタ術死に対して、田口先生がリスクマネジメント委員会の臨時召集を要請したというウワサで、病院中は大騒ぎですよ」

今回はまた、盛大な尾ひれがついたものだ。俺はげんなりした。俺みたいな下っ端にリスクマネジメント委員会の臨時召集を要請できる権限なんてあるはずないじゃないか。ふと、高階病院長のにやにや顔が浮かんだ。

俺の表情なんかにはおかまいなしに、兵藤は速射砲のように質問を連射する。まるで女優との密会現場に踏み込まれてしまった歌舞伎役者みたいな気分になる。

「誰がミスっていたんですか？　何が原因でした？　なぜ、田口先生がバチスタ手術を見学していたんですか？　黒崎教授が何も知らないのはどうしてですか？　桐生先生のコメントは？　看護師の大友さんがチームの足を引っ張っているってウワサ、本当だったんですか？　それとも、やっぱり垣谷先生が下手っぴなんですか？」

俺は感心しながら、兵藤を見つめた。それにしてもよく動くお口だこと。

「何でお前は、そんなにいろいろなことをよく知ってるの？」

兵藤は得意気に鼻をひくつかせた。

「だって、チーム・バチスタの連続術死は、年が明けてから病院の最大の話題ですから。アガピ少年の取材攻勢もあったことですし」

兵藤をなだめすかすように、藤原さんがのんびり声をかける。

「まあま、兵藤先生、珈琲でもいかが」

「ありがとうございます。いただきます」

兵藤はちゃっかり俺の向かいに腰を据えると、報告を再開した。

「曳地委員長はかんかんだし、黒崎教授は有働教授の部屋に怒鳴り込んでくるし。あのお二人をすっ飛ばしてリスクマネジメント委員会なんて招集できるんですか？　それともやっぱりウワサ通り、高階病院長の特命捜査だったんですか？」

「へえ、そんなことになってるんだ」

重厚なお二人が素早い反応をしたことを、俺は意外に思った。曳地委員長や黒崎教授までが表だってがたがた騒ぐとは……。まあ、当然か。

「黒崎教授は何て言っていたんだい？」

「おたくの窓際講師がわが第一外科学教室のアラを探してくちばしを突っ込んでくるとはどういう了見だ、ってすごい剣幕で怒鳴り散らしていましたよ……というウワサですよ。よくは知らないんですけど」

下手なウソ。ウソをつく時に目をパチパチさせるのはコイツのクセだ。知らないことを知っていると言い張り、知っていることは知らないととぼける。いつもそうしているから、ひっくり返せばすぐに本音がばれる。

黒崎教授の罵声を、ウチの教授室のドアに張りついて聞き取ろうとしている兵藤の姿が目に浮かぶようだ。これはウワサでなく、珍しく兵藤が手に入れたマブネタだ。兵藤は、溢れる好奇心と荒い息遣いを抑えきれず、期待にきらきら縁取られた瞳で、俺を見つめる。こんな一途な視線で見つめられ続けると、その気がなくてもおかしな気分になる。

「どういうことなんです？　なぜ田口先生が桐生先生の手術を調べていたんですか？」

兵藤が部屋に入ってきてからずっと、重低音のラップがバックで鳴り響き続けている。

……オシエテ・オシエテ・オシエテ・オシエテ・オシエテ・オシエテ・オシエテ……

俺はどこまで話そうかと思案した。少しは話してやらないと、こいつは発狂してしまいそうだ。あるいは、あることないことをあちこちでまき散らすかのどちらかだろう。それなら、コントロールした情報を流す方がまだマシだ。

「お前にだから話すんだけど、これから話すことは絶対秘密にしておいて欲しいんだ。誰にも言わないと約束してくれ」

役所の手続き窓口みたいな形式的なセリフを、時代劇風に重々しく話す。兵藤は、赤ベコを高速度撮影したように、激しく首を上下させる。その勢いで頭がどこかに飛んでいってしまうのではないかと心配になる。

「大体のところはお前の情報通りなんだ。病院長に桐生チームの内偵を頼まれた。桐生先生には極秘にね。これは病院長からの特命任務だったんだ」

桐生本人の依頼という点は隠しておいた方がいい気がして、とっさにウソをついた。俺は、兵藤の院内での信頼度を考慮してウソとホントを混ぜて伝えることにした。良心の呵責はなかった。どうせ兵藤の口から語られれば、真実でさえウワサになってしまうのだ。

「なぜ、高階病院長は田口先生に特命を下したんですか？」

「知らないよ、そんなこと」

これは、ホント。

「リスクマネジメント委員会を動かせばいいじゃないですか。そっちの方が本筋だし」

「いいこと言うねえ。実は俺もそう思って同じことを言った。そしたら病院長は、医療ミスかどうかわからないから曳地先生には頼めない、って言うんだ」

これもホント。ちょっと端折ったけど。兵藤は少し考えて、納得してうなずいた。

「だからお目付役としてお前がバチスタを見学しろ、という命令だった。外部調査は必要だけど表沙汰にはしたくない、という病院長のわがままなんだ。本当ならアガピ君の手術が無事に終わった時点で、今回の特命は終了するはずだったんだけど、念のため、あと二例追加調査することになった。それが運の尽きだった。なんと俺の眼の前で実際に術死が起こってしまったというわけさ。しかも俺はすぐ側で見ていたのにも拘わらず、なぜ術死が起こったのか、原因が皆目わからなかった。これが、昨日の手術の話」

これは正確ではない、あるいは部分的にホント。

「つまり、田口先輩は病院長直々の特命でドジを踏んだ、ということですね？」

大当たり。むっとする俺を兵藤は嬉しそうに見つめる。ぱたぱたと尻尾を振る音が聞こえてきそうだ。

「まあ、簡単に言えばその通りなんだけどね。俺の手には負えなくなったから、本来の担当のリスクマネジメント委員会にお仕事をお返しした、というわけ。それだけさ」

「それじゃあ、黒崎教授や曳地委員長がお怒りになるのもごもっともですね。自分たちの頭越しにょその医局の下っ端が、病院長と一緒になって勝手にごにょごにょやった挙げ句、そのケツを拭かされる羽目になったんですからね」

兵藤クン、今日の君はなかなか冴えているぞ。曳地委員長が、その怒りをじっとりと自分の奥底に沈め、こめかみだけはぴくぴくさせながら無表情を取り繕う姿が想像できた。明確なビジョンがくっきりと浮かび、うんざりする。俺はしょんぼり呟く。

「でも俺だって被害者なんだぜ。俺はただ、病院長からの任務を忠実に遂行しようとしただけなんだから。お前からも何とかそのところを、黒崎教授や曳地先生に取りなしてくれよ」

「うーん、そんなこと言われても、僕にもできることとできないことがありますからねえ。高階病院長とお二人はもともとソリが合わないしなあ。僕のヨミでは、高階病院長はお二人からの風当たりを田口先生にぶち当ててしのぐんじゃないかな。特命に失敗したんだから自分のケツは自分で拭けってことですよ。結局、田口先生がイモを引くしかないんでしょうね」

　他人の口から改めて聞かされると、つくづく間尺に合わない業務だと再認識させられる。そこで、俺はトラブルの原因と途中経過と結果のかなりの部分を暴露することにした。これは、トラブルや失敗の原因を他人になすりつけようという卑怯な行為では、断じてない。もろもろを本来の持ち主に返還するだけだ。

「俺だって、曳地先生が適任ではないでしょうかって言ったんだ。そうしたら高階病院長に、〝それは私のお願いを聞いていただけないということなんですか？〟とやんわり言われてしまった。病院長にそこまで言われて逆らえる医局員なんて、この世の中にいるはずないだろ。俺には他に採るべき道は残されていなかったんだよ」

「その通りなんでしょうけれど、何か妙だなあ。高階病院長がそんな言い方するかなあ」

兵藤クン、本当に今日の君は冴えている。同じセリフでも、途中のステップをほんの少し端折るだけで、中身は正反対になってしまったりするものだ。

「それにしても、どうして高階先生は田口先生なんか指名したんだろう？　適任者ならもっと他にいそうだけど。こういうことは、例えば僕の方がよっぽどハナが利くのに」

ぶつぶつ呟く兵藤。その言葉に、俺は深く共感した。田口先生なんか、とは、ずいぶんなご挨拶だと思ったが。

よく動く兵藤の唇に見とれていると、唐突に、愚痴外来設立縁起である兵藤との因縁の物語が、記憶の表層に浮かび上がってくる。

話は愚痴外来が設立された三年前に遡《さかのぼ》る。しかし物語を理解するためには、俺が東城大学医学部神経内科学教室に入局した十五年前から始めなければならないだろう。

*

十五年前、俺は神経内科に入局した。すぐに臨床指導と研究指導を兼ねた指導医が決められた。俺の指導医は、ある種の脂質をマウスに投与して神経の発達との関連を調べるという研究をしていた。手始めに俺は、実験の手伝いをさせられた。ケージの中、飯だけはたらふく与えられるマウスの食事介助や下の世話が、医師になったばかりの俺に与えられた最初の業務だった。

半年後、指導医は学位を取得した。博士号はとったが、論文は完成しなかった。

「あとはまとめるだけだし、お前はマウスの世話をよくしてくれたからさ、データは全部やるよ」

こうして気前よく、論文を仕上げる義務と論文筆者になる栄誉が俺に託された。地方中堅病院のそこそこのポジションに就職が決まった指導医にとって、学位さえ手に入れられれば、書きかけの論文には何の未練もなかったのだろう。

実験データを調べ直した俺は、論文が文字通り放り出されたことを理解した。俺が世話をしたマウスたちは、意味なく殺戮《さつりく》されていた。俺はイントロダクションだけが華々しく書き上げられている論文を、抽斗《ひきだし》の奥深くしまい込んだ。

一年経った。論文の帰趨《きすう》が医局で話題に上ることはなかった。俺は医師免許取得一周年記念の夜、その書きかけの論文を焼却炉で燃やしマウス供養の送り火にした。

それ以来俺は、動物を用いた実験からは距離をとった。

大学病院という組織は、貪欲に忠誠心を要求する。標準的な忠誠心の表現法は、実験の論文を有力学会誌に掲載することだ。神経内科医局も、その重心を実験医学に移していた。大きな流れに背を向けた俺は、たちまち主流から外れた。

だがしかし、大学病院は多面体構造で雑食性だ。研究に背を向けた人間の生き血をも必要とする。それが臨床や雑用に関する領域だ。病院を名乗るのだから臨床が主流になるべきだ、という意見は正論だ。しかし世の中は正論通りに動かない仕組みだということもまた、真理だ。巧みな手術手技で患者の命を数多く救う外科医より、ネズミの死体を学術雑誌の数ページに変換できる人間の方が、大学病院での評価は高い。

俺は実験からは手を引いたが、代わりに臨床の雑用を一手に請け負った。当直の肩代わりも引き受けたので、先輩たちから重宝された。連続一ヶ月、病院に泊まり込んだこともある。

こう言うと、さも俺が身を粉にして激務に励んでいたかのように聞こえるが、現実は違う。神経内科の患者は、大半が長期慢性疾患だ。病棟の仕事は、老人ホームのヘルパーに近かった。しかもヘルパー業務の実務の大半は看護師がこなしてくれる。だから病院を住処《すみか》にしてしまえば、大した仕事ではなかった。

下界では、研修医が緊急出血の患者対応で、点滴、採血、クロスマッチ（輸血用交差試験）と地べたをはいずり駆け回っていたちょうどその頃、天国に最も近い十二階病棟では、お茶菓子をいただきながら、お婆ちゃんの孫自慢を延々と聞かされ続けている俺がいた。

そんな俺のことを、先輩医師たちは、〝天窓のお地蔵さま〟と呼んだ。


六年前、前任教授が退任し、有働助教授が教授に昇格した。スタッフはひとつずつ階級を上げた。当時、役付きの最下層だった助手は中堅関連病院の神経内科部長というポストを選択した。その結果、ヒラで最上級だった俺にぽっかりあいた講師の口が回ってきた。

俺は実力不足を理由に、昇進の打診をお断りした。それが周囲には、近来まれに見る謙譲の美徳と誤解されてしまった。こうして気がつくといつの間にか、俺の講師昇進は俺の意志の及ぶ範囲外の決定事項になってしまった。

冷静に振り返れば、当時の医局のバランスから考えて、俺が講師になったのは妥当な人事だった。有働教授も金村助教授も臨床には興味がない。しかし建前としては、大学病院に臨床を行う人材は必要だ。当時の教室で臨床の仕事を主体にしていたのは、実質的に俺だけだった。いつの間にか俺は、東城大学医学部付属病院・神経内科学教室・臨床部門のトップに立っていたのだ。

講師と同時に医局長の役割も押しつけられた俺は、一層精力的に診療と雑用に傾注した。臨床業務の中心は外来診療だ。診断が完了すれば、薬を決める。手続きさえ済めば、入院しても劇的な要素はほとんどない。退屈と言えば退屈、ラクと言えばラクな仕事だ。

三年前、凄いヤツがわが神経内科学教室に中途入局してきた。本家筋の大学での権力闘争に敗れ、はるばる桜宮市に漂着した海外留学帰りの野心家、兵藤勉だ。

実力があるヤツはイヤなヤツと相場は決まっているが、イヤなヤツに実力があるとは限らない。幸いなことに、兵藤は前者だった。兵藤は、実験と臨床の両方の実力と業績を兼ね備えていた。

入局後、兵藤は我が医局の勢力図や人間関係を素早く把握した。まあ、理解をするために格段の努力を必要とするほど複雑怪奇な代物でないことも確かだが。旧帝大での出世闘争に敗れた教訓を活かして検討し、教室の弱点を見極めた。兵藤が俺に照準を定めたのは自然の成り行きだ。手始めに兵藤は、俺を講師から引きずり降ろし、とって代わろうと画策した。

兵藤は周到な布陣を敷いた。その戦略は巧みで手際がよかった。権力闘争に敗れた前歴が不思議に思えるくらいだった。外来では病棟での俺の不始末をでっちあげ、病棟では俺が外来で兵藤に嫌がらせをするというウソを垂れ流した。次第に、疑心暗鬼に満ちた視線が俺に注がれるようになり始めた。

兵藤の戦略は見事だったが、二つほど大きな誤算があった。一つは、俺のことをそうした陰謀に気づかないボンクラだと誤認したこと。もう一つは俺の反応に対する読み違いだ。

兵藤は、万が一俺がヤツの狙いに気づいたら死に物狂いで阻止するように動くはずだ、と思い込んでいた。その前提で予防線が張られ、さまざまな布石も打たれていた。まあ、そう考えるのは当然だ。この点で兵藤を間抜けと非難するのは不当だろう。ヤツは不運だっただけだ。異次元の価値観を持つ昼行灯《あんどん》相手に正攻法で対峙したことが、兵藤の失敗だった。兵藤の狙いと俺の望みは、実は同じだった。

俺はもともと、講師になるなんてまっぴらだったのだ。

もしも兵藤が自分の気持ちを、正直に俺に打ち明けてくれていたなら、俺はあらゆる権謀術数を駆使し兵藤の願いを叶えるために尽力しただろう。もっともそうした打ち明け話を聞くという機会は、非現実的で、ないものねだりのことだったとは思われるが。

前提条件を間違えて入力した兵藤の作戦は、始めから俺には丸見えだった。そのまま黙って見ていられればよかったのだが、あちらこちらに根も葉もないウワサをバラまかれて、俺は少し困っていた。

あまりウワサは気にかけない性格ではあったが、やってもいないことで悪く思われたくもない。横着者の俺は仕方なく、最小限の労力で最大限の効力をあげるディフェンスを採用した。そしてそれは、俺の最強のディフェンスであると同時に、兵藤と俺の共通の願望を達成するための最速の一手になるはずだった、のだが……。

ある日、俺は教授との面談に兵藤を同行した。

「今日は、お二人揃って、一体どういったご用件ですか？」

実験屋で医局政治に疎い有働教授も、さすがに医局内部のがたつきに気づいていた。そこへ医局長であると同時に、話題の中心人物でもある俺が、他方の当事者である兵藤と連れだってやってきたので、小心者の有働教授は極度に緊張していた。

兵藤は、それ以上に緊張していた。きっと生きた心地がしなかったことだろう。教授の面前ではかろうじて平然を装っていたが、内心では陰謀を暴かれ、この場で吊し上げられるのではないかと恐れ、この期に及んでもまだきょろきょろと抜け道を探していた。

おどおどした二人を前に、俺は口火を切った。

「今、医局内部が少々もめています。私より兵藤先生の方が講師にふさわしい、という声が、あちこちから聞こえ始めています。この点に関しては、実は私もまったくその通りだと思っています。一方、私が兵藤先生のことを中傷したり妨害したりしている、というウワサもあるようですが、こちらの方は、はっきり否定させていただきます」

兵藤は動揺し始めた。自分が築き上げてきた戦略の土台が狂い始めているのを嗅ぎ取ったのだろう。それでもきっとヤツには、俺が何を言おうとしていたのか、最後まで想像できなかったに違いない。俺はとまどう二人の顔を交互に見つめながら、とどめの一撃を放つ。

「医局長として冷静に判断すると、実力、能力、そして過去の学術的業績から見て、兵藤先生の方が講師にふさわしいと思います。そこで、有働教授に提案があります。医局全体のことを考えて、私を降格し、兵藤先生を講師に昇格していただけないでしょうか」

俺の言葉に兵藤は、うつろな顔になった。ヤツの後ろに描かれていた〝目指せ、講師〟という原色の立看板の突っかえ棒が外れて、ふわりと倒れていくのが見えた。

兵藤の陰謀が自爆した瞬間だった。

有働教授の安堵した表情と、兵藤の虚脱した表情が対象的だった。表面上は慰留しつつも、教授は俺の意志を何度も確認した。その間、兵藤は浮かべるべき表情がわからず、呆然としていた。

「田口君に落ち度があるわけではないから、降格人事は事務方が承知しないだろう」

「降格が無理なら、特命ポストを作って横滑りさせてもらえれば、講師ポストを空けることができます」

「それが可能なら賛成してもいいが。ただ、そのためには事務方を説得しなければならない。やはり難しいだろうな」

そこで俺はかねてから温めていたアイディアを披露した。

「『不定愁訴外来』の開設、なんて提案をしてみたらどうでしょうか。神経内科外来受診者の二割くらいはこうした訴えですから、潜在的な需要はあると思います。事務方も独立行政法人化を目前にして目新しい企画を探しているようですから、結構いけると思います」

「ふうむ。だが、そんな提案をすれば、心療内科と重複しそうな内容だから、精神科が黙っていないんじゃないか?」

「厳密に考えればおっしゃる通りでしょうけど。でも精神科にとって興味があるのは器質的疾病ですから、愚痴や繰り言の聞き役をお引き受けします、と低姿勢に出れば、あちらもウェルカムだと思います。こうした業務は論文になりにくいものですし」

最後のフレーズに苦笑しながらも、有働教授は感心したように、しきりにうなずいた。

「なるほど、『不定愁訴外来』ねえ」

兵藤は一言も発せず、二人の会話を聞いていた。彼の耳の穴や鼻の穴、口から、爆発寸前の怪獣ロボットのように、細い煙がちょろちょろと漏れ出ているような幻視が見えた。


それからしばらくの間、病院内部ではこの入れ替え人事のウワサで持ちきりだったようだ。兵藤の陰謀にハメられて落ち込むボンクラ田口、という喜劇を仕立てようとして、誰もが四苦八苦していた。

俺が教授とアポを取る交信を外来看護師が傍受していたこと、会合のあと俺が上機嫌で外来診療していたという目撃情報、その後兵藤からの俺に関するウワサの供給がストップしたという事実などの情報が相まって、この説は機能不全に陥ってしまったようだ。

次に俺を、〝謙虚で・無欲な・人格者〟として祭り上げようとした。この案も、並んだ三つの単語のうち真中の〝無欲〟だけ、つまり三分の一しか実状とは適合しない上、残りの二つが普段の俺の勤務態度とあまりにも著しく整合性を欠いたため、自然消滅していった。

このウワサが長く尾を曳いたことは後日、病棟で聞かされた。ある晩、ヒマを持て余した夜勤看護師が、それまでに流通したウワサの顚末について、こと細かに解説してくれた。そして最後に一言つけ加えた。「兵藤先生の評判は、あれからガタ落ちしたわね」

俺は兵藤を貶めようとしたのではない。自分の身を守ろうとしただけだ。その結果、兵藤の評判が地に墜ちたのなら、それはひとえに兵藤自身の不徳のいたすところであって、俺に咎はない。

大学病院には、こうしたウワサの濁流が滔々と流れている。漢字の「噂」とは違うし、平仮名の「うわさ」でもない。カタカナで「ウワサ」と表記するとしっくりくる。

ウワサは、たちの悪いツタ科の雑草だ。気にし始めると気にしすぎるようになり、気がつくと手足ががんじがらめにからめとられてしまっている。兵藤との問題に決着がついてからしばらくしたある日、俺はウワサに対して過剰な関心を持つことをやめた。決めてしまえば、それは意外に簡単なことだった。

事務方の融通のなさが如何なく発揮され、俺の降格人事はいつの間にか立ち消えになった。しかし棚からぼた餅で、〝不定愁訴外来開設〟という果実は俺の手許に残った。大学が独自戦略を目指して展開している最中、目新しい企画を鵜の目鷹の目で探し求めていた事務方の琴線に触れたのだろう。

兵藤は騒動後、妙におとなしくなった。俺に上昇志向が全くないことを、ようやく心底理解したのだろう。次の機会に俺を飛び越えればいい、と気持ちを切り替えたようだ。

そんな兵藤の動向を見極めてから、俺は自分が抱えていた神経内科の臨床業務のほとんど、つまり外来業務と入院病棟管理業務の決定権を兵藤に押しつけた。もとい、全権を円滑に委任した。ついでに有名無実になっていた医局長のポストも譲った。

兵藤は目をきらきらさせて、この委任劇を呑んだ。それを期に、俺と兵藤は良好な関係を築くことになる。

こうして俺の手許には、講師の肩書きと不定愁訴外来業務が残された。そして不定愁訴外来はやがて、愚痴外来と呼ばれるようになり、いつしか教授といえども迂闊に手を出すことができない聖域になっていく。

*

その兵藤が眼の前で、月曜日のリスクマネジメント委員会の式次第を事細かにシミュレーションしてくれていた。見事なまでにリアルな寸劇だ。シナリオだけを比較するなら、本物よりもはるかに秀逸だろう。

しかし残念ながら物語は、絶対に兵藤が予想したようには展開しない。なぜならヤツのストーリーには配役ミスがあるからだ。始めに委員会でこれまでの経緯を説明するのは、高階病院長ではなく、俺なのだ。

俺が始めに説明するというスケジュールは、兵藤に教えたとしても、全く支障のないレベルの情報なのだが、すると兵藤がここまで延々と築き上げてきた過去の努力が一切合財無駄になってしまう。それではあまりに兵藤が気の毒なので、俺は涙を呑んで真の予定を伝える選択肢を諦めることにした。

それでも、兵藤プロデュースによる寸劇を鑑賞できて、俺の気は少し晴れた。せめてそれくらいの娯楽がなければ、とてもじゃないが割に合わない。

兵藤の熱演の幕間に、俺は藤原さんに、月曜の不定愁訴外来の休診を告げた。

12章　火喰い鳥

2月25日月曜日　午前10時　1F・不定愁訴外来

月曜朝十時。俺は定時より一時間半遅れで病院へ到着した。愚痴外来は休診にしてあったし、リスクマネジメント委員会への提出書類作成で日曜日が丸々潰れてしまったので、自主的な振り替え遅延にした。こう言えば聞こえはよいが、要は単なる寝坊による遅刻の言い訳だ。

こうした柔軟性が許容されていたのが、かつての大学病院の美徳の一つだった。しかしその良俗も、中途半端な医療改革によって崩壊寸前だ。大学病院は、変革によりゆとりと弾力を喪失し、瀕死状態だ。その余波が医療現場にどんな形で現れてくるかということは、誰にもわからない。

建物はピカピカだが、内部の人間は死に絶えてロボットが巡回する未来都市。ひねくれ者の俺には、今の社会が驀進する果てに、そういう光景が目に浮かぶ。


愚痴外来の扉の前に立った時、珈琲の香りが漂ってきた。俺以外にここで珈琲を飲むヤツはいない。一体、誰だ?

俺は急いでドアを開ける。

俺の椅子に見知らぬ男が腰を掛け、一心に何かを読んでいた。

机の上には、バチスタ・スタッフの聞き取りファイル、Dカルテ、切り抜き記事などが散乱している。男が没頭しているのは、鳴海の聞き取りファイルのようだ。小太りの男の背後では、藤原さんが困ったような表情で立ちつくしていた。

「誰だ、お前?」

混乱した俺はそう言うのがやっとだった。

「何してるんだ?　勝手に人のファイルをいじるな」

開いたドアの死角から、聞き慣れた声がした。

「申し訳ありません。私が閲覧を許可しました。何しろ時間がないものですから」

慌てて内開きのドアを閉じると、その陰から丸椅子に腰掛けた高階病院長が姿を現した。

「高階先生……こんなところで何しているんです?　コイツは一体、何なんですか?」

口を開きかけた高階病院長を手で制し、男が口を開いた。

「初めまして。わたくし、こういうものです」

差し出された名刺には、〝厚生労働省大臣官房秘書課付技官　白鳥圭輔〟とあった。

改めて俺は男を見た。

見るからに高級仕立ての紺の背広。アルマーニに違いない。正確には、グッチとエルメスの区別に難渋してしまう俺（でも、シャネルならわかる俺）が、アルマーニと判断してしまうような高級そうな服、ということだ。

黄色いカラーシャツ。深紅のネクタイ。一見、お洒落。上質な品で身を固めているのに、全然しっくりこない。精一杯好意的に表現すれば、素敵な服の下品な着こなし。それは、某プロ野球球団がトレードで他の全球団の四番バッターを集めて組んだ打線と同じくらいの下品さだ。

彼の頭のてっぺんからは、細くて長い触覚が出ていて、ゆらりゆらり、揺れているような幻覚。思わず目をこする。

擬音語なら〝ぎとぎと〟、擬態語なら〝つるん〟。つややかに黒光りするゴキブリが脳裏に像を結ぶ。

事態が呑みこめず、呆然とする俺に、白鳥と名乗った男はズカズカ踏み込んできた。

「田口センセって、僕が想像してたよりもずっと色男ですね。意外だったなあ。もっとみすぼらしいっぽい方だと想像してたんですけど、予想が外れて何よりでした」

差し出された握手を拒絶して振り返る。高階病院長は苦虫を噛みつぶしたような顔で、補足説明をする。

「田口先生の調査の状況がかなり厳しそうだったので、大学時代の友人で厚生労働省の局長に、非公式に相談したんです。万が一の時のための保険でした。以後、あちらでも同時進行の別ルートで調べてくれていたんです。そして先週、田口先生からリスクマネジメント召集依頼を受けた際に改めて相談したところ、この白鳥君を派遣してくれた、という経緯です」

俺は始めから期待されていなかった、ということか。本来なら怒るべきところなのかも知れないが、もともと自分でも筋違いの依頼だと思っていたので、憤りはなかった。むしろ高階病院長の温かい心づくしの差配に感謝したいくらいだ。

それしても、役所らしからぬ迅速な対応が妙に目を惹く。加えて、本当なら喜ばしい対応のはずなのに、高階病院長の苦り切った表情はどうしたことだろう。そこに勝ち誇ったような白鳥の声が響く。

「つまり、田口センセがギブアップしなければ、僕はここにはいなかったってことです。だから、あまりツレなくしないで下さいね」

白鳥の語尾に覆い被さるように、高階病院長が俺に語りかける。

「田口先生に忠告しておきます。この方は、純粋に論理だけを追究できる資質をお持ちです。不愉快なことを言われても、お気になさらないように。気に障ることがあったら、思ったことをどんどん言っちゃって構いません。この方は外部に対して純粋に論理対応しているので、こちらが何を言っても全然へこたれないはずです。遠慮無用、遠慮なんてしていたら、こっちがめちゃくちゃにされてしまいます。何しろ相手はロジカル・モンスター（論理怪獣）ですから、まず第一に、自分の気持ちを守るように心がけて下さい」

「ロジカル・モンスターって、何だかカッコいいですね。でも、他はボロボロじゃないですか。ひどいですよ。まるで僕が、クサレかヘタレかひとでなし、みたいじゃないですか。高階先輩、同じ高校の先輩後輩なのにあんまりですよ」

「君とは、在学中に知り合いだった事実はありません」

「そんな冷たい言い方しないで下さいよ。坂田局長からも、高階病院長をしっかりお助けするんだぞ、と念を押されてきたんですから」

「坂田君は、くれぐれも失礼のないように、とは言いませんでしたか？」

「ご想像にお任せします」

「坂田君も坂田君です。よりによって、いきなり火喰い鳥を派遣してくるとは想定外でした。一体何を考えているんでしょうか」

「それだけ事態が切迫していると認識してるんでしょ」

「この調査には姫宮君の方が適任だと思ったんですが」

「高階先生は、氷姫みたいな不愛想なぼんやり娘が好みなんですか。意外ですねえ。ま、あんまりわがままばかり言って、僕を困らせないで下さいね。

緊急対応を要請してきたのは、高階先生の方なんですよ。僕は、米国出張から直接東城大へ出向くように言われてびっくりですよ。海外出張したのに本省に復命する必要なし、なんて初めての経験ですから。どんなおおごとになっているのか、わくわく、じゃなくて、どきどきしちゃったじゃないですか。これだけでも坂田局長の心配の度合いがわかるでしょ。

氷姫は、田口先生とキャラがカブるから、今回は不要なんです。実は始めにお話が来た時には、氷姫の派遣も考えたんですが、よくよくお話を伺ってみると、今回は田口センセがその役を果たしてくれそうだということで、様子を見ていたんです。決して、高階先生に対して嫌がらせをしているわけじゃないので、あんまりダダをこねないで下さいね」

「何ですか、火喰い鳥や氷姫って」

二人の掛け合い漫才に、ようやく俺が割って入る。白鳥はにまっと笑う。

「火喰い鳥は僕のコードネーム。氷姫は、姫宮という私の部下のあだ名です」

「火喰い鳥だってあだ名じゃないですか。どこが違うんですか」

高階病院長のつっこみに、白鳥は慌てず騒がず、子供を諭すように話す。

「あだ名とコードネームは、本質的に全然違います」

「なんで、火喰い鳥って呼ばれているんですか？」

小学生がむりやりひねり出したみたいな俺の質問に対し、招かれざるゲストは誠実に答える。

「周りのみんなは、僕が通った後はペンペン草も生えない荒れ地になるからだ、と言うんです。僕は、真実を追究しているだけなのに。ずいぶん失礼な言い草だと思いませんか？」

白鳥が高階病院長をのぞき込む。高階病院長は目をそらした。俺に向き合う。

「せっかくの機会なので田口センセに、自己紹介しましょう」

「だいたい、この大臣官房付というふざけた役職は、何なんです？」

待ちきれずに俺は白鳥につっこんだ。普段、軽々と遵守しているはずの自己抑制のタガがひとつ外れた。白鳥はへらへらと笑った。

「みんなたいてい、まずそこをお訊きになりますねえ。ご存じありませんか、大臣官房付という部署のこと？」

うっすらと知っている。不祥事官僚などがいったん転地させられる、省庁内部の一時拘置所みたいな部署。俺は、自分の中に形成されているその単語に対するイメージを、遠慮会釈なくお伝えしてみた。高階病院長の親切な御忠告に早速従ったわけだ。

「一般の理解としてはそれでいいんですけど。自分から希望して異動すると、けっこう居心地がいいんですよ、あそこは」

なるほど、メゲない。大臣官房付なんて役職を希望するヤツがいると思えないし、そもそもそんな配置転換の希望が許されるのだろうか。疑心暗鬼の塊と化した俺の視線をさらりと受け流し、白鳥は続ける。

「下っ端は書類を作らされてばかり、お偉いさんはその書類にハンコを押すだけ。本当にあそこはどうしようもない組織です。入省直後から、そんなことを包み隠さず口にしていたせいで、あちこちで嫌われて、いつの間にかすっかり問題児扱いされていたんですね。

この物語は、お約束の国会番のサービス残業を断ったところから始まります。残業を命令された時、仕事が終わっても帰ってはダメ、他の人の仕事が終わるまで残っていなさいなんて幼稚園の仲良しグループみたいですね、と一言言ったんです。そしたら翌朝、部屋から僕の机がなくなってました。それまで言ってきたことと比べたら、全然大した発言ではなかったんですけれどもねえ。ひょっとしたら予算編成の時期で課長がいらいらしていたせいだったのかも知れません。それでも幸い、私物はまとめて段ボールに入れられ入口に置いてありましたけど」

誰が見たって、クビ寸前という最終警告なのは明らかだ。つっこみたくてうずうずするのを、かろうじて自制した。

「納得できないんですよね。厚生労働省は、サービス残業を根絶しようとして、水曜日はノー残業デー、なんて旗振りしている。毎日をノー残業デーにしたんだから、僕は大臣表彰されてもおかしくないと思いませんか」

組織には本音と建前があるということは、社会人の教科書の第一ページに書かれていたはずだ。白鳥はそこをうっかり読み飛ばしてしまったらしい。

「仕方なく、段ボール箱を持って、いろんなところをうろうろしました。始めはお約束で資料室に行ったんですけど、辛気くさくて三日でイヤになりました。次は喫煙コーナーに三日。でも僕、煙草の匂いが大嫌いなんです。よく三日も我慢したなと自分に感心しました。けなげだと思いませんか？　でも放浪の甲斐あって、とうとうぴったりの場所を見つけたんです。どこだと思います？」

コイツなら大臣室に居座るくらいやりそうだ。だって、大臣官房付なんだから。俺はどきどきしながら正解を待つ。

「合同庁舎の最上階に、スターリー・ナイト（星・空・夜）っていう、お洒落なレストランがあるんです。隠れたデートスポットとしても有名です。霞ヶ関の夜景が綺麗でお勧め。今度使ってみて下さい」

そんなスポット、一体誰が使うのだろう。霞ヶ関に夜景を見に行こうと誘って、ついてくる女なんているのだろうか。

「いろいろ試したんですが、五番テーブルが最高でした。一番奥にあってとても静かだし、見晴らしも抜群。それでそこを僕の机にすることにしました」

そんなこと許されるのか？　思わず外されそうになる自制のタガを締め直して、我慢を続けていると、胸が苦しくなってくる。

「そうやってそこで毎日過ごすようになったある日、上司が辞令を持ってきて、それが大臣官房付という役職だったんです」

俺は名刺を改めて見つめた。どう見ても準不祥事だ。どういう神経をしているのだろう。そういうヤツに違いないという確信は、一目見た瞬間からあったのだが。

「上役は誰ですかと尋ねたら大臣なんだそうですね。で、大臣の所へ顔出ししたら仕事は自分で探しなさい、と言われました。それで三ヶ月くらい、何もしないでぼんやり過ごしていました」

「その間、仕事はなかったんですか？」

白鳥の話に引きずり込まれて、締め直したはずの自制のタガが外れ、つい尋ねてしまう。

「ええ」

「全くなかったんですか？」

「ええ。全くありませんでしたねえ。よく、仕事に疲れた人が、大金持ちになったら何もしないで毎日ぐうたら過ごしたいなんて言いますけど、あれってきっとそんなに楽しくはないと思いますよ。確かに二ヶ月くらいまでは楽しいですけどね。積《つ》ん読《どく》だった本は全部読めたし、棚の奥にしまい込んであった田宮の戦車シリーズを全部作ることができたし、それなりに有意義でした。でも、三ヶ月を過ぎると飽きてしまってげんなりします。そのまま霞ヶ関にいても仕事はもらえなさそうだし、何もしないでただぼんやりしている生活にも飽きてしまったし、ということで、ある日ふと思いついて、大学時代の友人が務めている母校の法医学教室に出入りすることにしました。ツテをたどって、監察医務院にも潜り込んだりして、検死検案や解剖をかじりました。気が向くと霞ヶ関、次の日は法医学教室なんて気ままな生活で、おかげで検視や解剖に詳しくなりました。死体検索に関わるたいていの資格も取りました。解剖医、認定病理医、死体検案認定医、法医認定医なんてところですね。全部で五年くらいかかりましたが」

医者なのか、コイツは？　心の中の疑問符が思わずそのまま口をついて出てしまった。

「まさか白鳥さんは、医学部卒なんですか？」

〝まさか〟は、どこからどう見ても明らかに余計だ。自己抑制のタガがいっそう外れつつある、という自覚症状あり、だ。白鳥は俺が込めたささやかな悪意のニュアンスなんて、一向に気に掛けず、歩みを止めない。

「ええ。医師免許だってちゃんと持っていますよ。役所をクビになったら医者をやればいいというのが、実は心の拠り所なんです。ま、生きている人の血が怖くて役人になったので、あり得ないとは思いますが。でも、死人の血は平気なんです。不思議ですね」

血を見るのが苦手で進路を決めた……俺と白鳥に共通項があることを知り、一瞬、眩暈《めまい》がした。そういえば、あちこちをうろうろする行動や、組織から半分はじかれている境遇なんかも、似ていると言われればそんな気がしないわけでもない。

自分の中に浮かんだ不穏で不愉快な連想を、俺は大急ぎで吹き消した。

「ところがそうやって毎日楽しく過ごしていたら、急に世の中の流れが変わってしまいまして。毎回説明するのが面倒臭くて新聞記事を持ち歩いているんですけど、この記事はご存じですか？」

白鳥はポケットをさぐって、ラミネート加工した縮小コピーを取り出した。内科学会、外科学会、病理学会、法医学会という四学会共同で、医療過誤死に関する中立的第三者機関を設立する予定という内容を報じた記事だった。

「ええ、知ってます」

鳴海から聞いた話を思い出す。医療過誤事件が増加し、法律に忠実に処理すべきという社会的機運が高まった。現実には、医療現場に不慣れな警察が介入し現場の混乱に拍車をかけてしまった。こじれた問題を解消するために厚生労働省が打ち出した秘策のはずだ。

「厚労省はこの動きをコントロールしたがっているんです。内幕をバラすと、うちのお偉いさんが、大学の偉い人たちにこういうのを作れと指示したんです。お偉いさんというものは、どこの世界でも同じで、現場のことはろくに知らないのに、マスコミを前にすると舞い上がっちゃうんです。お役所のお偉いさんと、学会のお偉いさんが一緒になって景気のいい話を散々打ち上げてみたものの、実際には何をすればいいのかわからないので、結局最後には、法医学教室に出入りをしていた僕のところにおハチが回ってきたんです。いきなりずかずかやってきて、今度こういうものを作ることにしたから何とかしろって言われてもね。ハタ迷惑な話です。言い出したなら、最後まで自分たちで責任をとっていただきたいものです」

始めは全く無関係に思えた白鳥の身の上話が、徐々にこちらの方へにじり寄ってくる気配を感じた。白鳥は身振り手振りを交えて続ける。

「大臣官房付というフリーな役職に就いているのを逆手にとって僕に全部やらせることにしたらしいんです。ま、プチ陰謀ですね。さすがに少し後ろめたかったのか、新しく課を作ってそこの室長にしてくれました。せっかくの機会だからついでにいろいろ要望を出したら、火喰い鳥、というあだ名を頂戴しました。焼け太り、という意味合いを込めた皮肉だったみたいです。あ、いけない、〝あだ名〟じゃなくて〝コードネーム〟でしたっけ」

やっぱり〝コードネーム〟じゃなくて〝あだ名〟じゃないか。呟きながら同時に、よく出世街道に復帰できたものだと感心した。俺の疑念を読みとったかのように、白鳥は続ける。

「厚労省の内部には、僕だけは絶対出世させたくないという人たちがうじゃうじゃいます。僕はそういう人たちの顔を潰したくないので、新しい肩書きはどうしても使わないと困る時にだけ使うことにしています。ま、どうでもいいことです。役所の肩書きなんて、しょせんは借り物ですから。それに、大臣官房付という肩書きの方はわりに気に入っているんです。ホント、僕にぴったりだと思います。

新しい課ができた時に部下が一人ついたから、苦節十五年にして僕もようやく管理職。その部下が姫宮、つまり氷姫です」

俺は、姫宮という白鳥の部下のことを考えた。氷姫と呼ばれるその女性は、薄幸の美女に違いない。こんなヤツの下に配属される不運を呼び寄せてしまうのだから、その美しさが並外れていなければ、きっとバランスがとれないだろう。

白鳥が、俺の心を見透かしたように、にまっと笑う。

「今、氷姫の想像をしてましたね。ダメですよ、彼女は。全然使いものになりません。仕事がトロくて、それを指摘しただけで、すぐビービー泣くんです」

高階病院長がすかさず助け船を出す。

「姫宮君は、あの年の首席入省者ですよ。あなたの仕事の重要性を考慮して、坂田君が泣く泣く、一番優秀な彼女をつけてくれたんじゃないですか。そういう彼女を使いこなせない上司の方に問題があるんじゃないですか？」

「高階先輩は本当に氷姫がお気に入りなんですね。でもいくら言っても今回、姫の出番はありませんから悪しからず。今の時点で必要なのは氷姫より僕です。首席がお気に入りなら、それこそ僕で十分じゃないですか」

白鳥は、胸ポケットの銀時計の鎖をちゃらちゃら鳴らす。その音を聞き、高階病院長は不機嫌な顔をして黙り込む。

「ま、今回は僕と田口センセのペアで、ばっちりですよ」

俺の眼をのぞき込むと、白鳥はウインクをした。顔半分を歪めて細い眼をちょっとだけ細くしただけ。全然さまにならない。

「それにしても、田口センセはラッキーですね。高階先生はお偉いさんですが、現場のことをよくわかっているお偉いさんです。その上、現場に任せっきりにするようなクソ度胸のあるお偉いさんです。こういうお偉いさんは滅多にいませんよ」

「お偉いさん、お偉いさんって連呼しないで下さい」

高階病院長が怒気を含んだ声を上げる。本当に白鳥が苦手らしい。

俺は、白鳥の最後の発言には、全面的に同意した。案外コイツ、鋭いかも。

白鳥のポケットから電子音がした。黄色い丸いものを取り出す。

「病院内では携帯電話は禁止ですけど」

苛ついた声で藤原さんが注意した。白鳥はソファにもたれて斜め後ろを振り返る。

「違います、ウンチです」

「ウンチ？」

藤原さんがびっくりして訊き返す。

「そう、ウンチ。ご存じないですか？　たまごっち。今、小学生の間で大人気」

そういえば、十年前に流行《はや》った電脳玩具が再ヒットしているというニュースを、最近どこかで見た覚えがあった。藤原さんは口をぽかんと開けて、白鳥を見つめた。

「イヤになっちゃいますよ。上の娘がどうしても欲しいって言うものだから、あちこち探し回ってやっとのことで手に入れたのに、一週間で飽きちゃって。小学校は忙しいの、パパが買ってきたんだから、後はパパがちゃんと面倒みてね、ヨロシク！ですもんね。あーあ、ウンチが三つもたまってる。ごめんごめん。さて、ウンチな・が・し、終了」

白鳥はボタンを操作して、電子生物の排泄物処理を終える。俺は別のところで衝撃を受けていた。コイツに娘がいるのか？　しかも二人も？

啞然とする藤原さんに、白鳥はとどめを刺す。

「それにね、僕は携帯電話を持ってないんです。赤の他人から、いきなりピンピロリンっていう音で呼び出されると、何か犬みたいな気持ちになるんでイヤなんです」

手練れの藤原さんを一刀両断。コイツは、ただものではない。

俺は仕切り直して、失地回復を試みた。

「いくら厚生労働省の大臣官房付の技官さんでも、個人のプライバシーに関する書類を無断で見ることは越権でしょう。病院長の許可があったって、やりすぎですよ」

「その点に関しては、私が許可を出したので、ご容赦していただければと……」

高階病院長の言葉を制し、白鳥が内ポケットから封筒を取り出す。

「確かに、高階先生に許可はいただきましたけどね、本当はそんな必要もないんです」

俺に放り投げる。高階病院長が慌てて制止しようとする。その手をすり抜け、封筒は俺の手に収まった。

「白鳥君、それは使わないという約束では……」

「田口センセだけになら、構わないでしょ？」

白鳥の言葉に高階病院長は黙り込む。白鳥は急に仰々しい言葉遣いになる。

「私には、病院内部の個人情報を自由に閲覧できる権利が与えられている。万一、拒否権が発動されたとしても本権限は病院長権限を凌駕し機能する、なーんてね」

折り畳まれた紙が一枚出てきた。『不特定多数個人情報閲覧許可証』とあった。その下に白鳥の名前、そして仰々しい四角い押印。……まさか。

大見得を切った後、白鳥はへにゃっと笑う。

「ま、そういうことなんで。ここはひとつ、ご協力よろしくお願いしますね」

俺は逆襲を諦めた。

「いつからここにいらしているんですか？」

「先週金曜日からです。三泊五日の米国出張からとんぼ返りしたその足で直接ここに来ました。それからずっと院内に滞在継続中」

術死後に俺が高階病院長に泣きついた翌日。素早い、というより〝異様な早さ〟。まるで、俺が泣きつくのを待ち構えていたみたいにも見える。

「どこに寝泊まりしているんですか?」

当直室はいつもたいていてい、ふさがっている。俺も急に泊まり込む必要ができると、愚痴外来のソファを使う。

「地下に視聴覚ルームってあるでしょ、ビデオが見られる部屋。あそこに毛布を用意してもらって、ソファで寝てます。スーツケースには着替えも入っていますし、他にもあっちで手に入れた洋モノのビデオとか、ま、いろいろと便利ですね」

どこでも生きていけそうな、たくましさ。だが、たくましいという陽性の形容詞が、どうしても似合わない。だからといって、陰性というわけでもなくて、要は通常の物差しから大きく外れた未知数の異次元感覚の真只中にいきなり放り込まれてしまった、という感じ。だがその感じがどこから来るのか、実はよくわからない。

「この週末にいろいろな人たちから、話を聞かせてもらいました。始めに直接高階先生から何人か紹介してもらって、それからその人たちの友達の輪をたどっていって、次々に紹介してもらいました。あ、そうそう、それからビデオもたくさん見てました」

ついでに洗剤でも売りつけていたら、立派な無限連鎖講防止法違反だろう。これは決して取り越し苦労なんかじゃない。コイツなら本当にやりかねない。もっとも、売りつけられるのは洗剤じゃなくてパンツのゴムヒモかも知れないけど。

「時差ボケはひどかったんですが、病院っていい所ですね。夜中でも相手をしてくれる方が大勢いますもの。深夜勤務の方のほうがじっくり話を聞けますし、おやつは出してくれるし、いいことずくめでした。CCUからは叩き出されてしまいましたが、他のところでは結構温かい歓迎を受けましたね。おかげでおもしろい話をいっぱい聞くことができました」

「桐生先生とはお会いになりましたか？」

「桐生チームの人たちとはまだ誰とも接触していません。これから田口センセと一緒に回ろうと思いましてね」

何だ、それは？　全然聞いてない話だ。高階病院長を振り返ると、目を伏せて視線を合わせようとしない。

「詳しい打ち合わせは、後でしましょう。さっきの話の続きですけど、いろいろ回った中で、一番ぺらぺら喋ってくれたのは誰だと思いますか？」

心当たりはあったが、さあ、と答えて知らないフリをした。

「田口センセの部下の兵藤先生です。くだらない情報の宝庫みたいな方ですね」

「兵藤先生は私の部下じゃないですよ。思い違いをされては困ります」

兵藤の話がインプットされているのか。俺の中で警戒警報が鳴り響く。白鳥は俺の顔色の変化を素早く読みとったらしい。

「兵藤先生の方では、田口センセのことを上司だと思ってるみたいでしたよ。でも、心配しないで下さいね。彼の話はもともと四割引くらいで聞いていますから。あ、それとも、もうちょっと割引率を上げた方がいいんですか？」

初対面で兵藤がそういうヤツだと見抜いたのか。それは相当難易度が高いことだ。兵藤をよく知る俺でさえ、言葉だけ聞いていると、騙《だま》されかかる。疑いというフィルターで濾過《ろか》して内容を吟味している今の俺だから、真贋比率もわかる。周辺情報抜きで見抜いたのなら、よほどシャープな知性を持っているか、あるいは動物的な嗅覚が強いかのどちらかだろう。

考えている最中、もうひとつの可能性にたどりつく。すべての前提を徹底的に疑っているという、猜疑心旺盛なタイプである可能性。

「ま、田口センセが僕に疑問を持つのは当然ですけど。僕たちには時間がありません。詳しい説明は省かせてもらって、早速本題に入りたいんですけど、いいですか?」

仕方なく俺はうなずく。心の中を読みとられ、先回りされているような薄気味悪さを感じた。


白鳥は、患者の椅子を俺に勧めた。

「ま、ま、そこにお掛け下さい」

主客転倒もいいところ。それは俺のセリフだ。背後で高階病院長が顔をしかめた。

「聞き取り調査ファイルを拝見しました。よく観察されてます。完成度が高いです。実に感心しました。〝Bravo!《ブラヴォー》〟です」

「お誉めにあずかり、光栄です」

過剰な賞賛の言辞に対する儀礼的な御礼。おざなりな俺の返答を意に介さず、白鳥のハイ・テンションは続く。

「聞き取りの順番も最高です。これは田口センセがご自分でアレンジしたんですか?」

「いえ、皆さんのご希望に合わせただけです」

白鳥はがっくりと肩を落とす。

「なんだ、偶然かあ。……ま、ツキも実力のうち、ですからね。この垣谷―酒井のラインの反目と、大友―羽場ラインの相互依存性の引き出し方なんて、最高です。もしも順番が逆だったら情報量は半分以下になってしまったでしょうね。そうした点にほんの少しばかりの註釈を加えれば、そのままケースレポートになりますよ」

一体、どこの学会のレポートだと言うのだろう。かすかな好奇心が蠢動《しゅんどう》する。

「特に感心したのが、自分の名前の由来を話してもらうやり方のところです。オリジナリティが高くていいですね。セルフポートレート《自画像》・トークを促進しそうで、とってもナイスです。是非、氷姫にも勉強させましょう。彼女、話し始めが下手くそでしてね。いつも星座と血液型の話ばかりで、あれじゃあ、まるで合コン。

それにしても………惜しい、実に惜しい。……でも、ま、いいか」

白鳥の表情が翳りを見せる。独り言を俺へのセリフに切り替える。

「田口センセのファイルは、とても良くできています。パッシヴ《受動的》・フェーズ調査としては、多分これ以上のものは望めませんね」

パッシヴ・フェーズ？　何だそれ？

「でもこの案件は、おそらくこれから穴倉に潜んでいる何かを引きずり出さなければならないでしょう。そうしないと問題は解決しません。そのためにはアクティヴ《能動的》・フェーズの調査力が必要なんですけど……」

白鳥は言葉を切って、俺を見つめた。よく見るとその視線は、俺をすり抜けて窓の外だ。気がつくと、細かな貧乏揺すりが始まっている。

「惜しい、実に惜しい。田口センセには、アクティヴ・フェーズ能力が、決定的に欠除しているみたいだ。優しすぎるのかな？　でもこの記載を見ている限り、そこまで欠落していないはず。攻撃性の過度な抑制？　トラウマに対する代償作用？　どっちにしてもその歪みのおかげでこれだけのパッシヴ・フェーズができるとしたら、氷姫よりは格上かな？　ま、いいや。そのために僕が呼ばれたんだし。苦手な領域をカバーしてもらった上に、時間短縮までできた、と思えばいいのか」

耳障りな単語が羅列される。断片的で文脈を形成していない。どちらにしても聞き捨てならない。勝手に自分を評価される不愉快さを我慢できず、俺は白鳥に言う。

「あの、今の言葉は、私に言っているんですよね？　それとも独り言ですか？」

白鳥は、我に返ったように俺を見て頭をかいた。

「あ、申し訳ない。田口センセに話しているつもりが、途中から独り言になってました」

「それはいいですけどね、私に関して何かぶつぶつおっしゃっていたでしょう。よろしかったらその中身について、少し説明してもらえませんか」

「もちろん、もちろん」

白鳥はにこやかに承諾する。表面上とても礼儀正しいのだが、改めて面と向かうと不愉快さが倍増する。白鳥には相手が踏み込んで欲しくないと思う領域を回避するエチケットに欠けるようだ。最低限の礼儀は守っているが、どこか、こちらの領域まではみ出してくる感じ。二人掛けの座席で一・五人分を占拠している感じ、と言えばよいだろうか。

こんなヤツが四角四面の官僚組織の中に棲息しているという事実に、俺は改めて驚いた。

白鳥はコーヒーカップを逆さまにして最後の一滴を飲み干した。振り返りもせず、藤原さんに元気よくカップを突き出し、〝お代わり〟と言う。藤原さんもむっとしたようだった。

「それではまず、アクティヴ・フェーズとパッシヴ・フェーズ調査の違いあたりから説明しましょうか？」

「それよりもっと以前の背景から教えてもらえませんか」

「あ、またやってしまいました。すみません。僕の悪い癖でして、すぐに枝葉の説明に夢中になってしまうんです。だって、根幹とか本質ってウソ臭くて、あまり好きじゃないんですよね。枝葉やディテールの方が断然リアルで魅力的だと思いませんか？」

「その通りかも知れませんが、私のような素人にはまず、全体像を教えていただかないと」

「なるほど、そうですね。これは学問と言えるのかどうかよくわからないんですが、一番近いのは応用心理学という術語でしょうか。日常生活に心理学を応用するために新しい枠組みをつくったものなんですよ。そもそも、心理学を必要とする日常場面って、どんなものだと思いますか？」

白鳥の問いかけに俺は首を傾げる。

「ずばり、〝説得〟と〝心理読影〟です。前者に対応する技術が〝アクティヴ・フェーズ〟で、後者が〝パッシヴ・フェーズ〟と呼ばれます」

「そんな理論があったんですか。全然知りませんでした。一体、いつどこで成立した学問なんですか？」

白鳥は意味ありげに笑って、俺の問いかけには直接答えなかった。

「言葉で説明するより実際に体験してもらった方が、理解が早いかも知れませんね。するとここから僕の大好きなディテールになります。例えば、田口センセのお仕事は実に純粋なパッシヴ・フェーズの相を示しています。ですから田口センセならパッシヴ・フェーズの方はすぐに理解できます。ここまで純度の高いパッシヴ・フェーズ調査ができる人も珍しい。途方もなく自我が希薄か、途轍もなく自尊心が高いかのどちらかでしょうけど」

「どちらも違うと思いますね」

素っ気なく言うと、白鳥は手を打った。

「うん、自尊心が高いタイプに決定」

俺は白鳥を睨みつけた。白鳥はどこ吹く風で平然と続ける。

「という今のが、アクティヴ・フェーズのテクニック、〝ホンキー・トンク〟です」

救いを求め、背後の高階病院長を振り向く。高階病院長は、どうしようもないとばかりに肩をすくめ、首を横に振る。

「そんなんじゃあ、さっぱりわかりません」

「そりゃあそうでしょう、田口センセみたいに、女性にもてないタイプには、アクティヴ・フェーズは理解しにくいと思います」

俺はかちんと来た。たとえ明白な事実であっても、いや、明白な事実だからこそ、初対面の他人から面と向かって言われたら、誰だってむかつくだろう。

「私がもてる、もてないは、あなたや、この調査には無関係でしょう」

「そう思うでしょう、ところが違うんです、大いに関係があります」

「一体、どこが、関係するんですか」

「とまあ、これがアクティヴ・フェーズの別バージョン。名付けて〝たたみかけ〟」

俺は、怒りに震えそうになった。その怒りを代弁してくれるつもりなのか、藤原さんがコーヒーカップを白鳥の面前に叩きつけるようにして置きざりにする。

白鳥は周囲に溢れ返る自分への敵意に、慌てて取りなすように付け加える。

「怒っちゃ、だめ、だめ。これは練習なんですから。あ、それから、アクティヴ・フェーズは相手を本気で怒らせてしまったら、基本的には失敗です。怒るか怒らないか、ぎりぎりのところでもちこたえる、これがアクティヴ・フェーズの極意、その1」

そうだとしたら、すでにこのお手本からして失敗例ではないだろうか。白鳥は俺の疑わしそうな視線を知らん顔でやりすごす。

「アクティヴ・フェーズは田口センセには理解しにくいかも知れませんが、それでは、パッシヴ・フェーズも中途半端になってしまうんです。せっかくですから、アクティヴのセンスくらいは持たれた方がいいと思いますよ」

「何言っているかさっぱりわからないけど、あなたがそうおっしゃるのなら、きっとそうなんでしょう」

「ええ、そうなんです。パッシヴ・フェーズを完成させるには、ほんのわずかでもその外側にはみ出す糊代《のりしろ》みたいな、アクティヴ・フェーズが必要になるんです。普通の人なら、両方の要素が適度に混在しているから、わざわざこんなこと言わなくてもいいんです。どちらかのフェーズのピュア・タイプというものは一種の奇形で病的状態なのですから」

それってひょっとして俺のことを指しているのだろうか？　だとしたら本人を目の前にして、相手を異常呼ばわりしているわけだから、ある意味でいい度胸をしている。

「そこまでおっしゃるのなら、おたくはアクティヴ・フェーズとパッシヴ・フェーズとやらの両方を、さぞかし上手に使いこなしていらっしゃるんでしょうねえ」

嫌味をたっぷりふりかけた丁寧言葉のオードブルを、白鳥はあっさりひっくり返す。

「いえ、それは僕にも無理なんですね。僕は、悪いヤツが息を潜めてじっとしているような時には、忍耐強く相手できるんですけどね、相手が単なるバカだとこらえ性がなくなっちゃうんです。だから時々パッシヴ・フェーズでミスをする。それが僕の弱点。ま、言うならば、田口センセはパッシヴのピュア・タイプ、そして僕はといえばアクティヴの純血種、というあたりですか。

　僕はそんな自分の欠点をカバーするため、泣く泣くトロい氷姫を部下にしているんです。僕らはたいてい、ダブル・チームで時間の位相をずらして仕事をします。だけど今回は田口センセが氷姫の分を済ませてくれたので、とても助かりました。しかも仕事の中身は高品質。これって、結構すごいことなんですよ」

　誉められて、俺は少しだけ気分を直して質問する。

「両方のフェーズをこなせる素質がある人は、いるんですか?」

「ファイルを読む限り、鳴海先生にはその素質がありそうですね。彼なら、理想的なアクティヴとパッシヴのキメラになれそうです。何しろ相当底意地が悪いナルシストですからね。彼の位相から考えたら、自分を守るためには仕方がないことなんでしょうけれども、この依存体質を変えないと将来が大変でしょうね。もっともその前に、鳴海先生には、自分の中の矛盾と大いなる偶像に対して闘いを挑まなければならないという大仕事があるのですけれど。そんなことをしたら、彼の世界は破綻しちゃいそうで、想像するだけでも、ちょっと恐ろしいですね」

　途中から自分の世界に入り込んでいく白鳥。こちらの世界にヤツを引き戻す。

「鳴海先生が才能豊かだということまでは、よくわかりましたけどね、最後の方は何を言っているのか、全然わかりません」

　首をひねる俺を見て、白鳥が貧乏揺すりを始める。いきなり言葉遣いが変わる。

「なんで、こんなに鈍臭いかなあ。これじゃ、氷姫といい勝負だな。どうも買い被りすぎたみたいだな。いい、よく聞いてね。あんたは対象を自分の繭《まゆ》の中に取り込んでそこでゲロさせる。これがパッシヴ・フェーズ。僕は相手の心臓を鷲摑みして、膿んでいる病巣にメスを突き立てる。

これがアクティヴ・フェーズ。わかった？」

これが白鳥が自分でも自覚している欠点、「相手が単なるバカだとこらえ性がなくなっちゃう」というやつなのだろうか？　それでも言っていることは全然わからない。

ひとつだけうっすら理解したことは、この短いやり取りの間に、俺は白鳥から「あんた」と呼ばれるくらい、仲良しの一人にカウントされてしまったということだ。

友情や恋愛は、いつだって片思いから始まるのだから、俺がとやかく言うべきことではないのだが。


白鳥は、突然暴走を始める。貧乏揺すりが暴走の始まるメルクマールのようだ。ヤツのギア・チェンジについていけない。それでは、その話がめちゃくちゃかと言うと、論理的に整合している気配を感じる。少なくとも白鳥はバカではないのだろう。他人に自分の概念を伝える術が少々不足しているのか。俺がとんでもないボンクラなのか。そのどちらかだ。あるいはその両方かも知れない。

そんな俺にもひとつだけはっきりわかったことがある。それは白鳥の教育方針だ。ヤツは、スキーのボーゲンもできない初心者を、木島平の氷壁のてっぺんまで連れていって、平気で突き落とすタイプの指導者だ。雪団子になって転げ落ちる俺を見ながら、獅子はわが子を千尋の谷底に突き落とす、とかうそぶくタイプ。

「一つだけ、私にもわかるように教えて下さい。一体これから何をするんですか？」

「アクティヴ・フェーズの調査ファイル作りです。期日は今日と明日中。そのためには、田口センセの全面的な協力が必要になります」

「協力することはやぶさかではありません。何をすればいいんですか？」

「僕がいろいろな人にインタビューしますから、それを後ろで聞いていて下さると、大変ありがたいです」

「ただ、聞いているだけでいいんですか？」

「そう、それだけ。それだけでとっても助かります」

「はあ、わかりました」

俺は拍子抜けした。それじゃあ案山子《かかし》と同じじゃないか、と言いかけてやめた。どんな反撃がくるか、予想がつかなかったからだ。白鳥は続ける。

「この件における最終防衛線《ディフェンスライン》は、とりあえず今度の木曜日に予定されている手術に設定してあります。目標としては、ここまでで何とかケリをつけたいと思っています。すべては相手あってのことですから、もちろん無理かも知れませんがね」

白鳥が身を乗り出して、囁くように話しかけてくる。

「僕たちはいいチームになれますよ。だって僕たちはとってもよく似てますから」

「僕たち」って何だ。「たち」って言うな。触れて欲しくない急所につっこまれ、思わず苛つく。吹き消したばかりの想念が、苦く立ちのぼる。忘れ去りたいからこそかえって染みついてくる連想。そんな俺の顔色を素早く読みとってしまう白鳥。

「あれ？　お気に召しませんでしたか？　ま、いいや。時間もないことだし。それでは早速アクティヴ・フェーズケース１に対する調査を始めましょうか」

「まず始めに、どなたをお呼びすればいいですか」

白鳥は、軽蔑したように俺を見た。

「まだわからないんですか？　ケース1は田口センセ、あなたですよ。

アクティヴ・フェーズの基本は、相手のホームグラウンドに足を運ぶこと。僕たちは、今日から明日にかけて、あちこち動き回ることになります」

■白鳥ファイル①　神経内科学教室　講師——田口公平（41）

白鳥から手渡されたリストには、乱雑な字で十五人の名前が載せられていた。黒崎教授や麻酔科の田中教授の名前もあった。俺はリストの二番目に載っていた。

「高階先生が一番目になっていますけど」

高階病院長がびくり、とした。おびえた眼をして、俺が手にしているリストを見つめる。白鳥はあっさりと言う。

「あ、そこは省略。高階先生のことはよく存じていますから。リストは論理上のコンテンツを完成させるために全例を列記してみただけです」

背後では高階病院長が、ほっとして微笑みながら同時に苦り切った表情を浮かべるというアクロバットみたいな百面相をしていた。それにしても、最初からこれでは、ずいぶんいい加減な調査だ。

「田口センセの調査は惜しいところまでいっています。でも、このままでは最後の一線が越えられない。一線を越えなければ問題は解決しない。僕は田口センセに飛び方を教えてあげますよ。問題は最後の相転換なんですけれども、ま、ここが一番の難所でしてね」

白鳥は俺の方にぐっと身を乗り出した。

「田口センセの仮説は、基本線は正しいんです。自分の直感に自信を持って下さい。これは医療事故なんかじゃない。れっきとした殺人ですよ」

いきなり、〝鳴海仮説〟が息を吹き返した。高階病院長が唾を飲み込む。ここまではっきりと断言されると、膝が震え出す。部屋がぐにゃりと揺らぐ。

「殺人、しかもスタッフの誰かが犯人だとおっしゃるのですか。………信じられない」

「そういう思い込みが事実を覆い隠し、真実を見失わせてしまうんです。僕はそうしたバイアスを排除するために呼ばれたんです」

白鳥はちらりと高階病院長を見る。桐生の依頼に対する拡大バージョンの対応というわけか。

「大切なのは事実かどうかを証明することではなくて、事実と仮定して物事を動かしていった時に、最後まで矛盾なく成立するかどうか確かめるというやり方をすること。すべての可能性を検討して同時にすべてを疑うこと。

こういう問題は、要素をひとつひとつ検討していかなければならない。その時に重要なのは、すべての要素と関係者について漏れなく落ちなく重なりなく、検討しつくすこと。その考えを展開すると、例えばこうなります。リストのうち田口先生は、術死現場にいたのがケース32だけなので犯人候補から除外。同様に高階病院長も除外。黒崎教授も除外。術死が起こる以前にしか手術に関与していなかった星野看護師も当然除外されます。

こうやってひとりひとりに客観的な可能性をチェックしていく。そうして最後まで残ったのが、真犯人、というわけです」

俺は横着者センサーの自己防衛モードを最大にして、白鳥理論の弱点を懸命に探す。

「そうだとしたら、私に対する調査は無駄じゃないですか」

「無駄ではありません。絶対に必要です。本案件における田口センセの位相は、事象を閉じた空間内部に閉じ込める反射鏡なんです。フラクタルな全体構造を亜空間に封じ込めてから検討を開始しないと、真実がパラダイムの外側に逃げ出してしまうんです」

「何をおっしゃっているんだか、さっぱりわからないです」

「それじゃ、諦めて」

白鳥は冷たく突き放す。弱点だと思って攻撃したら、見当はずれだったようだ。虚空に向けて放ってしまった波動砲のように、手応えのない空しさだけが俺の手許に残る。

「誰が犯人かについては、僕の中ではだいぶ絞り込みが進んでいます。ただ、どうやって殺したのか、そのやり方がわかりません。そこで田口センセの出番なんです」

「犯人はわかったけれども、殺し方がわからないですって？　普通、逆でしょう」

俺は声を上げて笑った。その笑い声で、自分の中の意地悪な感情を増幅する。白鳥は、俺のささやかな悪意は意に介さない。

「僕は犯人がわかったとは言っていません。絞り込めた、と言ったんです。人が言ったことは正確に理解するように心がけて下さいね。

この殺人は、新しいタイプの密室殺人ですね。衆人環視の中で、堂々と行われているのですから。おそらく、すべての謎が解けた時には、これが医療システムと人の心が作り上げた密室だった、ということがはっきりするはずです」

「私は最後の症例を、最初から最後までずっと見ていました。あれが殺人だとはどうしても考えられません。その可能性は全くないと思います」

俺は、医療過誤として原因を究明した方が気分がラクだと、暗がりから白鳥を誘惑する。しかし、白鳥はブレない。

「田口先生のファイルを読み込むと、殺人でしかあり得ないと思いますけど。医療過誤の可能性を考えて足場がブレると、ものの見方がヌルくなります。

医療過誤調査と殺人捜査は根本的に異質です。医療過誤ならば発生した瞬間は周囲の視線に対し無防備ですから、過去を丹念に検索すれば必ず手がかりが露出しています。一方殺人だと、犯人は始めから事実を隠蔽しようとしますから、同じように過去を振り返っても何も見つけることはできないでしょう。つまり調べ方も変える必要があるんです。中途半端などっちつかずの気持ちが真実究明の最大の敵です。その甘さが真実にたどりつく手がかりを取りこぼすんです。ですから以後、殺人を前提に調べた方がいい。そうすれば医療過誤は見落としません。逆だと真実を見落としてしまう可能性があります。

もっとも、それも犯人の狙いなんでしょうけれども」

見事な論理と説得力。ロジカル・モンスターの名は伊達《だて》ではない。

俺はふと気がついて質問した。

「ところでこれって、私に対するアクティヴ・フェーズ調査なんですか？」

白鳥はニヤリと笑う。

「その通り、と言いたいところですけど、違います。きちんと予備調査してくれた田口センセに対するアフター・サービスです。田口センセのアクティヴ・フェーズ調査はとっくに終了しています。さっき言ったことはフライングを誤魔化《ごまか》すための目眩まし、です。

ついでにもう一つ大サービス。アクティヴ・フェーズ調査のコツ。それは、ガツンとやって、ピューっと逃げる。そして物陰から様子を見る。つまり、〝ガツン・ピュー・ソロリの原則〟です。そうそう、一番大事なことを忘れてました。ガツンとやる前に、隠れる物陰を確保しておくこと。これ、極意その2ね。

僕は時々これを忘れちゃって、ひどい目に遭うことも多いんです」

論理的かと思えば、いとも軽々と論理の流れからはみ出ていってしまう。

俺にはもう、何が何だかわけがわからない。

「ところで田口センセの調査ファイルを読んでいて、気になったことがあるんです。裏表紙にカバとかスピッツなんて、動物の名前が走り書きされていましたけど、あれって何ですか?」

俺はぎょっとした。ファイルは他人が見るはずはないと思い込んでいたので、相手に抱いた印象を動物に喩えて書き記しておいたものだった。白鳥に白状しようかどうしようか一瞬迷う。だが、考えてみれば、コトは術中異状死の真相究明という大問題。俺の些細ないたずら書きが真相解明の手がかりになるならいくらでも役立ててもらおう。こうなったら半《なか》ばやけくそ、毒喰らわば皿まで。

「聞き取りをしながら感じた印象を動物に喩えてみたんです」

白鳥は俺を見つめた。次の瞬間大笑いになだれ込む。内臓をむき出しにして笑いに埋もれる。俺はちょっぴり羨ましくなった。そして大いに後悔した。やっぱり、言うんじゃなかった。しばらくしてようやく白鳥の大笑いが収束する。

「なるほど、やはり『見立て』の変法でしたか。田口センセってホント、面白いです。それってクセですか?」

「『見立て』って、何ですか?」

ようやく白鳥の後ろ姿に追いついた俺は尋ねた。

「簡単に言えば、相手にぬいぐるみをかぶせるというテクニックです。例えば僕が高階先生をタヌキと見立てたら、タヌキのぬいぐるみをかぶせておいて観察するわけです。ある日、そのタヌキが空を飛んだとする。そうしたら、僕は慌ててかぶせものをアホウドリに替えるわけです。これが田口センセが習得しなければならないこの理論のポイント、相転換です。でもよかった。田口センセは理解のため準備はできているみたいです。あと一歩ですね」

背後から高階病院長のむっとした感情がダイレクトに伝わってくる。言うに事欠いて、高階病院長をタヌキやらアホウドリに喩えるとは。そんなぴったりの喩えを本人を前にして言えてしまうなんて度外れたヤツ。四角四面の官僚組織でコイツが生き延び続けているという事実は、奇蹟に近い。呆然としてしまった俺の心の隙を衝くように、白鳥がさらりと俺に質問を投げかける。

「それじゃあついでに質問。僕の印象はどんな動物でしたか？」

俺は絶句した。さすがに俺は本人を眼の前にして、ゴキブリとは言えない。

「ま、いいです。およそ見当がつきますし」

白鳥はあっさり撤退した。俺は胸をなで下ろす。

白鳥のチャンネルが切り替わった。俺に矢継ぎ早に指示を出す。

「これから今週いっぱい、田口センセは外勤扱いで、不定愁訴外来は休診。場合によっては延長してもらいます。この件に関しては先ほど高階病院長の了解をいただきました。これから一週間、田口センセのお仕事は僕の調査のサポート役です」

高階病院長が俺に向かってうなずいた。

「今後の予定。午後一時からリスクマネジメント委員会。僕もオブザーバーとして出席します。その後、黒崎教授、羽場室長、氷室講師、大友主任のアクティヴ・フェーズ調査。明日は残りの人たち、順番は酒井助手、垣谷講師、鳴海助教授。そして桐生助教授」

　そんな短時間でこんなにたくさんの人の調査ができるのだろうか。しかし俺が口にしたのは、心に浮かんだ疑問と違う質問だった。

「順番がリストとは違うみたいですが」

「ほんと、バカじゃないの」

　反射的に出るセリフでは、時々敬語や丁寧語が吹っ飛ぶ。これがコイツの地なのだろう。それは瞬間ですぐに修正されるけれども。

「リストなんて備忘録。順番なんてどうでもいい。全員に対して行うかどうかもわからない。ひらめきに従ってひらひら変える。フレキシビリティこそアクティヴ・フェーズの生命線。だから、今言ったことも臨機応変で変わります。そこんとこよろしく、です。

　わからないことがあったら、遠慮なくどしどし訊いて下さいね」

　それって単なるいきあたりばったりとどこが違うんだ、と心の中で毒づきながら、俺は様子を見るために無難な質問をしてみる。

「それでは遠慮なく。明後日以降のご予定は？」

　白鳥はにっと笑う。

「明後日以降は、出たとこ勝負」

　電子音がした。うんざりした口調で藤原さんが言う。

「また、ウンチですか？」

　電脳玩具をのぞき込んだ白鳥は、振り返りもせずに言う。

「ううん、今度は、なでなでして欲しいって、泣いてる」

13章 つじつま合わせ

2月25日月曜日　午後1時　3F・大会議室

病院棟三階会議室。この部屋が人の熱気で溢れかえるのは、たいてい何かよからぬ問題が起こった時だ。

とりわけ、今日の部屋の空気は一段と重かった。

正面上座に曳地リスクマネジメント委員会委員長が鎮座している。両脇を上座から、臓器統御外科ユニット黒崎教授、看護課松井総看護師長、といった重鎮どころが順に座を占める。真ん中に、うちの金村助教授の顔。末席に羽場がいる。事務局から書記が二名、総勢十二名。普段の会議の出席率は低く、開催条件の過半数を集めるのに四苦八苦することも多いと聞く。今日は全員出席、きっと後々の語り草になることだろう。

曳地委員長の正面向かい、長い机の両端に高階病院長と俺が並んで座る。白鳥は長机の枠の外、俺たちの斜め後ろにちょこんと座っていた。相変わらず長い触覚がゆらりゆらりと揺れている。

「ええと、ですね、予定時間の午後一時を少々、つまり三分と十五秒ほど過ぎてしまいましたので、今から、高階病院長から要請がありました、臨時リスクマネジメント委員会を召集し、しかして開催することにいたしたいと思いますが、よろしいでしょうか?」

曳地委員長がもごもごと宣言する。曳地均・呼吸器内科学教室助教授。任期はあと一年と少々。教授に昇格することなく、このまま助教授のキャリアで終わることは、ほぼ百%確実だ。猫背、白髪、小柄。度の強い眼鏡。影が薄い。

「まず、高階先生、本日、当委員会招集の要請が行われるまでに至るまでの経緯について、またなにゆえに臨時召集に至ったか、という点に重点をおいて、ごく簡単かつ手短に、わかりやすいご説明を簡明にしていただきたいと思うのですが、いかがでしょうか」

「それに関してはまず、ここにいる神経内科不定愁訴外来主任・田口講師の方から詳しい経過を説明していただきます」

「ちょっと待ってくれ」

野太い声が響く。黒崎教授だった。

「なぜここに、我が教室とも無関係でリスクマネジャーでもない部外者が参加しているのか、しかもなぜ、そうした人間に事情説明をさせるのか。まずその点について、病院長の方から直接ご説明いただきたい」

全く妥当な質問だ。俺も聞きたいぞ、その答え。まさか俺にそこまで説明させるつもりではないだろうな。俺は緊張して隣の高階病院長を横目で見る。末席にいる羽場が心配そうに俺を見ている。

俺の心配を気にもとめずに、高階病院長はゆっくり口を開く。

「本件は、病院長権限で、私自身が予備調査を田口講師に直接依頼したものです」

「リスクマネジメント委員会の委員長である私や、桐生助教授の直接の上司であらせられると同時にですね、臓器統御外科の最高責任者であり、かつリスクマネジャーも兼任なされている、たった今ご発言になった黒崎教授には何ら一言の相談を諮ることもなく、高階病院長の御一存による独断で、そうした決定がなされたということだという内容のご主旨のご発言であると理解をするようにして欲しい、ということでよろしいのでしょうか？」

曳地委員長が憮然とした表情を隠さずに問いかける。

「その通りです。本件は現段階では、ニアミスでも医療過誤でも医療事故のいずれでもありませんから」

にこやかに説明する高階病院長に、黒崎教授は嚙みつく。

「それなら、リスクマネジメント委員会にかけるということ自体がおかしくないかね。そもそもうちのユニットで起こったことなのに、臓器統御外科のリスクマネジャーである私が知らないということは、システム上、由々しき問題だと思うのだが」

「黒崎教授のご意見に賛成いたします」

松井総看護師長が柔らかに追随する。

「看護課でも、不定愁訴外来で事情を訊かれた者がいる、ということですが、総師長である私のところには、いまだに正式な報告が上がってきません。こうしたことは医局ではよくあることとは仄聞《そくぶん》いたしますが、看護課では滅多にございません。いかなる権限で看護師を聴取したのか、私にも理解できるようにわかりやすくお教えいただけないでしょうか？」

「併せてご説明します」

高階病院長の言葉を遮るようにして、松井総看護師長はさらに追撃する。相当腹に据えかねているようだ。

「もう一つ、もしこの非合法的な尋問を受けたことで、当事者である看護師がストレスや心理的外傷を抱えてしまったら、どうなさるおつもりだったのか、そうした点に対し事前にどのような配慮をされていたのか、についてもお聞かせ下さいませ」

その時は愚痴外来を受診させればいいじゃないか、と誰かが雑《ま》ぜ返した。一同失笑した。松井総看護師長が声の主の方向を睨みつけると、笑い声はこそこそと消えた。高階病院長はその余韻を捉えて説明を始める。

「今し方の不規則発言にもありましたが、事情聴取される方々の心理的圧迫感等について配慮した結果、田口先生という人選となりましたことをまずご理解下さい。特に看護師の聴取に関しては田口先生も全面的な配慮をされており、本人の希望に沿って藤原看護師の同席のもとで行われたと聞いています」

藤原さんの名前が出ると、松井総看護師長の顔に、安堵と反感が入り交じった複雑な表情が浮かんだ。そしてうつむいて黙り込んだ。ほっとする俺の中で一瞬、違和感がよぎった。けれども今の俺にその影を追いかけるゆとりはない。

どうやら一方的な吊し上げはされずに済みそうだ。かといって無事に切り抜けられるという保証も、まだない。俺は高階病院長のセリフに全神経を集中させた。

「本件はシステムに沿っていないという疑義があるようですが、そんなことはありません。この点に関しましてお手許にお配りした東城大学医学部付属病院リスクマネジメント委員会設置細則をご覧下さい」

一斉に手許の紙に眼をやる。高階病院長は条項を読み上げる。

「第六項——病院長、あるいはリスクマネジャー二名以上の請求があった場合、十日以内にリスクマネジメント委員会を開催しなければならない。

第七項――緊急を要する事項、または病院長が必要と考えた場合、特例として、特命リスクマネジャーを指名できる。その際は後日、その件をリスクマネジメント委員会に報告、承認を得る必要がある」

さらに続ける。

「本件は、リスクマネジメント設置細則第七項を適用し、病院長権限で田口先生を指名し、特命リスクマネジャーとして任命しました。今回、臨時リスクマネジメント委員会を召集したのは、同六項および七項により、このことを追認していただくためです」

黒崎教授も、曳地委員長も、条項の書かれた紙を穴があくほど見つめていた。

高階病院長は、この案件が桐生からの直接の依頼だということに関しては、徹底的にトボけるつもりらしい。よく考えればそれは当然の対処だ。桐生が上司の黒崎教授をすっ飛ばして高階病院長に直接相談を持ちかけたという事実が明るみになった時には、どんな事態が招来されるか想像もできない。

兵藤に話をした時、俺は直感的に桐生の関与を伝えることを回避した。俺は自分のとっさの判断に胸をなで下ろした。直感というやつはけっこう侮れないものだ。

もっともこの点に関しては、兵藤の口から語られればどのみちウワサになってしまうのだから、もともと危険性は乏しかったのだが。それでもできるだけ口の端に上らない方が望ましいに違いない。大学病院では、ウワサの虚実は時の運。最強のスタンスは「虚」でも「実」でもない。それは「無」だ。沈黙は金。

黒崎教授は高階病院長に尋ねた。

「田口先生の、リスクマネジメント委員会におけるポジションはどうなるのかね？」

「病院長裁量の特命リスクマネジャーであって、現時点においてはリスクマネジメント委員会とは一切無関係です」

黒崎教授は、いまいましげに舌打ちをして、俺のことを睨みつけた。

曳地委員長がもごもごと尋ねる
「それでは、あの、その、今後、リスクマネジメント委員会では、つまり特命リスクマネジャーである田口先生に対して、いかように対応すればいいのか、あるいは対応しないのか、ということを、現在進行中の本会議中に、決をとる必要がですね、あるのかないのか、ということに関しましてですね……」

曳地委員長の言葉を慣れた手つきで途中で引き取り、高階病院長が言う。

「リスクマネジメント委員会は、現時点におきましては、田口調査とは無関係というスタンスでよろしいと思います。本案件は、予備調査を経た現在でも、医療過誤と確定されておりません。医療過誤と判定された時には、直ちにリスクマネジメント委員会にかけるつもりでおります。従って田口先生の案件は、現段階では当委員会で討議する必要はないと判断しています」

「それならなぜ、委員会の臨時召集をかけたのかね？」

黒崎教授は、あくまで原則論にこだわっていた。

「現段階ではまだ討議すべき問題ではないにしても、近い将来、検討せざるを得ない案件に格上げされるかも知れません。そのため、これまでの調査結果を、現時点で皆さんと共有しておくことが、今後のために有効だと考えたためです」

「死亡した四名の遺族からクレームはない。これは桐生君が事前説明を十分行い、なおかつ患者との信頼関係を築き、問題が生じた後も誠実な対応をした結果だ。その上、病院長は医療過誤の可能性が低いと認識している。その言葉通り解釈すれば、リスクマネジメント委員会を動かすのは論理的におかしい。そこのところは、どうお考えなのか」

　黒崎教授は、とうとうと正論を述べる。どう見ても勝ち目はなさそうだが。俺は身を低くして、高階病院長の言葉を待った。

「黒崎教授のおっしゃる通りです。ご遺族が不幸な事態にも拘わらず納得されているのは、桐生先生の誠実な患者対応によるものであり、それは同時に、黒崎教授のご薫陶の賜物であることは明らかです」

　高階病院長の最上級の誉め言葉に、黒崎教授は苦々しく顔をしかめる。

「しかし、術死が四例続いたこともまた事実です。これがもし関係者も気づかない問題によって惹起された医療過誤だとしたら、いや、その場合は医療事故になるのでしょうか、とにかくどちらにしても、大変な事由なのは相違ありません。黒崎教授がご指摘になった問題も含め総合的に勘案し、現時点では特命リスクマネジャーを指名し独自に活動させる、という選択肢が最良と判断しました。黒崎教授に対しご報告が遅れましたことはお詫び申し上げます。但し黒崎教授にご報告するということは同時に、臓器統御外科のリスクマネジャーに報告するということになります。そうしますと当然リスクマネジメント委員会を発動しなければならず、特命指名と齟齬《そご》をきたします。そうした判断が背景にあったという点をご理解いただければ幸いです」

　高階病院長の言葉の圧力で、黒崎教授の全身がみしみしと押し潰されていくようなイメージ。高階病院長は一瞬躊躇したが、後ろを振り返り、さらに続けた。

「ご存じの通り、こうした問題に対する社会の反応は日増しに厳しくなっています。医療現場には、高度な透明性が求められています。その一環として、医療過誤に関連する異状死を中立的第三者機関で監査しようとする動きが、厚生労働省を中心に進行中です。

今回特別に、厚生労働省で機関設立推進にご尽力されてきた中心人物である白鳥調査官が同時調査に入って下さることになりました。本日の臨時召集は、本件に対する特命リスクマネジャー田口講師からの途中経過報告及び白鳥調査官のご紹介を兼ねたものとお考えいただければ、ありがたく思います」

厚生労働省からの調査官というフレーズに会場がざわつく。一斉に無遠慮な視線が白鳥に集中する。たまごっちを操作していたのだろう、うつむいてもぞもぞしていた白鳥は、突然自分の名前が呼ばれて慌てて顔を上げる。どういうつもりか、愛想笑いをしてみせる。そのタイミングのズレをつき、白鳥を横目でじろりと睨みながら、黒崎教授が声を上げる。

「本省が、首都圏の旧国立大学であるとはいえ、地方の弱小病院の一つにすぎないここの些細な問題に、そこまで強い関心を持つのはなぜかね」

「その点に関しましては調査官ご本人にお答えいただくことにいたします。言い忘れていましたが、私の方から皆さんにお願いがあります。白鳥調査官は一両日中に、当院内部で調査活動を行います。関係者には聞き取り調査に伺うことになるかも知れませんので、その節はご協力お願いします。それでは、白鳥調査官、ご挨拶をお願いします」

白鳥は元気よく立ち上がった。ゴホン、と小さな咳払い。

「初めまして、私は厚生労働省に先日新たに設置された、医療過誤死関連中立的第三者機関設置推進準備室の白鳥と申します。本案件が医療過誤に相当するかの判断は別問題といたしまして、組織を運営していく上での問題点を考えますと、ここで今まさに行われている一連の活動は当該企画事案のモデルケースと認定できる可能性を有していると認識しております。当局といたしましても本案件の推移に関しまして、強い関心を持っております。こうした背景から私の派遣が決定された次第です。ご多忙と存じますが、調査に伺いました際にはお時間をいただけますよう、ご配慮お願い申し上げます」

よくもまあ、ぬけぬけと喋るものだ。俺はヤツの実像と、今、目の前で展開されたヤツの幻影との、その落差に眩暈を感じた。半分呆れ、半分感心して白鳥の横顔を見つめた。同時に、ヤツの表向きの肩書きを耳にして驚いた。巷《ちまた》で話題の中心組織の、事実上の事務方トップではないか。大臣官房秘書課付と中立的第三者機関設置推進準備室室長が並立しているなんて通常あり得ないことだ。地下の座敷牢と城主の天守閣に同時に存在しているようなものなのだから。

挨拶を終えた白鳥は心ここにあらず、という様子で再び手許の電脳生物の世話に夢中になっている。

高階病院長のメス捌きにより、俺がこっそり行っていた特命予備調査は、非公式にではあるがリスクマネジメント委員会の関知するところとなった。俺は、特命リスクマネジャーとして宙ぶらりんのまま、仮認定されたことになる。その上、リスクマネジメント委員会から自由裁量権を保証され、挙げ句の果てには白鳥に傍若無人な調査をする権限まで承認させてしまった。一瞬の離れ業の結果、いつの間にかすべての問題が雲散霧消していた。

高階病院長の鮮やかな政治的手腕をまざまざと見せつけられ、俺はしばし呆然とした。

無言の指示に促されて立ち上がると、俺はかいつまんで経過を説明し始めた。報告の間中、黒崎教授の視線が俺の手許の書類に突き刺さっていた。

14章
オフェンシヴ・ヒヤリング
2月25日月曜日　午後3時　3F・ユニット科長室

「それにしても高階先生は、普段上品なことを言っているわりに、やることは腹黒いよね」

口一杯にうどんを頬ばりながら、白鳥は言う。その食事する姿、それから発言内容のダブルに対して、俺は顔をしかめる。

午後二時すぎ。病院最上階。レストラン『満天』で、俺たちは遅い昼食をとっていた。

他人のことをとやかく言う前に、もう少し上品な食べ方ができないのか、と言い返したくなる。そっちのクレームはじっと我慢し、俺はもうひとつのクレームを口にする。

「腹黒いという表現はひどすぎませんか」

「だってさあ、筋の通っている黒崎教授の意見をあそこまで完封しちゃったら、黒崎教授だって、腹の虫が収まらないでしょ？」

指摘されてみれば、その通りだ。ルール違反すれすれなのは高階病院長の方であって、黒崎教授の方が正論だ。それをああも完璧に押さえ込まれてしまったら、立つ瀬がない。

「おかげで、しょっぱなの黒崎教授のアクティヴ・フェーズが、やりにくくなっちゃったな。高階先生は、僕たちが黒崎教授をオフェンシヴ・ヒヤリングのトップにするって話に聞き耳を立てていたからね。あれは僕たちに対する嫌がらせだよ、絶対」

絶対、そんなことはないと思う。聞き耳なんか立てなくたって聞こえてしまったわけだし、黒崎教授の調査を始めにもってきたのも「僕たち」ではない。それは、「君」だ。


俺は白鳥に、新出単語について質問した。

「ところで、オフェンシヴ・ヒヤリングって何なんですか？」

「攻撃的聞き取り調査」

直訳単語を、不親切にぽんと投げ捨てる。そんなこともわからないの？　という顔だ。すっかり白鳥の表情が読み取れるようになってしまった自分にうんざりした。

思っていることがこんなに表情に出てしまって、果たしてこれからデリケートな聞き取り調査ができるものなのだろうか？

「私だって、それくらいの英語はわかります」

俺の反論にかちんときたのか、白鳥の貧乏揺すりが始まった。

「そんなこと言うくらいなら、訊かなければいいのに。だいたいさあ、どうして田口センセはこんなに鈍いわけ？　アクティヴ・フェーズの聞き取り調査でやることが何かと言えば、それはオフェンシヴ・ヒヤリングじゃない」

「それならパッシヴ・フェーズの聞き取り調査はディフェンシヴ・ヒヤリングですか？」

あきれてモノが言えない、と言わんばかりに白鳥は首を振る。

「どうしてそうなるわけ？　少しは自分の頭で考えなよ。一体どうすれば守備的に聞き取りできるの？　それじゃあ聞き取り調査じゃなくて、単なる鑑賞だよ。ヘッドフォンさえよければ、サルにだってできることとさ。いいかい、よく考えてね。オフェンシヴ・ヒヤリングのペアは、ディフェンシヴ・トーク。守備的おしゃべり。調査官がオフェンスなら、ディフェンスは調査対象に決まってるじゃないか」

〝決まってるじゃないか〟って言われたって、知るかそんなこと。よほど話を打ち切ってしまおうかと思ったけれど、タガが外れてしまった好奇心を抑えることができない。

「じゃあ、パッシヴ・フェーズの聞き取り調査は何に相当するんですか？」

「セルフポートレート《自画像》・ヒヤリング。その時に相手が積極果敢ならオフェンシヴ・トークになる」

「相手が消極的なら？」

「二通りに分かれる。守備的になる理由が秘密を守るための場合はスネイル・トーク、苦悩が原因ならシーアネモネ・トークだよ」

スネイル（かたつむり）に、シーアネモネ（いそぎんちゃく）。白鳥の話は知性の地平線を越えて大空に旅立ってしまった。俺はひとり置き去りにされた。

「これじゃあ、基礎的なところから鍛え直さないと、使いものにならないな」

ため息混じりの白鳥の、独り言のような呟きに、妙に納得させられてしまう。

紅茶の湯気に気をとられながら、一番気にかかっている質問をぶつけてみた。返事がなかったので顔を上げると、どんぶりの底が目に飛び込んできた。白鳥はどんぶりを掲げて汁を飲み干している最中だった。空になったどんぶりをテーブルに叩きつける。

「ぷはっ。なかなかイケる。病院食堂では、三本の指に入りますね。……で、何ですって？」

「だから、なぜしょっぱなが黒崎教授なんですかって訊いたんです」

白鳥は胸ポケットからくしゃくしゃになったコバルト・ブルーのハンカチを取り出すと、口をぬぐう。うどんの美味しさのおかげでせっかく収まりかけていた貧乏揺すりが、俺の質問のせいで再開してしまう。

「なぜ、なぜって、まるでうちのチビみたいだな。あのさ、田口センセって、イチゴのショートケーキ食べる時、イチゴから食べる派？　それともケーキから食べる派？」

「はあ？」

「僕はね、イチゴから食べる派なんだよね」

「はああ？？」

「だから、調査の前に美味しいうどんをたらふく食って、気合いを入れておかないと」

「私が訊きたいのは……」

「だからあ、好き嫌い順か面白そう順にやるかってことだよ。本当に鈍いなあ」

白鳥の話はジャンプして回ってひっくり返って元に戻る。黒崎教授のアクティヴ・フェーズが一番面白いってこと？　白鳥のセリフにちょっぴりわくわくしてしまった自分を見つけて、慌てて自戒した。うつむいて指を折って十数え、自分に言い聞かせる。コイツのペースに巻き込まれてはいけない。でもコイツがこの調子で、黒崎教授をぶんぶん振り回すところは一度でいいから見てみたい。

「それじゃ、行きましょうか」

白鳥は俺の返事も待たず、立ち上がるとすたすたと歩き出す。俺は慌てて後を追う。

■白鳥ファイル②　臓器統御外科ユニット　教授――黒崎誠一郎（57）

教授室は三階に集合している。権威の象徴として、かつては各医局毎に一番いい部屋が教授室にあてがわれていたが、病院棟改築の際に医局再編及び各診療科の統廃合が目論まれた。患者主体に医局を合理化することが主旨だったが、実態は看板の掛け替えに終わる。第一外科教室は臓器統御外科ユニットに、第二外科は消化器腫瘍外科ユニットとなったが、中身は変わらなかった。概して野心家だったり、大所帯の教室を主宰している教授は、看板の掛け替えを行う傾向が強かった。わが神経内科の有働教授は弱小教室の上、学内政治に関しては朴念仁《ぼくねんじん》で野心も持たず、任期満了まで残り少なかったので、看板変更の可能性の検討すらしようとしなかった。

教授がユニット長を兼任し、名称の重心がずらされたのに呼応して、合理化の名の下に教授室が三階旧食堂跡に寄せ集められた。そこはユニット科長室と呼ばれ、陰では教授のウィークリーワンルームマンションと揶揄する輩も現れた。その頃から不機嫌な教授の数が増えたという。その代表格が黒崎教授だ。

黒崎教授をユニット科長室に訪問することは、医局員にとっては禁忌だとされている。そんなウワサを知ってか知らずか、スキップのリズムで、白鳥は黒崎教授の部屋の扉をノックした。本当に楽しそうだ。まるで早春のイチゴ狩りに来ているみたいに。

「失礼します」

白鳥は教授室へ入っていく。俺がこそっと後に続く。本音を言わせてもらえば、黒崎教授の部屋だけはパスしたかった。高階病院長の腹黒い説明で不当にやり込められてしまった後のタイミングならばなおさらだ。こんな時、俺みたいな下っ端がのこのこ出張っていけば、どうぞ八つ当たりして下さいと首を差し出すようなものだ。まさしく怒濤の貧乏クジ。

それにしても黒崎教授を一番最初に聴取するのはなぜだろう。面前に迫ったストレスから逃避するために、俺はその疑問ばかり繰り返し考える。

黒崎教授は、革張りの肘付き黒椅子に腰掛けていた。俺たちを迎え入れたが、不機嫌さを隠そうとしない。病院で彼より上にいるのは高階病院長くらいだが、年齢は黒崎教授の方が少し上なので、このヒエラルキーの上下判断は微妙だ。病院長との接触は可能な限り避けているし、高階病院長の方でも不用意に黒崎教授のテリトリーに足を踏み入れることを控えている、というウワサだった。つまり黒崎教授は、この病院では数少ない、周りに気を遣う必要のない天上人なのだ。そこに舞い降りる一匹のエイリアン。

俺は『大恐竜VS異星人』という本編映画が上映されるのを待つ。もうやけくそだ。

開口一番、黒崎教授が直球を投げ込む。

「ワシは忙しい。手短にお願いするよ」

白鳥はへらっと笑って、棒球をバックスクリーンに打ち返す。

「ご安心下さい。こちらも黒崎先生に時間を使っているヒマはあまりございませんので」

黒崎教授がむっとしたのが部屋中に伝播した。その怒り、ごもっとも。始球式の球は空振りするのがお約束だ。だが相手は常識外れの異星人。俺はちょっぴり黒崎教授に同情した。委細構わず白鳥はたたみかける。

「ご要望なので、手っ取り早く本題から入ります。黒崎教授は、どうして桐生先生の招聘に反対だったんですか?」

いきなり地雷を力一杯踏みつける白鳥。黒崎教授は真赤になって爆発する。

「ワシは反対しておらん。新聞記事を読んでおらんのか。桐生はワシが引っ張ってきたんだ」

「ダメダメ、怒ったフリをしても。みんな知ってることなんですから。本当に時間が惜しいんだったら、正直に答えて下さいね。それがお互いの幸せのためってもんです。何しろこれは、黒崎先生の調査ではないんですから」

黒崎教授のトーンが少し下がった。

「みんな知っているって言ったな。みんなって、一体誰だ？」

「みんなって言ったら、みんなです。看護師から食堂のおばちゃんまで、みんな。ここにいる田口センセだって、さっきそう言ってたし」

いきなり流れ弾の被弾。俺はショックのあまり眼を白黒させた。

「田口君、それは本当かね」

「はあ、まあ」

せっかく収まりかけた怒気のボリュームが元の水準に復帰している。撃たれた腹を両手で押さえながら、しかたなく俺は肚を決めた。

黒崎教授は、俺と白鳥を交互に睨みつけた。白鳥はどこ吹く風でその視線を受け流す。

黒崎教授の怒気が緩んだ。

「ふん。そこまで知っているなら、今さら言い繕っても仕方なかろう。それで、何が聞きたいんだ？」

「だから、桐生先生の招聘に反対された理由ですよ」

「反対するのは当然だろう。そもそも、第一外科学教室の人事に、第二外科の教授が口を出してくること自体が非常識だとは思わないかね」

「ま、旧石器時代の思考法ならね」

黒崎教授は、むっとして黙り込む。しかしその気配は次第に弱々しくなっていった。驚くべきことに、白鳥は黒崎教授を制圧しつつあった。

「記事の中では、桐生先生のことをすごく誉めてますね」

「当然だ。トップたるもの、結果を出した人間をけなすわけにはいかん」

「ということは、桐生先生の力量は認めているということ？」

「当たり前だ」

沈静化しつつあった黒崎教授の怒気が再沸騰した。

「あんなもん、誰が見たってわかる。そこの外科オンチ、田口君ですら、ヤツの手技には、うっとり見とれていたくらいだからな。外科を志す者なら、誰だって魅せられる」

俺は黒崎教授の言葉に同意した。同時に黒崎教授がこれほどまでに桐生の技量を認めていることと、そしてそのことを素直に表現したことに驚かされた。

それは二人の間に圧倒的な力量差がある、ということだ。

「じゃあ以前、桐生先生の招聘に反対したことは、やっぱり間違いだったんですね」

「君もしつこいヤツだな。それとこれとは話が違うと言っておる。あの時反対したことは、間違いではない。あの時は、実績からも、年齢からも、垣谷が助教授に昇格するのが妥当だった。ワシは高階に、講師としてなら喜んで桐生を受け容れると言ったんだ。それなのに高階は、桐生の格を考えると助教授でないと失礼だとほざきおった。あれは第一外科の講師のポジションに対する侮辱だ。明らかに内政干渉だ」

「でも、桐生先生が臓器統御外科の助教授に見合った実力があることは認めるんでしょ」

「当たり前だ」

黒崎教授は不機嫌そうに呟く。

「この問題は垣谷が納得してしまえば、それで終わりだ。垣谷も、桐生の人事が決定した直後は、周囲に泣き言を言っておったようだ。けれども、バチスタが動き始めると、不満は一切聞こえてこなくなった。アレはアレなりに納得したんだろう」

「じゃあ、やっぱり、高階病院長の判断は正しかったんですね」

黒崎教授の怒りが瞬間的に沸点に達する。

「何回言えばわかるんだ。あの時の高階の判断は、誰が何と言おうと間違いだ。ただ、結果オーライだったというだけのことだ」

「でもそれって、判断が正しかったっていうこととは、どこが違うんですか？」

「くどい。全く違う」

黒崎教授が話を断ち切るように強い口調で言い放つ。

白鳥と黒崎教授は互いに睨み合った。長い時間が経過したような気がした。実際には、ほんの一瞬だった。白鳥がへにゃっと笑った。

「いや、どうもどうも、貴重なお時間、ありがとうございました」

「なんだ、これで終わりか？」

拍子抜けしたような黒崎教授の顔に、一瞬、淋しげな表情が浮かんだ。

お辞儀を一つして部屋を退去しようとした白鳥は、忘れ物を思い出したように、ひょいと振り返ると黒崎教授に言う。

「一つ、お願いがあるんですけど」

ここまでやって、さらにお願いするなんて。俺は、白鳥の神経の太さにしみじみと感心した。

「何だ。言ってみろ」

「桐生助教授に、これから僕がチームメンバーの聞き取り調査を開始します、ということを伝えておいていただけませんか？　高階先生が、僕を桐生先生に紹介し忘れてしまったんで、困ってるんです」

　黒崎教授はぎょろりと白鳥を見て、答えた。

「わかった。伝えておく」

　意外にも、黒崎教授は白鳥のお願いをあっさりと聞きとげたのだった。

　ほっとした俺が退室間際に振り返ると、俺を睨みつけている黒崎教授の視線とぶつかった。俺はその視線に気づかなかったフリをして、大慌てでドアを閉めた。


「ひどいじゃないですか」

　怒りと感嘆でごちゃ交ぜになりながら俺は、白鳥を横目で睨みつけた。比率は、怒りの方が感嘆を凌駕している。感嘆部分は四捨五入どころか、切り捨て御免だ。

「何が、ですか？」

「私は、黒崎教授が桐生先生の招聘に反対したなんて、あなたには一言も言ってません」

「あ、そういえばそうでしたね。でも知ってたでしょ？」

「ええ、まあ」

「それなら同じことですよ」

「全然違いますよ。私に対する黒崎教授の風当たりがよけいひどくなるじゃないですか」

「そのことでしたら、全然、心配ないです。田口センセは、これ以上黒崎教授に悪い感情を持たれようがありませんから。だってセンセは、黒崎教授が大嫌いな高階先生の命令に従って、臓器統御外科のトップでリスクマネジャーでもある黒崎教授をすっ飛ばして、部下のエース、桐生先生の内部調査をこっそりやってしまった張本人なんですからね。これ以上、黒崎教授の顔を潰すことなんて不可能ですよ。センセがやってしまったコトと比べれば、僕が言ったコトなんて、ささやかすぎて、屁、みたいなもんです」

俺はぐうの音も出ずに、黙り込む。白鳥はにこにことしながら続ける。

「せっかくですから、田口センセの心の荷物をもう少し軽くしておいてあげましょう。この話は、一億円の借金のある相手に、本当の借金は一億と百円です、と告白したようなものです。百円なんて、絶対チャラにしてくれますよ。ね、少しは気がラクになったでしょ？」

俺を慰めてくれようとしているその気持ちだけは十分伝わってきたが、これで気が軽くなるようなヤツがいたら、お目にかかってみたいものだ。いきなり一億円の負債を負わされて意気阻喪している俺の気持ちなんて考えようともせず、白鳥はさらに顔まで踏みつけてくる。

「それに、本当のコトを言うわけにはいかなかったんです。僕だって怖いですよ。いくら真実でも、さっきの話を教えてくれたのが実は高階先生だったことを、黒崎教授ご本人に直接言うなんて、気の弱い僕にはとてもできませんでした」

わかったよ、降参だ。俺は肩をすくめた。

俺は話を変えて、頭の片隅に浮かんだ疑問をぶつけてみる。

「高階病院長はお忙しかったんですか？　あなたを桐生先生に紹介するという、とても大切なことを忘れてしまうなんて、高階病院長らしからぬ手落ちですね」

白鳥はニッと笑う。

「久しぶりに僕と会って、動揺しちゃったんじゃないですか」

高階病院長に限ってそんなはずはない。そう思いながらも、それがあり得ない話ではなさそうだと思わせてしまうところがコイツの凄いところかも知れない、と屈折した賞賛が浮かぶ。白鳥にはそれくらいの雰囲気が確かにある。白鳥はそんな俺を見て、へらへら笑う。

「……なんてね。信じちゃったんですか、そんな戯言。高階先生に限ってそんなミスするはず、ないでしょ。実は僕が断ったんです。だって、田口センセと一緒に調査した方が楽しそうだと思ったものですから」

楽しそう……。あっけらかんと言い放つ白鳥に、俺はもう、何をどう言えばいいのか、すっかりわからなくなってしまった。気を取り直して第二の疑問に質問を切り替える。

「ずいぶん短い調査でしたね。あれで十分なんですか、アクティヴ・フェーズってやつは」

「うん、十分。本気でアクティヴ・フェーズをかけたわけでもないし、かける意味もないし。その上ラッキーなことに、一番必要で一番大変だと思っていた、拡声器の装着も労せずして終わりましたし」

「え？　黒崎教授の部屋に、盗聴器でも仕掛けてきたんですか？」

白鳥が呆れたように俺を見る。

「田口センセ、人の話はよく聞いて下さいね。僕は盗聴器なんて言ってません。拡声器です。黒崎教授の部屋に盗聴器なんか仕掛けて、何を盗み聞きしようと言うんですか？」

次第に大きくなっていく白鳥の声に、周囲を見回した。慌てて小声で囁く。

「冗談に決まっているじゃないですか。ところで、拡声器って何ですか？」

「気がつかなかったんですか？　食事をしていた時からずっと、お宅の兵藤君が遠くから僕たちの方をちらちら見ていましたよ。そして僕たちが黒崎教授の部屋に入ろうとした時に、階段ホールに彼の白衣がちらっと見えました」

またしても兵藤か。本当にヒマなヤツ。

「この調査で大切だったのは、黒崎教授が今現在、桐生先生に対してどう思っているかを確かめること。これは、これでもうおしまい。黒崎教授が嫉妬や何かで桐生先生の足をひっぱる可能性はほぼ完全消滅しました。外科医としてはともかく、黒崎教授は、教授としてはそんなに悪くはないですね。腕はからきし、目立ちたがりで怒りんぼ、その上ひどい威張りんぼだけど、そこそこ度量はある。何より、現実をきちんと認識する器量はあることがよくわかりました。

もう一つが、僕と田口センセが、そろって黒崎教授の部屋に調査にいったという事実があちこちに伝わること。そっちの方の宣伝役は兵藤先生が引き受けて下さりそうです。

目的を二つとも達成したので、とっとと切り上げたんです」

例によって、顔をくしゃくしゃにしたウインク一つ。

「アクティヴ・フェーズ、極意その3．用件が終了したら長居は禁物」

■白鳥ファイル③④

臓器統御外科ユニット　助手——酒井利樹（30）

看護課　手術室　看護主任——大友直美（33）

「次のヒヤリングは、羽場さんでしたね」

メモを見ながら尋ねる。白鳥はあっさり否定する。

「いえ、気が変わりました。次は大友さんにしましょう。ついでに一緒に酒井先生も呼んじゃって下さい。場所はそうだなあ、手術室の看護師控え室がいいですね」

「二人一緒で、いいんですか？」

思わず訊き返す。酒井と大友さんの組み合わせ？　白鳥をまじまじと見つめてしまった。

「ええ、いいんです。あ、そうか、田口センセはアクティヴ・フェーズのことは、あまりご存じないんでしたね」

白鳥はこくこくうなずき、それから一人、にへらにへら笑う。

「アクティヴ・フェーズ、極意その4．複数同時聴取で反射情報をからめ取れ」

白鳥はわがままだ。俺は、看護師長に頭を下げ、手術室の看護師控え室を一時間借りた。無理だろうと思っていたら、意外にあっさり承諾をもらえたので、狐につままれた気持ちになった。

「普通、こんなことは認めないんですからね」

手術室の高橋看護師長が恩着せがましく言う。思い出したようにつけ足す。

「フジさんに、よろしく」

また藤原さんか。彼女の得体の知れない影響力には、いつも驚かされる。


大友さんは、小手術の外回りを終えてくつろいでいた。俺が調査を看護師控え室で行うことを伝えると驚いたようだった。酒井も呼ばれると聞いて、さらに困惑していた。

「二人一緒で、いいんですか？」

彼女は、俺と寸分違わぬ質問をした。白鳥は胸を張って寸分違わぬ答えをする。

「ええ、いいんです」

大友さんはちらりと俺を見たが、うつむいて吸いかけの煙草をもみ消した。大友さんの向かいのソファに、白鳥と俺が並んで腰を下ろす。

看護師控え室に入れるのは看護師と、遠慮を知らない一部の若手の研修医くらいだ。最近では男性看護師も増えてきているので、男子禁制という言葉は幻となりつつある。それでも、そこは今でも、一人前の男性医師には何となく敷居が高い場所の一つである。

俺も若かりし頃、一ヶ月間連続泊まり込みの時には、看護師控え室に常備されていたクッキーを命綱にしていたこともあった。ところがある日、この部屋には入れなくなる。それは男の子が女風呂に入れなくなる様と似ている。幼生だからこそ行き来できる二つの世界の境界線は、ある日突然その扉を閉ざしてしまう。

白鳥は物珍しげに周りを見回す。そして俺にそっと囁きかける。

「一度見てみたかったんです、看護師控え室」

コイツの動機は不純すぎる。

ノックの音。酒井はあっさりと部屋に入ってきた。彼に対しては、まだバリアは作動していないんだなと、ふと思った。

不審そうな酒井がぶっきらぼうに、大友さんに尋ねる。

「この人はどなたですか？　これから一体何が始まるんですか？」

「いやいやいや、どうもどうも」

白鳥は素頓狂な声を上げる。

「こうして並んでいただくと二人は実にお似合いですね。下の娘にせがまれて、出張前におひなさまを出してきましたけれど、あれにそっくりです」

大友さんはびくっと身を縮める。酒井がむっとして、今度は俺に質問する。

「いきなり何ですか。誰なんです？　この人は？」

　さて、何て答えたものか。思案する隙もなく、白鳥がさらりと答える。

「私、厚生労働省の技官で、白鳥といいます。田口センセが術死調査をギブアップしたので、今度私が調べることになりました。ま、その筋の関係者だと思っていただいて結構です。ご協力よろしく」

　酒井と大友さんは、しぶしぶ、という感じで小さく頭を下げる。

　白鳥はいきなり大友さんに質問をぶつけた。それはあまりに不躾で出し抜けだった。

「星野さんからあなたにメンバーチェンジしてから、術死が始まったようですね」

　大友さんは驚いたように顔を上げた。すがるように俺を見つめる。度外れたブラッシュボールに、俺よりも早く酒井が口を開く。

「何なんですか、いきなり失礼でしょう」

「事実じゃないですか。それに今、僕は、大友さんに話をしています。あなたにではありません。自分の順番が来るまで行儀良く待っていて下さいね」

「その件だったら、僕が田口先生にお話ししてあります。大友さんが原因じゃないですよ。それより先に垣谷先生をお調べになったらいかがですか」

　白鳥の貧乏揺すりが始まる。

「だからさ、僕はあんたには訊いていないんだってば。大友さん、あなたに訊いているんだけど」

「何をお答えすればよろしいのでしょうか」

　大友さんは、顔を上げて白鳥をまっすぐに見た。愚痴外来に来た時とは、大分様相が違う。

「人の話はちゃんと聞こうね。器械出しの看護師のメンバーがあなたに替わってから術死が連続しましたよねって、お尋ねしたんです」

「ええ、その通りですけど」

それが何か？　と、顎をしゃくり、挑戦的な視線を投げる。俺の調査の時に大泣きをしていた大友さんにこんな強気な一面があることには、あの時には全然気がつかなかった。

「反省してないんですか？」

酒井が会話に割り込んでくる。

「なぜ大友さんが反省する必要があるんだ？　術死の直接の原因じゃないだろう」

「ほんとにうるさいね、この人は。自分の順番までおとなしく待っててよ」

白鳥が酒井を制する。視線を大友さんに戻す。大友さんはしぶしぶ答える。

「反省はしてませんけど、気にはかかります」

「なんで反省しないんですか？」

「なぜ、反省しなくちゃならないんです？」

「自分が原因だとは、全然思っていらっしゃらないんですね？」

「私が原因じゃないわ、みんなもそう言ってくれてる」

「みんなって、誰？」

「みんなよ。チーム・バチスタのスタッフみんな」

そう言うと、大友さんは酒井と俺の顔を、交互に見た。俺は小さく、酒井は大きくうなずく。

そんなやり取りにはお構いなしに、白鳥はどかどかと質問を続ける。

「自分がチームのツキを下げたと思ったことはないわけ？　そう言っていたスタッフもいるみたいだけど」

「ひどいわ」

大友さんは、ぎゅっと握りしめていたハンカチを目頭に当て、わっと泣き出す。

「泣いたってダメダメ。メンバーがあなたに替わった途端、術死が連続し始めたんです。あなたが原因だと疑われたとしても不思議はない」

「根拠も証拠もなく、人を傷つけるようなことを言うな」

酒井が白鳥を睨みつける。騒々しい酒井だが、この怒鳴り声には正当な権利が感じられた。白鳥は、酒井の怒気には気も留めず、平然と吐き捨てる。

「こういうデリケートな手術では、器械出しのタイミングが一つずれただけでも、致命的なエラーにつながる可能性がある。そういう小さなエラーを吸収してくれる優秀な外科スタッフがチームの助手にいないから、なおさらです」

いきなり矛先が自分に向けられて、酒井はストンとソファに腰を下ろした。大友さんを守ろうとして振り上げた拳だったので、自分に対する攻撃には無防備だった。白鳥の言葉はみぞおちに打ち込まれ、酒井の呼吸を奪った。口を開くが言葉にならない。

「あんたが大友さんをかばうのも、下手っぴ同士が傷をなめ合うようなものでしょ。自分では垣谷先生より技量が上だとうぬぼれているみたいだけど、所詮どんぐりの背比べです。そんなことを考えようとしない分、垣谷先生の方が外科医として格上です」

酒井は怒りに唇をわなわな震わせて、怒鳴る。

「実際に手術を見たわけでもないのに、わかったような口を利くな」

「僕は見ましたよ、君たちの手術」

えっ、と二人は白鳥を見つめた。俺を含めた三人の視線が白鳥に集まった。

「バチスタ手術は全例ビデオ撮影しているじゃないですか。ここに来たとき時差ボケがひどかったから、地下の視聴覚室に籠もって手術ビデオを拝見していました。三十二例全部ね」

酒井は放心したように、白鳥を見た。

「言いたくないけど、桐生先生はよく我慢してますよね。彼だけは大リーグ選手なのに、周りはみんな町内会の仲良し草野球チームなんですから」

大友さんは、強気な表情から一転して、弱々しく崩れ落ちそうになる。

「垣谷先生はのろまな亀、酒井先生は尺取り虫、大友さんは太った駝鳥。かろうじて桐生先生に釣り合っていたのは、星野さんっていうの？　前の器械出しの娘だけだね。彼女の手技は軽やかでツバメみたいだったなあ」

大友さんがびくりとする。

「それにしても、大友さんが初めて手術に入ったケース26、あれはひどかったですね。新人さんかと思いました。ツッペルとコッヘルは間違える、電気メスを取り落とす。あれで術死にならなかったのは奇跡ですよ。だから実は僕は、次のケース27で術死が起こったのは大友さんのせいじゃないかと思っているんです」

大友さんが凍りついた。固い殻に閉じ籠もろうと、その身をいっそう小さく縮める。白鳥は追い打ちをかける。

「だからさ、お調子者にちょっと慰められたからって、あまりほわほわしない方がいいですよ。だいたい、星野さんはどうして辞めちゃったんですか？　あんなに才能あったのに。ひょっとして大友さんが意地悪していびり出しちゃったとか？」

次の瞬間、酒井が白鳥に殴りかかった。止めに入る間もなく、白鳥の顎に腰の入った右ストレートが炸裂した。白鳥はソファごと後ろにひっくり返る。派手な物音の上に覆いかぶさるように、大友さんの泣き声が響きわたる。

＊

白鳥はソファに横になり、濡れタオルを顎にあてていた。眼をつむり、ぐったりしている。隣で俺は高橋看護師長に絞られていた。エンドレス・テープのリフレイン。俺はひたすら頭を下げ続けた。

「この方には、二度と看護師控え室には足を踏み入れないように、とお伝えして下さい」

捨てゼリフを吐き、高橋看護師長がようやく部屋を出ていった。ドアが閉まった途端、白鳥がむくりと上半身を起こす。

「寝たフリしてたんですか？」

怒る気も失せた。

「大丈夫ですか？」

「うん。殴られたり蹴られたりするのには、わりと慣れてるんです」

普段はどんな仕事をしているのだろう。本当にコイツは中央省庁の官僚なのだろうか。まるで零細ヤクザの鉄砲玉みたいなメンタリティに見える。

白鳥はおもむろに例のウインクをしようとして、痛みに顔をしかめた。

「イタタ……。口を切ったかな。ま、いいや。アクティヴ・フェーズ、極意その５」

「いいですよ。無理しないで下さい」

「これだけは言わせて。これを教えられる機会は滅多にないんですから。氷姫にもまだ教えていないんです。いきますよ、極意その5。身体を張って情報ゲット」

力んだわりには、ちゃちなフレーズ。まあ、極意なんてそんなものかも知れない。これじゃあ極意というより、ショボい極道の心得だ。

「それにしても、あれはひどすぎます。かわいそうですよ」

「かわいそう？　どっちが？」

「大友さんに決まっているじゃないですか」

白鳥はへらへら笑う。

「あ、それなら大丈夫。彼女はそれほど傷ついていませんよ」

「でも、泣いてましたよ」

「あれはフェイク。彼女、自分が悪いなんて、全然思っていませんもの。ただ甘えて見せているだけ。田口センセか酒井先生に守ってもらいたくて、泣いて見せただけです。本当にかわいそうなのはむしろ酒井先生の方ですよ」

酒井がなぜ、という俺の疑問を表情から読みとったかのように、白鳥は続ける。

「だって、僕はさっき、酒井先生に外科医としての引導を渡してしまったんですもの。どんなに頑張っても、あなたは桐生先生どころか垣谷先生のレベルにすらたどり着けませんと、はっきり言っちゃったんです。本人も、うすうす感じていることをね」

白鳥はくるりと表情を入れ替える。

「ところで田口センセのパッシヴ・フェーズでの『見立て』では、酒井君がスピッツ、大友さんは巻き貝でしたね。アクティヴ・フェーズで印象が変わりましたか？」

言われて、フィルムを逆回しするように、二人のイメージを再確認する。

酒井はスピッツから柴犬に格上げ。コリーやドーベルマンまではいかない。一応、同じ犬のまま、白鳥を殴った分だけ、ちょっぴり力強く凶暴で大型になっていた。

では、大友さんは？

俺は自分の中のイメージをまさぐってみて、ぎょっとした。色鮮やかな毒クラゲ。深海で妖しく七色の光を放ちながら漂うやつだ。

「ねえねえ、どんなイメージになりました？」

「ええ、まあ、そのう」

俺は言葉を濁した。白鳥は俺の心を見透かしているかのように、ふふんと鼻で笑う。

「基礎研究では、未熟で独善的な性格の人間は、パッシヴ・アクティヴ間で、イメージの変化が起こりやすいと言われています。アクティヴ・フェーズでは、隠された本質が出やすい。つまり、二つの相で印象が異なったとしたなら、アクティヴの方が素顔に近いんです。これが相転換です。どうやらそのあたりの原理と感覚は理解していただけたようですね」

俺の顔をのぞき込む。

「あの娘は、やめておいた方がいいですよ」

黙り込んだ俺に、白鳥は朗らかに言い放つ。

「こうなったら、今日中にいけるところまでやってしまった方がよさそうです。明日になると、もっとこじれてしまいそうですし。今からここで、氷室先生と羽場さんを一緒にやってしまいましょう。垣谷先生はそうだなあ、やっぱり明日でいいや。

田口センセ、お手数をおかけして申し訳ありませんが、お二人を呼んできて下さい」

こじれたのは一体誰のせいだ、とののしることはやめにして、俺は黙って指示通り動いた。

一刻も早くここから逃げ出したい気分だったからだ。

■白鳥ファイル⑤　麻酔学教室　講師――氷室貢一郎（37）
⑥　手術室　臨床工学士　室長――羽場貴之（53）

氷室に声をかけ、羽場を呼びにいった。カンファレンスルームに戻ると、氷室はすでに白鳥の向かいに座っていた。俺は二人の間に直交する位置にパイプ椅子を持ってきて座る。

乱暴にドアが開く。羽場がぎろりと部屋の中を睨む。

「白鳥っていうのは、あんたか？」

濡れタオルを顎に当て、痛みに耐える表情をしながら、白鳥は弱々しくうなずく。

「なぜ、大友くんにあんなひどいことを言ったんだ？」

「……だって事実だから」

「事実なら、何を言ってもいいと思っているのか、少しは人の気持ちを考えろ」

「もちろん、考えていますよ。僕は言っても大丈夫だと思ったから言ったんです。酒井先生が殴りかかってきたことは予想外でしたが」

「何が大丈夫だ、大友君は、控え室で大泣きしているぞ」

「それはみなさんが慰めるからです。泣き止ませたかったら、放っておけばいいんです。そうすれば五分で泣き止みます。何なら賭けたっていいですよ。うちのチビだって、転ぶと大泣きしますけど、誰からも相手にされないとわかると、すぐに一人ですたすた歩き出しますもの」

羽場は呆れたように首を振る。あまりの物言いに、怒りが吹き飛ばされてしまったようだ。仕方なく、俺の正面のパイプ椅子に腰を下ろす。

こんなやり方、ありなのか。火事を消すために爆弾を爆発させて風圧で吹き消すみたいなやり方。ふと見ると氷室が楽しげな笑顔を浮かべていた。俺の視線に気がつくと、氷室はその微笑を慌てて吹き消した。

「時間がないので、さっそく本題に入ります。

お二人にお訊きしたいことがあるんですけど、よろしいですか？　人工心肺で循環血流を管理している最中に、血液中に毒物を注射して、人を殺すことは可能ですか？」

氷室と羽場が同時に唾を飲むのが聞こえた。

最初に息を吹き返したのは、羽場だった。

「な、な、何てコトを言うんだ。我々が、患者に毒を盛ったと思っているのか？」

白鳥はクールだ。こうした反応は予想していたようだ。

「疑ってるんじゃなくて、可能性を追求するという純粋な好奇心です。そういうことできるのかな、と思いまして」

そんな言い訳、通用するはずがない。羽場は汚らわしいと言わんばかりに吐き捨てる。

「バカバカしい。そんなこと考えたこともないし、答える気もない」

白鳥は視線を氷室に移す。

「氷室先生はどう思います？」

氷室は、白鳥を見つめた。やがて、にいっと笑った。

「実に面白い方ですね」

それからおもむろに、言葉を続ける。

「可能性を考えれば、いくらでも可能でしょうね」

氷室は白鳥の挑発を受けて立った。隣で羽場が目を丸くする。

「麻酔医は術中の生命維持のために、さまざまな薬剤を投与します。殺すだけなら、そこに毒物を混入させればいいだけですから、簡単です。用いる分量を変えるだけでも十分です。もともと身体に役立つ毒物のことをクスリと呼んでいるわけですし、そういう点から見てみると、麻酔医の周りにあるのは毒物ばかりですから。その気になれば、患者を毒殺することは容易《たやす》いことです」

「それなら、お二人のどちらかなら、術死させるために患者に毒を盛ることは可能なんですね」

我慢しきれず羽場が声をはりあげる。

「バカなこと言うな。患者に毒を盛ったら死んでしまう。すぐにばれてしまう」

「この手術では心臓が止まっても人工心肺が回っているんだから、死んでもすぐにわからないでしょ。だとすれば殺した瞬間をごまかせるから、手術ミスに見せかけることだってできるじゃないですか」

乱入してみたものの、羽場はあっという間にリング・アウト。理屈では白鳥の足許にも及ばない。何しろ相手はロジカル・モンスター。力量差を肌で感じたのか、羽場は、もう挑発には乗らないぞ、とばかりに感情を押さえ込む。すべてを氷室に託すつもりだ。

羽場の全面委任を受け、氷室は淡々とリングに立つ。

「確かに人工心肺稼働中の殺人は論理的に可能です。羽場さんは投薬に関与しませんから、可能性があるのは僕だけですが。けれども僕に嫌疑をかけても、無実は簡単に証明できますけどね」

「どうやって証明するんですか？」

「酒井先生が行っている研究のことはご存じですか？」

「聞きたいとは思っていたんですけど、その前にぶん殴られて、聞きそびれました」

氷室は声を上げて笑う。隣では羽場が握り拳を震わせる。

「酒井先生の研究では、三十分ごとに術中患者採血をして解析しています。その血液検体は全部保管されているはずです。それを分析すれば、毒物混入の有無が確認できます」

「でも、もしも犯人がずる賢くて……」

言いながら、白鳥は氷室をじっと見つめる。

「あ、といっても、これは氷室先生のことじゃないですよ、もちろん。誤解しないで下さいね。そのずる賢い犯人が、その可能性に気がついたら、あとで研究用に保存されている血液を全部、正常な検体と入れ替えることもできますよね」

「そうした可能性はないわけじゃありません。でもそれも、行われなかった証明は簡単です。検体は術中モニタリングされてますから、カルテに残されたデータと再検データを比較すれば終わりです。カテコラミンの他に電解質や生化学因子を測定しています。それら複数の因子の数値が完全に一致する検体とすり替えることは事実上不可能です」

「それなら事前に準備した毒なし血液とすり替える。これなら検出されませんよ」

白鳥が喰い下がる。氷室は、楽しそうに笑う。

「あなたは本当に楽しい方ですね。何とか僕を犯人に仕立て上げたいみたいだ。事前に準備した血液はどこに隠しておくんですか?　術中採血は、動脈血ラインから僕が行いますが、シリンジは外回りの看護師からの手渡し、採血時には看護師がつきっきりで、見ようによっては監視下にあるようなものです。マジシャンでもすり替えは不可能です。採血が終われば看護師が臨床検査室に持っていき、臨床検査技師が計測します。僕は測定には一切タッチしません。僕の仕事はデータを、患者の状態コントロールに利用することなんです」

　氷室の話を聞きながら、白鳥は徐々にうなだれていく。

「薬物アンプルは、外回りの看護師と投与前に二人で確認します。これは事故防止マニュアルに記載されていることです。例外は局所麻酔液やエタノールみたいな大きな瓶に入った薬剤で、これには看護師は関与しませんが、そもそうしたものは血中投与しません。そもそも薬剤すり替えには看護師の協力が不可欠なんですが、外回りの看護師は毎回替わるので連続して犯行を実行するのは不可能ですね」

　白鳥は今にもノック・アウト寸前だ。クリンチで氷室の腰にしがみつくように尋ねる。

「じゃあさ、術中に酸素供給をわざと不十分にして、呼吸不全状態を……」

「その時は人工心肺のフィルター・トラブルと同じ現象になるから、俺の眼が絶対見逃さない」

　威圧感を持った羽場の援護射撃。高らかな勝利宣言だ。白鳥は黙り込む。

〝白鳥仮説・毒殺編〟は完膚なきまでに叩きのめされ、完敗した。俺は氷室の論理的な攻撃に圧倒されていた。撃退されたロジカル・モンスターの隣で、羽場が晴れ晴れとした笑顔を浮かべた。

『満天』から見る夕焼け空は見事だった。光がオレンジ色からワイン色、コーヒー色に沈み込む。ひとつ、ふたつ、街の灯火がともり始める。こういう景色の変化をしみじみと見続けるという、ゆったりした時間の流れを、しばらく忘れていた。俺たちが見ていようと見ていまいと、こうした営みは世の中でひっそりと行われ続けている。

　一瞬ロマンチックな気分になりかけたが、顔を上げるとそこには、大人のオタフク風邪のように左頬を膨れ上がらせた白鳥の顔があり、いきなり素面に戻ってしまう。

　殴られた傷がしみるらしく、イタタと呟きながら、白鳥は力うどんの汁をすする。

「今日のアクティヴ・フェーズは失敗しましたね」

白鳥は、うどんを咀嚼しながら首をひねる。

「失敗？　何でですか？」

「相手を怒らせちゃいけないのに酒井君にはぶん殴られる、大友さんは泣かせてしまって何も聞き出せない、氷室先生には仮説をこてんぱんにのされてしまう、羽場さんだけは言い負かしていたみたいだったけど、他はすべて完敗じゃないですか」

「あれが完敗に見えるわけ？　酒井君は自分の技量レベルを認識していることがわかったし、大友さんの気が強いこともわかったでしょ？　氷室先生にぶつけた仮説だって、氷室先生を本当に犯人だと考えていたら、あんな無造作なぶつけ方をすると思いますか？　そんなことして、何かいいことありますか？　少しは頭を使って考えてみてね」

「じゃあ、あのアクティヴ・フェーズの聞き取り調査は成功だったんですか？」

「だーかーらー」

口と箸の間でモチを伸ばして嚙み切ろうとしていた白鳥は、モチを口から離し、説明を続ける。

「成功、失敗ってのは、問題が解決した時にはっきりすること。ここではまだ確定していません。いいですか、アクティヴ・フェーズとパッシヴ・フェーズの違いは時制にあるんです」

「時制って、一体……？」

「過去を看取るパッシヴ・フェーズ。未来を創るアクティヴ・フェーズ」

まるでお役所の公共広告のコピーみたいだ。そう考えてからふと、白鳥はまさしくお役人であったことを改めて思い出す。それにしても、言葉で未来が創れるものなのだろうか。

「誤解しては困ることが一つあります。それは今日、氷室先生にやったのは、パッシヴ・フェーズだったということです。正確に言えばパッシヴ・アクティヴ比率八対二のハイブリッドです」

「パッシヴは、私が終えていたんじゃなかったんですか？」

「僕は、だいたい終わったと言ったんです。完全に終わっているとは言ってません。実は、田口センセは氷室先生のパッシヴ聞き取りには失敗しています。だから今日はその補足」

「そうだったんですか」

「ええ。でも、これは田口センセが悪いんじゃないんです。田口センセのパッシヴに氷室先生がスネイル・トークで対応した結果です。彼はなかなか手強い相手です。パッシヴに対しスネイルで応じるなんて、用心深すぎます。そこまでして一体何を隠したいんですかね。ま、仕方ないので、天の岩戸作戦を使いました」

「天の岩戸？」

　いきなり神話？　なぜに古事記？　楽しげに白鳥が説明する。

「または、風桶」

「かぜおけ？？」

「アクティヴのディフェンシヴ・変法によりパッシヴを達成するという高度な応用技です。風が吹けば桶屋が儲かる。僕が大友さんをいじめた。大友さんが泣いた。酒井君に殴られた。羽場さんに敵視された。僕がきりきり舞いして、氷室先生が巣穴から顔を出した」

「酒井君に殴られたのも計算ずく、と言うんですか？」

「そんなこと、当たり前じゃないですか」

　俺は呆れて白鳥を見つめた。始めからあそこまで計算ずくだったなんてホラ話、一体誰が信じると言うのだろう。つじつまを合わせただけだとすぐばれてしまうのに。

夕陽が地平線から姿を消して、闇が世界を包み込む。

「パッシヴとアクティヴ・フェーズで印象が変わるのは、今回も感じたでしょ？」

「ええ。羽場さんはゾウからクマに、氷室先生は紋白蝶からカブトムシになりました」

白鳥は不満げだった。

「その程度かあ。いくら初学者だからといって、相転換の振れ幅を見落としたらセンス疑っちゃいますね。田口センセはご自分の先入観に囚われすぎです。惜しいなあ。あと少しでブレイクする気配はあるんですが。飛ぶために必要で、今の田口センセに欠けているもの、それはほんの僅かな勇気、だけなんですけどねえ」

そう言うと、白鳥はお椀を高々と掲げて汁を飲み干す。空になったお椀をテーブルに叩きつけると、満足そうに息を吐く。

「でも、田口センセのご協力のおかげで今日ははかどりました。明朝、術前カンファに出席した後、残りの三人、垣谷先生、鳴海先生、桐生先生に対するアクティヴ・フェーズ調査に入ります」

今日のごたごた騒動の後で明日のカンファに出席するなんて。俺は白鳥の神経の太さにほとほと感心した。カンファに出席するつもりだったら、俺なら今日の聞き取り調査であそこまではつっこまない。いや、つっこめない。

ふと、これが俺の限界なのかな、と思った。

15章 二重らせん

2月26日火曜日　午前7時45分　2F・手術部カンファレンスルーム

翌朝、約束の時間に現れない白鳥を探して、地下の視聴覚室を訪れた。ノックをすると寝ぼけた返事があった。ドアが開き、ジャージ姿の白鳥が、眼をこすりながら顔を出す。その後ろには、散乱した部屋がちらりと見える。まるで学生寮だ。

「十五分遅れ。カンファレンスはとっくに始まってますよ」

「いけね。朝は弱いんです。すぐ着替えますから、待ってて下さい」

「急いで下さい。症例検討が終わってしまいますよ」

「今朝はちょっとくらい遅れてもいいんです。カンファレンスは顔を出すことに意義があるんで。桐生先生に挨拶をして、垣谷先生をつかまえればそれで朝の任務は終わり」

着替えを終えた白鳥と二人で、足早に手術室に向かった。

カンファレンスルームの扉は重かった。ドアを開けると、一斉に冷たい視線が突き刺さる。

「や、どうもどうも」

白鳥はへらへらしながら部屋に入る。酒井と大友さんはそっぽを向く。羽場は睨みつける。氷室はにっと笑う。

桐生は一瞬、俺たち二人を見つめたがコメントはせず、何もなかったかのように途切れたプレゼンテーションを再開した。黒崎教授からはきちんと伝言されているのだろうか。

「術前のCAGで、左冠状動脈主幹部の閉塞が七十五％か。かなり高いな」

「これが発作の原因なのは間違いないですね」

「今度発作が起きたら、待ったなしだな。緊急手術でねじ込むしかないだろう」

「バイパス手術の並行適用に関してはどうしましょうか」

「開けてみて、状態を肉眼で確認してから考えよう。そのために術前の術野設定は大伏在静脈からのグラフト採取を前提にすること。そうなると脱血ルートが影響を受けるな」

その言葉を引き取って、酒井が立ち上がる。

「昨晩ムンテラ（病状説明）の後、バイパス手術の併用も含め手術承諾書をいただきました。小倉さんの身内は息子さんだけで、万が一の時の緊急手術の件についても了承済みです」

「それではケース33・小倉さんの手術は明後日二月二十八日に決定する。以上、解散」

各自ばらばらに部屋を出ていく。そのうちの何人かは、白鳥を睨みつけ部屋を出ていった。

白鳥は桐生に挨拶し、部屋を出ていこうとした垣谷を呼び止める。二人が部屋に残った。

「私、厚生労働省から派遣されてきた、技官の白鳥と言います。高階病院長からの依頼で、昨日からチーム・バチスタの調査に入らせていただいています」

「黒崎教授からリスクマネジメント委員会でのお話の詳細を伺っています。昨日はうちのスタッフがご迷惑をおかけしたようで。大変失礼いたしました」

「はあ、何のことでしょうか？」

白鳥は顎を撫でながら、すっとぼける。

「それにしても、高階病院長の人脈は底知れませんね。いきなり厚労省本局にご相談なさるとは、想像もしませんでした」

「高階先生は大物ですよ」

白鳥が相づちを打つ。確かに高階病院長は、厚生労働省に強力な人脈のコネと深々度の情報をお持ちのようだ。しかも白鳥のこともご存じで、その上白鳥が大の苦手らしい。俺はそうした情報を桐生に伝えたくてうずうずした。しかし残念なことに、口を差し挟む暇《いとま》もなく白鳥は続ける。

「調査には、是非ご協力お願いいたします。なに、私は窓際官僚ですので、ご心配には及びません。垣谷先生には、今からお話を伺います。桐生先生は本夕、鳴海先生と一緒にお話を伺います。時間と場所は後ほどお知らせします」

桐生はうなずいた。白衣を翻して部屋を出ていく。

白鳥は、本夕、桐生—鳴海ペアのダブル・チームに対しオフェンシヴ・ヒヤリングをやるつもりなのだろうか。俺は、憂鬱になった。これまでペアのオフェンシヴ・ヒアリングが穏やかに終わった試しがないからだ。

■白鳥ファイル⑦　臓器統御外科ユニット　講師——垣谷雄次（49）

カンファレンスルームには垣谷と俺たちが残った。垣谷はにやにやしながら白鳥に言う。

「あんたが有名な白鳥さんか」

「有名？　そうなんですか？　こっちに来て、まだたった五日なんですけど」

「スターになるには一晩あれば十分さ。黒崎教授の部屋に怒鳴り込みをかけたその足で女をめぐる殴り合いの大立ち回り。場所は神聖なる手術室看護師控え室。こんな派手なヤツ、滅多にいませんよ。桐生さん以来かな。いやいや、衝撃度だけなら間違いなく桐生さんを越えてるな。もっとも、評判は桐生さんと正反対だがね」

垣谷は手放しで誉めているように見せかけながら、同時にこっそり、そしてしっかりと、〝桐生と正反対の評判〟という批判的なフレーズを忍び込ませて、白鳥に対する客観的評価をきちんと周囲に伝える。相手を持ち上げつつ、言いたいことは言う。医局政治のサバイバー《生き残り》は、しなやかでタフだ。

「いやあ、そうですか、嬉しいですね。スターなんて言われたの、生まれて初めてです」

「え？　初めて？　意外だなあ。きっとこれまでも、あんたはどこにいても、陰ではあんたのウワサでもちきりになるようなスーパー・スターだったと思うぜ」

「えー？　そうですかね？　知らなかったなあ。今度周りの人に訊いてみようかな」

白鳥は無邪気ににこにこした。垣谷のヨイショ攻撃に舞い上がっているのだろうか？　誉め殺しというアクティヴ・フェーズ返しに、ずっぽりはまってしまっている。

「ダメダメ、そんなコトしちゃ。スターは周りの風評なんて気にかけないで、どっしりしてなきゃ。今のあんたみたいにさ。それでこそスターってもんでしょ」

顔じゅう、笑顔でとろけそうな白鳥が、垣谷の眼をのぞき込む。

「それだけ人を見る目のある垣谷先生なら、とっくに気がついているんでしょ？」

「何を？」

「またまた、とぼけて。こういうシチュエーションで、僕が垣谷先生に、気づいているでしょ、っていったら、そんなにたくさんの可能性はないでしょ」

「俺みたいに後ろ暗い過去がある人間は、そういう奥歯にモノが挟まったような言い方をされると、思い当たるフシがすぐに片手くらい浮かんでしまうんだよ。あんまり脅かさないで欲しいなあ」

「僕のことを理解してくれてる垣谷先生に対して、僕が訊きたいことって言えば、ひとつに決まってるじゃないですか。桐生先生のコンディションの変化について、ですよ」

「何を言っているのか、さっぱりわからんなあ」

野太い声で垣谷はのんびりと言う。白鳥は垣谷をじっと見つめる。

「実は僕、バチスタの手術ビデオ全部見せてもらったんです。星野さんが辞める直前の二十五例あたりからと言えば、僕の言いたいことは伝わるかな」

垣谷の表情がちらりと揺れた。

「それじゃあわからないなあ。それよりオペのビデオを見たの？　やだなあ。そういうことは、挨拶した後すぐに言うもんだぜ。恥ずかしいよ。酒井君の方が第一助手みたいだったろ」

白鳥は、垣谷をじっと見つめた。

「垣谷先生は立派な第一助手ですよ」

「嫌味なヤツ」

「そんなこと、ないです。事象が術者の器の中に収まっている間は出しゃばらない、という見極めは、そんじょそこらの青二才には、とてもできることではございません」

白鳥は、垣谷の眼から視線を切ろうとしなかった。垣谷は一瞬、真顔になったが、すぐにへらりへらりとした笑顔に舞い戻る。俺は白鳥が、垣谷に対して次にどんな攻撃をしようとしているのか、どきどきしながら待った。

ところが驚いたことに、垣谷の聞き取りはこれで終了だった。

俺は、エレベーターホールの前で、ご機嫌な白鳥に質問された。

「垣谷先生は、パッシヴ・フェーズでの『見立て』は、確かカバでしたよね。アクティヴでは、どうでした?」

俺はぎくりとした。答えていいかどうか迷う、境界線上にあったからだ。

「答えにくそうですね。僕が当てて見せましょうか?」

白鳥は、にやにやしながら、一言言った。

「……カエル」

ご名答。恐れ入った。


十時、開店したてのスカイ・レストラン『満天』で、白鳥の旺盛な食欲を見せつけられて、俺はげんなりしていた。

「また、うどんですか」

「またってなんですか。失礼な。昨日のお昼はたぬきうどん、夜は力うどん。朝飯は天ぷらうどん。みんな違ううどんです」

「食生活、バランス悪すぎませんか。だからそんな体型になっちゃうんですよ」

「ちょっぴり太めなだけです。人間ゆとりがあると小太り状態になるのが自然の摂理なんです。そうやっていざという時のための備蓄をしているんですよ。田口センセはお医者さんのくせにご存じないいんですか?」

お医者さんのくせにってコイツにだけは言われたくない。

「でも、どう見ても備蓄過剰ですよね」

俺の批判を無視して、白鳥は口の中で反芻咀嚼。そして呟く独り言。

「めざせ、満天うどんの全品制覇」

俺はメニューを見た。『満天』はバラエティ豊かで、うどんだけでも二十種以上ある。コイツはここに一週間居続けるつもりなのか。俺の憂鬱を察知しようともせず、白鳥は軽い調子で付け加える。「うどんもいいけど、蕎麦《そば》も美味そうですね」

その一言で、白鳥様の滞在予定期間が二倍に延長されてしまった。俺はげんなりした。

気を取り直して話題を変える。

「垣谷先生のオフェンシヴ・ヒヤリングは、やけにあっさりでしたね」

「だって、垣谷先生は犯人ではありませんから」

思わず、えっ？　と訊き返す。

「そんなこと、簡単に断定できるんですか」

「ええ、手術ビデオを見ましたから」

拍子抜けした。垣谷は桐生に助教授のポストを奪われたのだから、陰で術死を演出して桐生の足をひっぱろうとしても不自然なことではない。垣谷には、ささやかだが動機はある。その程度のことで殺人まで犯すだろうか、という常識論には、個人的には同意したいけれど、そもそも殺人というものは大概、常識論を大きく逸脱したところで起こる。議論は所詮、机上の空論。ささやかすぎるが故にこうした動機を除外するのは、他人の気持ちを無視した思い上がりだろう。

俺は質問を続けた。

「ビデオを見ただけで、そんなことまでわかるんですか？」

「わかることもある。わからないことも、もちろんたくさんある。ビデオを見てわかったことは、垣谷先生と酒井先生がヘボ外科医ってこと。それでもって自分がヘボだと自覚している分、垣谷先生の方が格上、というあたりかな」

俺は、自分の調査が大穴だらけだったことを思い知らされていた。手術ビデオの存在に思い至らなかったことは、致命的な手落ちだ。手術室と縁の薄い内科医の俺は、手術がビデオ撮影されている事実を知らなかった。医師になってからは、とにかく手術と縁を切ることばかりに気を遣っていた。だから手術に関する俺の知識は十五年前の学生時代で時を止めていた。あの頃、ビデオ撮影システムなんてなかった。だから、手術ビデオの存在は一般人でも知っているとなじられても、知らなかったのだから仕方ない。あまりに基本的な知識であったため、高階病院長も桐生も、俺がそんなことさえ知らないという事実に気づかなかった。おまけに俺に期待されていたのは過去の手術調査の方ではなく、これから行われる手術観察だった。だから緻密な二人の企画にも拘わらず、詰めが甘かったわけだ。これは思わぬ盲点だ。

確かに鈍臭い。だがこれは依頼人である高階病院長の人選ミスだ。俺は自分から調査を買って出たわけではないし、再三再四依頼を固辞したのだし、その上刑事でも探偵でもないのだから。

この事件は、こうした小さな思い過ごしの中から手がかりが見つかるかも知れない、とふと思った。だとしたら、これから俺たちがやらなければならないことは、心に浮かんだ小さな疑念をひとつひとつ丹念に解決していくことなのかも知れない。

「垣谷先生がヘボなことと、犯人でないという判断は、どこでどうつながるんですか？」

「田口センセって、ほんとに頭使わないですね。たまには自分の頭を使わないと脳が萎縮しちゃいますよ。

これは簡単なパズルです。術死だから手術中に何かが起こっていることは間違いないので、手術中に直接患者に触れることができる、というのが犯人の絶対条件です。すると可能性は二系統に絞られます。まず、桐生―鳴海ラインの直接侵襲系統です。説明するまでもなく、心臓に直接物理的作用を及ぼすやり方です。それから氷室―羽場ラインの全身管理系統。これは間接侵襲系で、手段は毒殺か、人工呼吸器または人工心肺に対する何らかの細工によります」

「桐生先生のペア相手は鳴海先生なんですか？　垣谷先生や酒井先生ではなくて？」

「ええ、鳴海先生が桐生先生のお相手です。垣谷、酒井は問題外ですね」

「なぜですか？」

「術野は桐生先生の制空権内です。もし、垣谷先生や酒井先生が何かこっそりやろうとしても、桐生先生に一発で見抜かれてしまいます。ですから、この二人が何かやれるとしたら、桐生先生の指示に従った場合だけです。でも、それはあり得ません」

「なぜ、断定できるんですか？　酒井君は桐生先生に心酔しきっていて、命じられれば何でもやりそうですけど」

「そうかも知れませんね。でも、やはりそれはあり得ないんです。お二人はどちらも気が小さいですから、そんなことを命じられたらそれだけでいっぱいいっぱいになってしまいます。だから酒井君が別件で、つまり僕が大友さんを侮辱したという些細なことで僕に殴りかかってきた時点で、酒井君は疑惑の対象から外れます。もしも酒井君がこの件に関わっていたら、僕に呼び出された時点で犯行がばれないように気を遣うことで精一杯になってしまい、そんな精神的なゆとりを持てるはずないんです。それでは垣谷先生単独が可能かと言うと、今度は桐生先生に忠誠を誓い、垣谷先生に不満を持っている酒井君の厳しいチェックが入りますので、それもあり得ません。

つまり酒井君が僕に殴りかかった時点で、お二人が桐生先生と共謀して関与している可能性は完全消滅です」

白鳥が得意気に、土砂崩れウインクをする。

「これがアクティヴ・フェーズ、極意その7．反射消去法」

それは極意ではなく名称だ。白鳥の教育のいい加減さには、ほとほと愛想が尽きる。けれども悔しいが、その論理展開には反論する余地がない。

俺の思いにはおかまいなしに、白鳥ブルドーザーは、推論の整地を続ける。

「そうなると、術野で、何かやれる可能性があるのは皇帝・桐生先生だけ。彼だけは、術野でも他の人間にわからないように、何か悪いことをやることはできます」

「そうかも知れませんが、やっぱり可能性は低いんじゃないですか。何しろ術野はガラス張りですから」

「ガラス張りかあ、田口センセは時々、うまいことを言いますね。変なところに妙なセンスがありますよ」

白鳥は感心してみせた。垣谷の調査のやり方といい、俺への甘い評価といい、今日の白鳥はご機嫌がとても麗しいようだ。よほどうどんが美味《うま》かったのか。それとも昨日、酒井に殴られて頭のネジが二、三本ぶっとんでしまったか。

「確かにその通りですね。鈍臭いといえども外科医の眼が二組。術野外からは複数で、しかも一定しない視線にさらされます。その上、ビデオで電子監視されています。これだけの監視の網をくぐり抜けて非合法行為を行うことは、普通不可能でしょう。でも、針の穴を通すような可能性があるんです。それは、桐生先生の技術が高度であればあるほど、可能性が高くなります」

話を区切ると、白鳥はどんぶりを高く掲げて、汁を飲み干す。どんぶりの底から白鳥の顔が現れると、途切れた言葉が再開した。

「但しこのガラスの檻をくぐり抜けようとすると、一つだけ、どうしてもかわしきれない視線があります。桐生先生と同等か、それ以上の技量を持つ外科医の眼です」

俺は、ちらりと一人の外科医の顔を思い浮かべた。まさか？　思わず口に出す。

「それが黒崎教授なんですか？　だからしょっぱなに調べたんですか？」

白鳥はきょとんと俺を見つめる。次の瞬間、大爆笑の奔流が俺の自尊心を押し流していった。

「田口センセって、ほんと最高。あの黒崎教授が桐生先生の技量と同等？　桐生先生の技術の穴を見抜く眼を持っている？　僕がそんな評価をしましたか？　いつ？　何時何分何十秒？」

白鳥は息をはあはあはずませて、小学生ツッコミをする。俺は心底、思いつきをよく考えず口にしてしまったことを後悔した。

「いや、私だってそんな風には思ってませんでしたけど……」

消え入りそうな声で呟く。白鳥はしばらく、腹をよじって大爆笑を続けていた。笑い袋のような発作が収まると、さすがに笑いすぎたと感じたのか、謝罪した。

「すいません、いくら何でも笑いすぎですね。でも仕方ないですよ。だって、よりによって言うにこと欠き、あの黒崎教授が……　桐生先生と……くっ……」

また、発作がぶり返す。俺はふてくされてそっぽをむく。『満天』の窓は光に溢れて眩しい。その光と同じくらい眩しい白鳥の笑い声がテーブル周囲にまき散らされる。隅にたむろしていた白衣の連中が、怪訝そうにこちらの方を盗み見る。

ようやく白鳥の発作は完治した。涙をぬぐいながら、白鳥は改めて話し出す。

「僕が言ったのは鳴海先生のことです。さすがの桐生先生も、鳴海先生の眼をくぐり抜けて何かやろうとすることは、あまりにリスクが高すぎるんです」

「でも、鳴海先生は病理医ですよ」

「いいえ、彼の心は外科医です。何しろフロリダでは……」

白鳥は黙り込んだ。あれ？　と思って白鳥を見ると、通り過ぎる夜勤明けのナースのグループに見とれていた。

「あの背の高い娘はいかしてるなあ……」

白鳥ははっと我に返る。

「え、と、何だっけ。そうそう、鳴海先生が外科医かってことでしたっけ。鳴海先生は、心臓の動きから変性部を判断できますよね。桐生先生はその判断に従って切除範囲を決めています。つまり、桐生先生と同等か、あるいはそれ以上の視線を持っている、ということになりませんか?」

言われてみれば確かにその通りだ。

「桐生先生が、鳴海先生にも見抜けない高度な特殊技術を使っていると言うんですか?」

「違います。そっち方向ではありません。鳴海先生の眼を無力化するには、ペアを組んでしまえばいいんです。桐生先生が犯人なら、この共謀関係の成立は必須です。そして二人の因縁を考えれば、それは難しいことではありません」

俺には白鳥の話がにわかには信じられなかった。桐生には動機がない。それ以上に桐生の人格と接し、その可能性を考えること自体がバカバカしいと思えた。この調査だって桐生の申し出だ。犯人がわざわざ真実が露呈するリスクを高めるような行動をとるはずはないだろう。しかしそれを口に出してまた怒濤の大笑いに襲われるのはまっぴらだ。俺は反論を諦めて話題を変えた。

「氷室—羽場ラインの可能性はどうですか？」

「可能性があるとすれば氷室先生の単独犯行でしょう。これはほぼ確実、だって本人も認めていますしね。それに先入観に基づいた考え方はほとんどしない僕でさえ、さすがに羽場さんはあれだけまっすぐだと犯人候補から外したくなります。そうなると氷室先生は結構怪しいんですけど、だとしたら凶器は毒です。でも毒殺仮説はこてんぱんでしたからねえ。その上、単独犯行だとすると、今度は正義の騎士《ナイト》・羽場さんの厳しいチェックが入るのでかなり難しいですね。もっとも、たった一回の面談では断定はできませんが」

「こっちのラインもガラス張り、ですね」

「そうなんです。血液に毒を混ぜると血液の色が変わります。酸素濃度を下げても同じで、人工心肺チューブから丸見えです。たとえ目視でわからなくても術中採血サンプルの存在が足枷《あしかせ》になります。これだけの監視網をかいくぐり、果たして殺人ができるのかどうか」

　そう言うと、白鳥は独り言の世界に没入していく。

「それとも、僕たちが血液解析まではしないとタカをくくっているのかなあ？　いや、それはないな。もしそうなら調べれば一発でケリがつく。だとすればあそこまで落ち着き払っていられないだろうし……でも、調べちゃうぞ、とカマかけてみる価値はあるのかな……？」

　語尾が陽射しの中に溶けていく。白鳥の話を聞いていると、血の通った医療現場の話というより、チェスの指し手の解説を聞かされている気分になる。俺は、自分の原初感情に立ち返る。

「犯人候補がいなくなっちゃったじゃないですか。これは本当に殺人なんですか？　私は、いまだに医療事故の可能性の方が高いと思っているんですけど」

「田口センセも、煮え切らない方ですね。ま、最終結論は桐生—鳴海ラインのオフェンシヴ・ヒアリングの結果待ちですね。それが終わればある程度、見えてきますよ」

「お話からすると、大友さんは完全なシロのようですね」

「ほぼ百%近くシロですね。垣谷—酒井ラインと同じくらい。あ、そうか、でも垣谷—酒井—大友ラインになれば、可能性が少し増えますね。花札みたいに、カス札を集めれば役がつくこともありますからね。なるほどねえ」

白鳥はしきりに自分の言葉に感心している。

「まあそれでも、カス札連合の可能性は限りなくゼロに近いでしょう。彼ら三人が誰もボロを出さない強力な動機を共有できるとは思えませんから。酒井君みたいにカッとしてすぐ手が出るタイプが共犯としてメンバーに入ってくると、それだけで命取りですし」

カス、カスという言葉が耳障りだ。俺はわずかばかりの非難を込めて白鳥に尋ねる。

「それならなぜ昨日、大友さんをあんなにいじめたんですか?」

「いじめたわけじゃありません。ほんとのことを言っただけ。少しオフェンシヴにしたのは、氷室先生のパッシヴ調査で情報を引き出すための布石です。一応、狙い通りです」

昨日ははっきり、いじめた、と言っていたくせに。それにしても殴られたり、白い目で見られることが成功なのか。これではきっと俺にはアクティヴ・フェーズの習得は不可能だ。大友さんをいじめることが氷室の引っぱり出しにつながる理屈が、どうしても理解できない。心情的耐性にも欠けるが、それ以前に理論の基礎が理解できない。

俺の逡巡におかまいなしに、白鳥はすたすた先をいく。

「このガラス張りのパズルで注意することは、共謀関係の成立という要素が強い影響力を持つ点です。そこの見極めを間違えると、推測が全部ひっくりかえってしまいます」

「どういうことですか？」

「オセロと同じです。犯人は黒。共謀関係が成立すれば相手と結ぶラインも黒です。共謀関係がなければ白。手術室という限定された空間で白であることは、黒に対する監視の増加に直結します。医療ミス、もしくは殺人という黒の行為に対し、白は阻止のための強力なチェック機能として作用します。ここは、そういうストリクトな場なんです。だからこそ、共謀関係の見極めは重要です。そのために最も効力があるのが、ダブルチーム・ヒヤリングです。この手法を適用すれば、反射消去法が極めて厳格に成立するフィールドになるんです」

俺はダブルチーム・ヒヤリングのリストを思い出してみた。酒井―大友、氷室―羽場、そして桐生―鳴海。言われてみれば共謀関係が成立しそうな組み合わせばかりだ。酒井―大友はチームの落ちこぼれ、残りの二組はこれまでに同じ業務を続けてきて、強い信頼で結ばれている。

「共謀関係をあぶり出すには、まず一人ずつ話を聞き、次に二人一緒に聞くという手法が有効です。過去に口にした言葉が互いに干渉しあい、モアレ曲線のようなひずみが見えてくる。今回ありがたかったのは、一人ずつ丹念に話を聞き取らなければならないパッシヴを、田口センセがきちんとすませて下さったことです。実は僕はここが大の苦手でして。いつもは氷姫に丸投げしているんですけど、今回はそれよりずっと出来がいい。おかげでいきなりアクティヴのダブルから入ることができたんです」

正面切って誉められると悪い気がしない。白鳥は続けた。

「田口センセ、お使いだてして申し訳ないけど、午後六時に桐生ブラザーズを病院地下の視聴覚セクションにご招待する、と伝言しておいて下さい。

そこでは、このビデオが彼らの仮面を引きはがすことになると思います」

白鳥は、鞄の中から黒い箱を取り出す。タイトルバックのないビデオテープだ。

「このラインは鳴海先生から崩します。弱いところから崩す、これは鉄則です。これは今日の調査のヤマ。そしてこの事件のヤマになるかも知れません」

例によって津波災害のようなウインク。

「今回は最大のヤマ場、ここをミスすれば真相は闇に姿を隠してしまうかも知れない。神経を最大限に使いますから、終わった後はコーチできないと思います。ですから今ここでお伝えしておきます。アクティヴ・フェーズ極意その8．弱点を徹底的に攻めろ」

白鳥は胸を張った。

「それじゃあ、ルビコン河を渡りましょうか」

■白鳥ファイル⑧　基礎病理学教室　助教授——鳴海涼（37）
⑨　臓器統御外科ユニット　助教授——桐生恭一（42）

午後六時。

桐生と鳴海は二人揃って、時間通りに病院地下の視聴覚セクションにやってきた。俺は二人を迎え入れた。白鳥は三十分ほど前、ちょっと待っててね、と一言言い残して部屋を出ていったきり、戻ってこなかった。ローマ帝国軍相手にたった一人で立ち向かえ、とでも言うのだろうか。

部屋のあちこちに、生活の痕跡が残る。片隅に口が開いた赤いスーツケース、そこから溢れ出した衣類。ソファの上の毛布は、犬のプリント柄のジャージと一緒に丸めてある。机の上に積み重ねられたカップラーメンの残骸が数個。たった五日で、部屋に染みついてしまった白鳥の生活感は凄まじい。

「人を呼びつけておいて、自分は遅刻か。役人の典型だな」

綺麗な顔をして汚い言葉。鳴海のアンバランスさは俺を強く惹きつける。但し、コメント内容はとんちんかんだ。白鳥が役人の典型という評価は全くの的外れだ。そう思ってから俺は、鳴海が、まだ白鳥と接触していない事実に思い至る。

「まあ、そう言うな」

桐生がなだめる。そこへ、ドアをノックする音。足でドアを蹴っている。扉を開ける。

両手に紙袋をぶら下げ、白鳥はドアの外に立っていた。

「や、どうもどうも、お呼び立てしたのに遅れちゃってすみませんでした。手術ビデオの再借り出しに思いのほか、時間がかかってしまいまして。どういうわけか手術室で僕の評判がめちゃくちゃ悪くなっているみたいで、なかなかビデオを貸し出してもらえなかったんです。結局、高階病院長に出張ってもらって、ようやく貸してもらったんです」

どういうわけかって、そんなの自分がやったことを振り返れば当然の報いだと考える、自己反省の思考回路はコイツには皆無なのか？　手術室に入れてもらえたこと自体が奇蹟なのに。

桐生は質問する。

「手術ビデオ？　バチスタ手術のですか？」

「ええ、そうです。これが、バチスタ・ケース１から32まで。それからこっちが、バチスタ・カルテ。あ、こっちの方はちゃんと藤原さんに断わってきました」

両の手に持った紙袋を机の上にどん、どんと並べていく。

それから、脇に挟んでいた黒いビデオテープを一本、その上に放り投げた。

「そして……プラス・ワン」

桐生と鳴海は最後に投げ出された、無記名の黒い箱をいぶかしげに見つめた。

「バチスタ手術のビデオを並べて、何を始めようと言うんですか？　今さらそんなもの引っぱり出して何がわかるんです？」

桐生は感情の抑制に努めながら、冷静に質問する。

「ま、そう慌てないで。今、順番に説明しますから」

白鳥はナンバー1のビデオをデッキに挿入した。早回しで目的地点を探し出す。心臓が露出され、心筋切除寸前の場面が現れた。直後に桐生のメスがエイトビートで踊り出す。

「今のが記念すべき栄光のチーム・バチスタ第一症例。見事なメス捌きです」

「お誉めにあずかり、光栄です」

皮肉の香り漂う桐生の言葉。その語尾が消えかかる寸前、白鳥はビデオを止める。その間、僅か三十秒。

「これは、ここまで。次はケース25。星野看護師が器械出しをした最後の症例です」

「そう、だったかな」

桐生の眉がぴくり、と動く。白鳥はビデオを入れ替える。直後に別の手術の場面が流れ始める。心筋切除寸前の場面。メスがしばらく立ち止まる。そこからおもむろに、ワルツのリズムで優雅にステップを踏み始める。

「ね、ここで休んでいます。その後さっきより丁寧になっている」

それまでの手術が急流ならば、ケース25はゆるやかな大河だ。白鳥はビデオを入れ替える。

「ケース26。大友看護師に替わって、第一例目」

明らかに、手術の流れに混乱が見て取れた。桐生のメスはあちこち寄り道し、戸惑って立ち止まる。あやういバランスのブレイクダンス。

「ひどい手際ですね。そういえば、大友君がまだ不慣れな頃でした」

「見て欲しいのはそっちじゃありませんよ。そんなコメントは、外科オンチの田口センセにでも任せておけばいいことでしょ。わかってますよね。僕が言いたいのは、桐生先生のリズムの方ですよ。流れは一層ゆるやかに変わる」

白鳥はビデオを入れ替える。

「ケース27。最初の術死症例。相変わらず手際は悪く、リズムの狂いは修正されていません」

白鳥は画面を早送りする。画面にカウンターショックの端子が映し出されるのを見て、桐生は眼を伏せる。

「義兄さん、こんな茶番につきあうことないよ」

我慢しきれずに、鳴海が言う。白鳥は一言で鳴海を切り捨てる。

「私は桐生先生にお話ししているんです」

桐生は術死第一例目のビデオを見つめていた。その視線は吟味しているわけではなく、ただ画面に向けられているだけのようだった。投げやりな横顔。

「こういう順序で出してくるということは、気がついているんですね？」

「ええ、まあ。でも多分、気がついているのは僕だけじゃありませんよ。おそらく垣谷先生も気づいています。問題はずばり、〝眼〟ですね？」

桐生は、ふう、とため息をついて、ソファに沈み込んだ。

「いつ、気がついたんですか？」

「初めてバチスタ手術のビデオを見た時、です」

　桐生は、眼を指で押さえた。

「ビデオ画面からだけでよくわかりましたね。お察しの通り、私の持病は狭隅角緑内障です。手術時に緊張すると頭痛に襲われる。問題は視力低下ですが、飛蚊症も出現しています。発作が強くなると、視野狭窄も併発します」

「症状は深刻そうですね。それで鳴海先生に、自分の眼の役割を振ったんですね」

「そうです。切除範囲の決定時が一番、眼に負担がかかるんです。そこから先は、眼をつむっていてもやれる自信があります。だからそこをリョウに助けてもらえば、何とか手術をやり遂げることができるんです。

　ここのところ、急に症状が出てきて困っているんです。特に昨年の暮れからひどくなりました。ちょうど星野君が大友君とメンバー・チェンジした頃です」

「せっかくここまで正直に言いかけたんですから、今さらそんな小さなウソをついてはいけません。日本に来た時には、すでに緑内障の診断はついていたんでしょう?

　僕はビデオを見て、桐生先生の病状を見抜いたんじゃないんです。ビデオでは単に確認しただけです」

　桐生は白鳥を見つめた。

「何を知っているんです?」

「ぜーんぶ」

　鳴海の言葉が、白鳥のセリフを打ち消すようにかぶさってくる。

「義兄さん、こんなヤツに引っかけられちゃだめだ。コイツは、当てずっぽうに適当なことを言っているだけだ」

「ほんとに、そう思いますか？」

白鳥の眼が光る。鳴海は黙り込む。もう一度、桐生が尋ねる。

「どこまで知っているんです？」

「だから、全部ですってば」

ゆっくりと鳴海に視線を移す。

「チーム・パーフェクト。ミラクル・ペア・オブ・ザ・サザンクロス。キョウイチ&リョウ。そういうことも含めて、ぜーんぶ」

桐生と鳴海は顔を見合わせた。二人の視線が慌しく絡み合う。

白鳥は、ぽつんと宣告する。

「先週、僕はフロリダ・サザンクロス心臓疾患専門病院に行ってきたんです。三泊五日の強行軍でね」

四人のいる部屋の中、沈黙の分厚い緞帳が降りてくる。

しばらくして、桐生がうめくように言う。

「ミヒャエル博士に、お会いしたんですか？」

「ええ。お二人のことをとても心配していましたよ。キョウイチはまだ手術を続けているのかと、たいそう驚いていらっしゃいました」

「こいつは、参った」

桐生は、ふう、と大きく息をついた。首を横に振る。自分を納得させるように、何度か小さくうなずく。それから諦めたように白鳥と俺を交互に見ながら、ゆっくりと話し始めた。

「フロリダにいた頃から、ずっと眼には小さな違和感がありました。タカをくくっていましたが、緑内障の診断がついた時には、もう取り返しがつかないことになってしまっていました。失明しないよう眼圧をコントロールするのが精一杯で、ミヒャエル先生から手術を止めるよう忠告されました」

俺は驚いて桐生に尋ねた。

「そんなはずないでしょう。ミヒャエル教授からアガピ君の治療依頼があったんだから」

白鳥は俺に向かって首を振る。

「ミヒャエル教授が桐生先生に依頼したのは、内科的保存療法の差配です。反米ゲリラのアガピ君は、たとえ内科療法のためでも米国で治療するわけにはいかなかった。そこで日本にいる一番弟子の桐生先生に依頼したんです。手術はミヒャエル教授の意向ではなかった。米国で対応できないことを日本で行うことは御法度です」

「その通りです。依頼を引き受けた当初は私もそのつもりでした。でもアガピ君を見ていたら、抑えていたものが吹き出してしまった。アガピ君には何の罪もない。それなのに、〝治療するな〟というのは大国のエゴです。幸い反米ゲリラを国外退去させてしまえば、米国のメディアの関心は完全に消える。その隙をついてここで手術して完治させようと考えたのです」

「それって、恩師に対する二重の裏切りですよね」

白鳥は舌鋒鋭く攻撃する。桐生は昂然と顔を上げる。

「だから何だと言うんですか。自分のメスが眼の前の少年に大いなる自由を与えることができるかも知れない、と確信している時に、医師は躊躇すべきではない。ミヒャエル教授は、きっと理解して下さるでしょう」

「でも、術死が続いていた。そんな最中におけるトライは蛮勇でしょ」

「確かに私のコンディションは最悪でしたし、連続術死の最中でもありました。ただ、子供の症例では成功記録は続いていた。そこで自分の運に賭ける気になったんです。もちろん状況は芳しくありません。そこで、高階病院長に内部監査をお願いすることで自分を崖っぷちに追いつめたのです」

マスコミ対策や国際問題だと御託を並べていた桐生。しかしその動機は極めてシンプルで、それゆえその言葉は眩しかった。

「白鳥調査官、あなたは深部の情報もお持ちらしい。私はこれからすべてご説明します」

桐生の眼は白鳥にじっと注がれた。白鳥はその視線を身体全体で受け止めていた。

「緑内障がひどくなり、ミヒャエル教授からメスを置くように勧告され、絶望して日々を過ごしていた時、東城大学から招聘がありました。私は何の根拠もなく日本に戻れば何とかなるのではないかという淡い希望を抱きました。症状は重度でなく、ほんの瞬間の停電のような視野の消失が時々あるくらいでした。一呼吸しのげばすぐ復旧していました。実際ここまで何とか無事だった。ところがケース25、星野君の最後の手術の最中、心筋の切除範囲を決定する場面で突然私は視力を完全に失ってしまいました」

「高度の緊張を強いられる場面で、様々な因子も作用して強い発作が誘起されてしまったんでしょうね」

桐生は眼をつむり、苦しげな表情を浮かべながら続ける。

「ええ。あの日、私の視界は突然、白く輝く闇に捕らわれてしまいました。それは真白な絶望でした。その中で私は歯車を見ました。黒々と大きく、ゆっくり回っていた。外科医としての私の寿命を刻む時計の歯車が空回りしているみたいでした。もうメスを置く、二度と握らない、だからこの症例だけは助けて欲しい。私は天に祈りました」

「その時、鳴海先生が助けてくれた……」

白鳥の言葉に桐生はうなずく。

「奇跡でした。リョウの声が心筋の切除範囲を指し示した。その途端、風に吹き消されたかのように白い闇は消え、明るい視界が戻りました。そして、天からの声が聞こえた。まだやれる、もっといける、と」

「それ以来、心筋切除範囲決定に鳴海先生のアドバイスが必要不可欠になったんですね」

「それ以前も、手術範囲を決定する時にはディスカッションしていました。けれどもリョウの言葉なしでは手術が立ちいかなくなってしまったのはケース25以降です。

リョウと新しい状況に対応した術式を模索しました。ところが不安定な地盤の上に、大友君の加入という不確定要素が加わり、手術は完全に私のコントロールから外れてしまった。それでも大友君が参加した第一例目、ケース26はよろめきながらも何とかゴールにたどりついた。それから必死に微調整を続けましたが二例目はもう駄目でした。手術は始めからダッチロール状態でとうとう術死が起こった。それが術死第一例目、ケース27です」

桐生は俺を見た。

「田口先生には始めに申し上げましたよね。手術ミスをすれば自覚できるレベルにまでたどり着いた、と。そして三例の術死にはミスの自覚が持てない、と。

私はウソをつきました。術死第一例目。あれは原因ははっきりしませんが、何らかの手術ミスによる死亡だと感じています」

「自覚していたんなら、その時にメスを置けばよかったのに」

白鳥が冷たく突き放す。桐生は白鳥を睨みつける。

「私の外来には手術の順番を待ち続けている患者が大勢いる。彼らは何ヶ月も、いや何年も待ち続けた。いろいろな施設で門前払いを喰わされて絶望の中、ようやく私の元にたどりついた。そんな人たちを前に、体調が悪くなったのでもう手術できませんと、あっさり言えると思っているんですか。

それに患者を一人術死させたらメスを置かなければならないとしたら、この世の中からは外科医なんていなくなってしまいます」

白鳥は気圧されたように、うつむいて黙り込む。桐生は続ける。

「私も、躊躇しました。こんな悪いコンディションでメスを握ることは冒瀆《ぼうとく》ではないだろうか。赦《ゆる》されることなのだろうか。私の迷いを吹き飛ばしてくれたのは、バチスタ・ケース28、榊原雄馬君のご両親でした。彼らは、どれほど私の手術を待ち望んでいたか、切々と語ってくれました。リスクを考えると夜も眠れないくらい不安になるのに、私を全面的に信頼して下さっていることが伝わってきました。それとなく転院をお勧めした時、たとえご子息が死んだとしても運命として諦めるから、どうか私にメスを執って欲しい、とまで言ってくれました。そこまで言われては、引き下がるわけにはいきません。私は手術の継続を決意しました。その後リョウと徹底的に話し合い、大友君の技術的不確定要素まで予測範囲に組み込んだ新しいバチスタ変法を編み出しました。そして私たちは勝利を収めたのです」

白鳥はビデオを入れ替える。バチスタケース28、九歳の雄馬君。Dカルテにサンドイッチされた、チーム・バチスタの双子星。

画面に映し出されたのは、流麗さを取り戻した桐生のメスの軌跡だった。スピードこそ落ちているが、混乱の形跡は完全に消失している。

「そうなんだよね。ケース28以降の手術ビデオでは、手技は完成の領域に到達している。完成度の点だけ見れば、以前よりよっぽど高くなっている」

桐生はうなずく。

「ええ、ですから、術死二例目、ケース29が再鼓動しなかった時には本当に驚きました。そして私の中では、この術死はどこかおかしいという感覚が芽生えたんです。けれども確かめる術も時間もないままに惰性でケース30に突入し、同様の感触の中、術死が再現されてしまった。これはどう考えてもおかしい」

白鳥の眼が冷たく桐生を射抜く。

「もっともらしいお話ですけどね。僕には四人の手術に失敗したけど、誤魔化すために仕方なく一例目だけ認めてみました、みたいに聞こえちゃいますね」

「そう思われても仕方ありませんね。でもビデオをご覧になったら、私の話はそれほど無茶ではないと思いませんか。その流れの中で、アガピ君の手術も成功したわけですし」

白鳥はしぶしぶ同意する。桐生は淡々と続ける。

「術式転換は、周囲に気づかれることもなくスムースにできました。みんな、大友君の不慣れな手技に目を奪われていたからです。その上、見た目には以前とスタイルが大きく変わったわけではありませんし、他の人にはわからないだろうと思っていました。ただ、垣谷先生がうすうす私の体調の異変に気づいていることは感じていました」

鳴海の役割はある時点から変質していた。垣谷はそれを桐生の体調の変化と結びつけて理解していたのだ。垣谷が俺の聞き取り調査の時に言いかけて止めたその言葉の先にあったもの、そして白鳥が垣谷に対して放った言葉の背景を、俺はようやく理解した。

「桐生先生、それでも僕は忠告します。先生は直ちにメスを置くべきだ」

白鳥が珍しく真顔で言う。

「一連の術死は、ここまでの調査では桐生先生のミスが原因だとは思えない。けれどもすべては、桐生先生の眼の状態が悪化し始めてから、起こってきたことは確かです。

先生は直ちにメスを置くべきだ。本当なら先生自身おっしゃっている通り、最初の危機を天佑で乗り越えた時にメスを置くべきだったんだ。今度の小倉さんは絶対に執刀してはいけませんよ。もし手術をしたら小倉さんはこちら側に戻ってこられない。また必ず悲劇が起こるでしょう」

桐生は白鳥を睨みつけた。視線で白鳥を焼き殺そうとしているかのようだ。桐生は満身創痍ではあったが、それでも鷹だった。一言、吐き捨てる。

「本当にそれが天意でしょうか。それで患者は救われるのですか？」

その言葉をきっかけに、桐生の背後に立っていた近衛兵、鳴海が一歩前に出る。嚙みつかんばかりに白鳥を睨みつけ、満を持しての入場だ。鳴海は高慢なペルシャ猫などではなかった。もう一羽の鷹だった。桐生と対飼いの鷹。

「たとえあんたが現実を正確に理解して、それが問題だと思っていたとしても、義兄さんと僕のチームが日本で、いや、世界中見回したってトップであることは変わらない」

白鳥はへらっと笑う。

「おめでたいなあ。そんないびつなチームが長続きすると思っているんですか？」

「どこがいびつだと言うんだ？」

「歪んだ世界の住人には、自分の歪みが見えないんです」

「俺たちは歪んでなんていない」

「眼を失いつつある外科医の指と、指を失ってしまった外科医の眼を組み合わせてやっと一人前。これが歪みでなくて、何だと言うんですか。鳴海先生、そろそろ桐生先生を解放してあげないと気の毒です」

鳴海は息を呑む。

「何が言いたい？　俺が義兄さんを縛りつけている、と言うのか？」

セリフの強さと裏腹に、鳴海の声はかすかにビブラートに震える。

「外科医としては桐生先生以上に天分があった鳴海先生が、メスを置かなければならなくなったのは本当にお気の毒だと思います。桐生先生、だからといって、先生がそこまでおつきあいする義理はないんですよ」

桐生は押し黙る。その沈黙を叩き壊すように、鳴海がわめき散らす。

「義兄さん、こんなヤツの戯言に耳を貸しちゃいけない」

白鳥は、そんな鳴海をじっと見つめる。

「鳴海先生、チームが歪んだのは、あんたのせいかも知れませんよ」

「どういうことだ？　俺が術死と関係しているとでも言うのか」

「単独では無理。でも二人が組めば不可能ではない」

桐生は、呆れ果てた、と言わんばかりの表情で白鳥を見た。鳴海は唇を蒼白にして固めた拳を震わせている。隣で俺は呆然としていた。まさか〝白鳥仮説〟を本人たちに伝えてしまうなんて、想像すらしていなかった。

「馬鹿げたことを」

「そうかなあ。〝田口仮説〟って、そんなにめちゃくちゃかなあ」

桐生は、白鳥に注いでいた視線をくるりと反転させ、俺に向ける。

「これは、田口先生のお考えなんですか?」

俺はこれ以上振れないという限界まで強く、首を振る。何回言わせるつもりだ、それは〝鳴海仮説〟で、それを桐生兄弟に限定して適用したのは、〝白鳥仮説〟だろう。仮にも人の名前を冠するのなら用語は正確に使え、と怒鳴りつけたくなった。そんな俺を横目で見ながら、白鳥は続ける。

「考えてみて下さい。何度ビデオを見直しても手技は立派な完成品、術野は見事な芸術作品です。術死症例の後半では、むしろ手技の完成度が高くなっている。あれでミスがあったとは思えない。つまりビデオの死角で何かが起こっているんです。死角で何かしようとすれば、術野外からの協力が必要になります」

白鳥の言葉に鳴海が鼻先で笑う。

「それなら容疑者は他にもいる。麻酔の氷室先生や人工心肺の羽場さんが循環血液に劇薬を混入するとか。もっともこんなことを考えること自体、馬鹿げているけどね」

「だけど、スタッフによる殺人の可能性を事前に指摘しているのは、鳴海先生だけです。その推論の飛躍の仕方は、想像豊かというよりも、まるで何かを隠すために先手を打ったみたいにも見えました。それに、氷室―羽場ラインの犯人説は、酒井先生の臨床研究によって打ち消されてしまいます」

「酒井先生の研究だって？　犬の手術がどうして関係するんだ？」

「あれえ、鳴海先生は、酒井先生のもう一つの臨床研究はご存じなかったんですか？」

白鳥が素頓狂な声を上げる。動揺した鳴海は桐生にすがりつくような視線を送る。桐生は肩をすくめる。白鳥が手短に解説する。

「酒井先生はサブで、術中の血液検査研究もやっています。術中三十分ごとに採取された血液検体は、今も酒井先生のラボに保存されています。それを調べれば氷室―羽場ラインの潔白は証明できるでしょう」

まるで自分が解き明かしたかのような得意気な表情。コイツはこれまでもこうやって、他人の知識を喰い散らかして生きてきたのではないだろうか。

蒼白になった鳴海は、弱々しく呟く。

「だとしても、それは俺や義兄さんがやったという証明にはならない」

「当たり前です」

白鳥は朗らかに言い放つ。

「だけど、疑う理由は他にもあります。手術ミスではないと言うなら、なぜ解剖をしなかったんですか？」

「心情的に頼めなかった」

桐生が小さく答える。白鳥の質問は的外れに聞こえる。ケース32、仁科さんが術死した時に、鳴海が桐生に解剖を強く勧めているのを、俺は目撃しているからだ。

「それは理解できます。心臓手術のフィールドは、医療心理が作りあげた人工的な密室ですからね。でもそれも、二人の共謀を前提にすると、別の顔が見えてくるんです。

解剖をしたら本当の死因が判明してしまうかも知れない。それでは困るのでお二人は力を合わせ真実を隠す。解剖ができないように芝居を打つ。

病理医として弟が解剖を勧める。臨床医として兄が拒否する。その理由を弟が許容してみせる。それを見た周囲の観客が納得し、共感する。

こうすれば、心理的な密室の鍵を降ろすことができます」

桐生も鳴海も、言葉を失って虚ろな眼で、白鳥の唇を凝視していた。白鳥の照準は鳴海にロックされたままだ。追撃の手をゆるめない。追い詰めていく。

「鳴海先生もさ、いつまでもお兄ちゃんの背中に隠れてないで表に出ておいで。男の子でしょ。さあ、自分のアンヨで歩こう。そうしないからこんなバカバカしい仮説をぶつけられちゃうんだよ」

「俺がいつ、義兄さんの後ろに隠れたって言うんだ？」

「最初からずっとそうだったじゃないですか。サザンクロス病院研修医の頃からずっと。しかもそれは今もちっとも変わらない」

鳴海の怒気が、すっと引いた。強がりの鎧《よろい》が引き剥がされ、おどおどした少年の顔がむきだしにされる。

「気持ちはわかるけど、鳴海先生だってもう立派な一人前の大人なんだし、ここは事件のことはすっぱり忘れて、一歩前に踏み出さなくちゃね」

「な、何を言っているんだ」

なじろうとしても、力がどこかに空いた小さな穴から漏れ出していってしまうかのようだ。鳴海はがくりと膝を折り、桐生の隣に沈み込んだ。

「依存しあうマイナスのスパイラルは、どこかで断ち切らなければお互い未来はありません。お二人には、今こそ外科手術が必要なんです」

おもむろに白鳥は、タイトルバックのないビデオテープをデッキに差し込む。デッキが静かなうなり声をあげ始める。


粒子の粗い画面。光と闇の土砂降り。しばらくしてモノクロの画面が現れる。かなり古い画面のようだ。投げやりな視線を投げかけていた桐生が、突然、眼を見開く。その気配につられ、うなだれていた鳴海が顔を上げた。鳴海が、糸の切れた操り人形の画面を逆回ししたように、音もなく立ち上がる。

「まさか……」

交代に、白鳥がソファに腰を下ろす。指を組み、口の前に当てる。

画面からは、とぎれとぎれの声が聞こえる。英語だ。ノイズが強い。キョウ、そしてリョウという聞き慣れた音のかけらが、海鳴りのように耳に残る。

真黒な画面。よく見ると、モノクロの血の海だ。背景の叫び声が次第に大きくなる。

〈……クランプ《止血》・オーケー、ストップ・イット《止血完了》〉

黒い画面の闇夜に時おり、メスやピンセットが稲妻のように白く光る。

どうやら胸部外傷、心臓破裂の緊急手術のようだ。隣で、桐生兄弟が画面を喰い破らんばかりに凝視している。呪縛されているかのように、二人とも微動だにしない。

画面が大きく乱れ、怒声が溢れ出す。

〈ヘイ、ストップ、キョウイチ、ストップ、ノオ！〉

絶叫。一瞬の静寂。別の声が響く。どこかで聞いた声。

〈ノオ、リョウ、ノオ！〉

「ノオ！……もうやめてくれ！」

ビデオの声は時空を越えて、現在の桐生の叫び声とシンクロした……声紋一致。

画面を所せましと踊っていた複数の指と、光の軌跡を引いたメスやペアンは、いつの間にか、退場していた。一本だけ取り残されたメスが、画面の隅で白く光り続ける。画面はしばらく黒い拍動を映し続け、闇にフェイドアウトした。

視線を移すとそこには、頭を抱えて動かなくなってしまった桐生と、声もなく涙を流す鳴海が残されていた。


白鳥がスイッチを切った。画面の黒い光は白く小さな輝点に収束し、吹き消された。

放心した視線を白鳥に向け、桐生が呟く。

「よくもまあ、堅物のミヒャエル教授が、こんなビデオの貸し出しを許可したものだ」

「キョウイチとリョウの精神的問題を解決するためだ、と言ったらすぐ理解してもらえました。ミヒャエル先生は本当にお二人のことを心配しておられました」

「あれは不幸な事故でした。誰が悪いわけでもない。交通事故の多発外傷手術に兄弟揃って呼び出された瞬間から、不幸の連鎖が始まったのかも知れません」

「胸腹部の同時緊急手術という狭い術野で、二つの外科チームが同時に稼働していたから、ずいぶん混乱していたらしいですね」

「出血の海の中で、まさか私が私自身のメスでリョウの右手の腱を切ってしまうなんて、想像もしませんでした」

「サザンクロスのミラクル・ツートップ、チーム・パーフェクトでしたからね」

桐生はうなずく。

「リョウを心臓外科チームにひっぱったのは私です。私の眼力は確かでした。リョウの天分は私を遙かに凌駕していた。一目瞭然でした。私は、自分の技術をリョウに叩き込み、二人で外科のてっぺんを目指そうとわくわくしていました。術者のリョウを私が前立ちとしてサポートする最強の外科チーム。私はまだ見ぬ未来を確信していました」

「きっと凄いチームができたでしょうね」

桐生は淋しげに笑う。

「腱をメスで切ったくらいなら、普通は完治します。サザンクロス病院には優秀なマイクロ・サージェリー（微細手術外科医）もいました。だから私は、怪我直後は全然心配していなかった。当然手術は成功し、リョウの指は日常生活に全く支障がなく回復しました。けれどもその指は、以前のようには動かなくなっていた。繊細な動きを要請される場面になると、凍りついたように動きを止めてしまう。

輝かしい天分というものはきっと、壊れやすい硝子細工のようなものなのでしょう。その才能は傷つく前のリョウの肉体の中でだけ、かろうじてバランスをとって存在できたのかも知れません。あの時私はそれを滅茶苦茶に壊してしまった。どうしようもない凡人の私が、天賦の才を地に叩き堕としてしまったんです。

リョウの指が元に戻らない原因に対し、サザンクロス病院の総力をあげた調査が行われました。心因性。神経の問題。整形外科的な観点。あらゆる検査が行われましたが、結論は出ませんでした。でも、そんなことはもうどうでもよかった。私たちにはわかっていた。たとえ原因が判明しても、リョウの指は二度と元には戻らないということが」

鳴海はソファに座り込んだ。桐生は静かな表情で鳴海を見守る。

「妻は私を責めました。当然です。リョウにむりやり外科を選択させ夢を見させた挙句、それをとりあげたわけですから。これほど残酷な行為はないでしょう。その諍《いさか》いは、ふとしたはずみに越えてはいけない一線を越え、二人の関係に致命的な打撃を加えました。

しばらくしてリョウは、むりやり病理学に興味を移しました。人並み以上の業績もあげた。けれどもリョウの心は手術室に残されたままで、それは今も変わらないのです」

桐生は一息つくと、眼をつむる。

「私は自分が、外科医としてのピークを終えつつあることを感じていました。私ひとりの身ならばとっくにメスを置いていたでしょう。けれどもそれはできませんでした。私の身体はもう、私ひとりのものではなくなっていた。リョウの身代わりとして、リョウの視線にいつもせき立てられていた。リョウは私の手術を身体で反芻しています。私にはわかる。リョウはとっくに私を凌駕した。〝もっといける。僕ならもっといく。〟私の中でリョウの声が響きます。その声に従い死に物狂いで突き進んでいたら、いつの間にか周りには誰もいなくなっていた。私は自分一人では到達できなかった山頂にあと少しでたどりつけるところにまで来ていました。眼の前にはもうリョウの背中しか見えない。私はやっとリョウに追いついたんです」

「義兄さん……」

　鳴海が桐生を見つめる。桐生は優しい眼でその視線に応える。

「けれども私たちには、肝心のところでいつも邪魔が入るんです。今度は私の番でした。私の眼が緑の悪魔に襲われ、宣告を受けた私は、今度こそメスを置くしかないと覚悟しました。そんな時、高階先生からの招聘があったのです。まるで、天が私を惑わしているかのようでした。私の中でくすぶっていた未練に灯がともりました。ミヒャエル教授に対しては、日本では後進の育成に力を注ぐので、決して手術はしない、というウソをつき、推薦状を書いてもらいました。

　日本に戻るとすぐに私は、スタッフを選択させて欲しいという条件を出しました。弱点を補強するチームを作るつもりでした。そしてそれは実にうまくいった。チーム・バチスタとは、私の欠点を埋めることを第一に考えて作られた、特殊チームだったのです。

　特に星野君を得たことは望外の幸運でした。彼女は素晴らしかった。手術室では新人同然、素質だけが輝き、医療常識には欠けていた。私が必要とした白紙の素材そのものでした。私は、自分の視野が時々失われることを前提にして組み立てた術式と対応する器械出し技術を、あたかも外科の標準手技であるかのように、一から彼女に教え込むことができました。こうしてチーム・バチスタは、栄光の船出を果たしました」

　桐生は遠い眼をして、まだ見ぬ水平線に眼を凝らす。

「ところがまたしても天は、私たちから大切なものを奪います。

　星野君の結婚退職が決まって、すべてが崩れ始めました。星野君の代役の大友君は優秀です。優秀すぎるくらいです。知識が豊富なので、私の独特の注文が、理屈に合わない妙なものであることにきっと気づいてしまう。そしてそれが標準的でないことにも。やり方を分析し、私が爆弾を抱えていることを見抜くかも知れない。だから大友君には、私の手術に対する特殊条件を十分伝えられなかった。その結果、外部から見ると彼女がベテランらしからぬ初歩的なミスをしているように見えたのです」

大友さんの技術は低くない、という言葉の真意はそういう意味だったのか。それでも、チーム・バチスタ崩壊の直接の引き金を引いたのは、やはり大友さんだったのだ。大友さんは直感的に、問題の本質を言い当てていたのだ。但しそれは彼女の罪ではなかったのだが。

「そんな中、怖れていた術死が起こってしまいました。術死一例目は先ほども申し上げた通り、私の体調悪化とメンバーチェンジによる不協和音により、チームの総合技術力の低下がもたらした術死だと直感しました。メスを置こう、と思いました。ですがリョウは自分がより高次元で関与すればまだいける、と言うのです。そして実際、その通りでした。私たちは再び新しい水平線を手に入れたように感じた。ところがそれにも拘わらず、術死に歯止めがかからなかった。

実は、術死二例目以降の症例には、自分がミスをしたという感覚が本当にないのです。この考えを前提に思考展開するとどこかで破綻する。どこに問題があるかはわからない。でも論理は完成しない。明らかに、私の技術以外の要素が混入している。この仮説は正しいと思います。アガピ君の手術は成功したのですから」

一気に語り終え、桐生は大きくため息をついた。

「なるほど、お話のつじつまは合いますね」

白鳥が呟く。

「かといって、それだけでは、お二人が故意に術死を起こしたという疑惑は、完全には否定できませんよ」

「さっきから何を言っているんだ。俺たちがそんなことをするはず、ないじゃないか」

鳴海が息を吹き返す。今にも白鳥に殴りかからんばかりだ。白鳥は鳴海を見つめる。

「言い繕うだけなら、どんなことだってできます。何しろあなた方には、人殺しの経験があるんですから。こうしたことに対して、精神的な耐性があるんです」

桐生の眼に妖しい光が灯る。白鳥に向かって吐き捨てる。

「私たちが人殺しだって？　何を言う。馬鹿な」

「だってフロリダでも、術死は経験したんでしょ？　自分のメスが患者の命を奪ったことがある、と田口センセに言ってたじゃないですか。それって結局、人殺しをしたという告白でしょ？」

白鳥は一言で桐生を切って落とす。桐生が怒りに燃えた眼で白鳥を焼き尽くそうとする。白鳥は委細構わず、平然と続ける。

「それにさ、桐生先生の言葉を分析すると、子供を救いたいというモチベーションは高そうだけど、普通の大人に対してはどうなのかな。気が乗らないついでにもう一歩進めて、自分が限界だというメッセージを成人の手術を失敗することで鳴海先生に伝えたかったんじゃないんですか？」

「何てことを……」

桐生の言葉の語尾がかすれる。情け容赦なきロジカル・モンスターの降臨。

俺は白鳥を睨みつける。腹の底からわきあがる怒り。

「人は論理だけで生きているわけじゃない。いくら何でも言いすぎだ」

白鳥は俺をちらりと見てから、桐生に視線を集中する。

「桐生先生なら大丈夫。この世には限界領域を越えた時に初めて見えてくる風景がある。その世界を知っている人なら、僕の言葉はきちんと届く。ね、桐生先生。先生はわかってますよね」

白鳥は強い視線と断定的な言葉でとどめを刺す。押し黙る桐生。返す視線を鳴海に移す。

「鳴海先生は田口センセに言ってましたね、スタッフ犯人説の弱点は動機がない点だ、と」

鳴海は虚を衝かれ、動きを止める。震える声で答える。

「ああ、言ったさ」

「ここに立派な動機があるじゃないですか。メスを持つ資格を失くしてしまったことを自覚しながら、メスを置く決断ができない優柔不断な外科医。手術に直面すると手が震えてしまう臆病者のくせに、手術に対する未練を断ち切ることができない研究者。自分たちの幕を引けない中途半端な兄弟が、過去の栄光にしがみつき続けようとして、故意か偶然か、医療ミスもしくは殺人を繰り返す」

「そんな動機、あり得ない」

「兄ちゃんは弟のお守りに疲れちゃって、一緒に登っていくのをやめたくなっているのかもよ」

「バカなことを言うな。お前さえいなければ、僕と義兄さんはまだまだ登っていけるんだ。お前さえ、いなければ」

鳴海の瞳に、抑えきれない憎悪の炎が再点火する。停止していた腕がはじけるように動作を再開する。拳の動きは鈍く、俺の動体視力でもはっきり捉えられた。

スローモーションのようなその拳を、白鳥は右頬で受け止めた。

鈍い音。

唇を小さく切る。流れ出る血を吐き捨てる。

「桐生さん、あなたは今すぐチーム・バチスタを解散させるべきだ」

白鳥の一言で二枚の鏡が合わせられた。華やかな音が響きわたり、合わせ鏡は砕け散る。

風切羽を叩き折られた対飼いの鷹は地に墜ちた。

16章 発作

2月27日水曜日　午前11時　桜宮海岸通り公園

　翌朝。疲れが抜けない重い身体をひきずり、俺は病院に向かう。

　昨晩のオフェンシヴ・ヒヤリングの後、白鳥は、明日は休むと言い残して姿を消した。国会図書館で調べものをするという話だった。つまり白鳥のアシスタントという役割は今日はお休み。今週は愚痴外来も休診なので、病院にいても俺にやることはなかった。今日の俺は任務がなく、全くのフリーだ。

　十時。患者のいない外来に座り続けているのも退屈だ。俺は藤原さんに留守番を頼んで外出することにした。少し遠出して、海岸近くの公園まで散歩しよう。ゆっくり歩いて小一時間。久しぶりに海沿いのシーフード・レストランでランチでも食べようか。

　こんな日は、心と身体を休めることが最優先だ。

　公園のベンチに腰を下ろして三文小説を読む。強い海風が、早く頁《ページ》をめくれ、とせかす。

と、携帯が鳴った。白鳥だった。

「伝言を頼もうとしたら、直接携帯にかけなさいと言われたもので」

街の雑踏か、背後の雑音が強い。受話器の向こう側でも風が強そうだ。

「愚痴外来を休診にされてしまったので、やることがなくて海辺を散歩してるんです」

つっこまれる前に、カミング・アウトした。

「優雅なご身分ですねえ」

白鳥が羨ましそうに言う。コイツにだけは死んでも言われたくないセリフ。こうなったのも半分以上はコイツのせいだというのに、よくもまあ、しゃあしゃあと。コイツには、自分が他人に迷惑をかけ、振り回しているという自覚はないのだろうか？

白鳥は俺の不快さを感じ取ることなく続ける。

「ちょっと確認。小倉さんの手術予定は明日でしたよね？」

「そうですが、それが何か？」

「ああ、よかった。それなら何とかなりそうだ。ここんとこ時差ボケと泊まり込みの連続で、曜日感覚がめちゃくちゃなんです。いい加減に少しは役所に顔出ししないと、いくら僕でもさすがに少々ヤバいですし。念のため言いますけど、今日は絶対手術しちゃ駄目ですよ」

「予定は明日だし、今日は今日で手術室は予定で満杯ですよ」

「それならいいですけど。何となくイヤな予感がしたもので」

それから白鳥は、急に声をひそめる。

「実は、犯人の尻尾を摑みました」

俺は、思わず裏返った声を出す。

「犯人、わかったんですか？」

「多分……」

俺は驚いた。確かに白鳥は、桐生兄弟のオフェンシヴ後に見当がつく、と言ってはいたが。夕べの調査で、何かを確信したのだろうか。まさか、国会図書館に証拠があるわけもあるまいし……。どうやら白鳥の頭の中では、俺には見当もつかないロジックが展開されていることだけは確かなようだ。おそるおそる、尋ねる。

「誰なんですか、犯人は？」

受話器の向こう側に、白鳥のためらいが感じられた。聞こえてきた言葉は、いつもの白鳥らしからぬ、歯切れの悪いものだった。

「今、ここでは言えません。明日、手術の時にはっきりできると思います。けれども、ひとつタイミングを間違えると、とんでもないことになる。そいつの首根っこを押さえるのは、とても難儀なんです」

「ということは、明日の手術で犯人はまたやる、とでも言うのですか？　疑惑の眼で見られている真只中に？」

「ええ。相手は自信家のエゴイストですから。それにハナがいい。だから田口センセに疑惑を伝えただけで、気配を感じ取ってしまうかも知れません。だから、まだ秘密」

そう言うと、白鳥にしては珍しく、自信なさそうな声音で続けた。

「白状すると、言えない理由はそれだけじゃないんです。僕は今、三重苦でしてね。一つ目は、本当にそいつが犯人なのか、まだ完全に断定できない。二つ目は、殺し方の予測はついたが、外れているかも知れない。三つ目は、犯人も殺し方も当たっているかも知れないけれども、それでもそいつを押さえられるかどうか、自信がない」

受話器の向こうでブザー音。

「十円玉がなくなったから、切ります。夕方には戻ります。詳しい話はその時また。じゃ、そういうことで、ひとつよろしく」

今の時代、公衆電話から電話するヤツがまだいたのか。白鳥と話をした余波か、続きを読む気が失せる。本を閉じ、ベンチに放り出す。強い風が頁をばさばさめくりあげる。

ひょっとしたら春一番かも知れない、とふと思う。

心地よい陽射し、風は強いが冷たくはない。手許にはたっぷりとした時間。俺はここ数日で見聞きした情報を整理し、一から組み立て直してみる。

もしも白鳥が言う通り、内部で殺人が行われているとしたなら、それはまるで硝子のショーケースに飾られた宝冠を、衆人環視の中で盗み出すようなものだ。まず視線の監視網。術者レベルがトリプル、看護師の視線がダブルかそれ以上、体外循環+麻酔関連がダブル、術野の外部から降り注ぐ不特定多数の視線。そのうちの一つはかつての天才外科医の眼。さらにビデオ監視。麻酔記録と看護記録の檻。挙げ句の果てに体内血液情報まで経時的にモニターされている。

一体どうすれば、こうした多重監視網をくぐり抜けられるのだろう。患者の命だけ奪い取り、痕跡も残さずに消え去ってしまう。そんなこと、マジシャンだってできはしない。

そこまで考えて、俺はこの包囲網が外部者である自分が犯行を行う視点で考えていることに気づいて苦笑する。犯人は硝子の檻の内部にいるわけだから、この多重監視網は、実際は犯人本人の監視力をマイナスして考えなければならない。そうすると、監視網として強力なパワーを持つ人物が最も怪しいと考えるのが合理的だ。この場で最も疑わしいのは、言わずと知れた桐生、あるいは桐生ブラザーズだ。

白鳥の複数共謀説は、監視網の一部が無力化できるので確率が高くなる。だが動機を共有しなければならないので、別のリスクが増える。他の人たちを含めて、白鳥のアクティヴ・フェーズで揺さぶられても破綻の兆しがないのなら、それは複数共謀説が存在しないことの間接的で強力な証明ではないだろうか。但しこの点に関しても、桐生ブラザーズなら易々と突破できるだけの絆はある。複数共謀説におけるメリットとデメリットの加減乗除で最大数を得るのは、やはり桐生ブラザーズだろう。

そこまで考えて、俺はふと重要なことに思い至る。桐生は必ずしも鳴海とペアになる必要はない。鳴海の視線が途切れるピリオドがあるからだ。それは検体が出た後の三十分程度、鳴海が検体の病理検索を行っている時間帯。

俺は雷に打たれたような衝撃を覚えた。その時間帯は心臓の再建手技の真最中で、ひとつ間違えば心臓が再鼓動しなくなる要素が満ち溢れている。その一番重要な場面で、桐生は最も怖れなければならない視線の監視から解放されている。何てことだ。桐生にとってガラスの檻は、檻として機能していなかったのだ。もう一つ、重要なことに気がつく。ひょっとして、ビデオだけでしか手術を見ていない白鳥にとって、このことは盲点なのではないか。

昨晩の聞き取りを終えた後で、犯人のメドがついたと白鳥が言うならば、それは桐生だと言っているのに等しいように思えた。しかも今、俺が気がついた可能性は、その仮説を強力に支持する。自信家でエゴイスト、ハナがいいと言う白鳥の肖像画は、桐生にぴったりあてはまる。

しかし、と俺はためらう。桐生のことを知る俺にとって、それはどうにも信じ難い仮説だ。小さな疑念が俺のためらいを後押しする。もし桐生が犯人なら、昨晩あそこまで追いつめられれば二度と白鳥の目前で凶行を行わないだろう。でもそれは桐生に限ったことではなく、犯人候補全員に言えることだ。

一体、白鳥は誰を犯人と見抜いたのか？

こうして俺は堂々巡りの原点に立ち戻る。幾度、この地を訪れたことだろう。

本当に、これは殺人なのだろうか？


うとうとと俺はまどろんでいた。陽射しが暖かい。海風の中に春の匂いが混じる。

携帯の呼び出し音。うっとうしいヤツ。今度は何事だ。

白鳥と決めてかかって電話に出ると、藤原さんの慌てた声が聞こえてきた。

「酒井先生から連絡です。小倉さん、緊急手術だそうです」

いっぺんに目が覚めた。明日手術予定のケース33、小倉さん。発作だ。

「すぐ戻ります」

白鳥の悪い予感が的中した。大通りに向かって駆け出しながら、携帯で手術室の酒井を呼び出す。遠くからぱたぱたとスリッパの音が近づいてきて、酒井の声がとび込んできた。

「あ、田口先生でしたか。小倉さんが例の発作を起こしたんです。今から緊急手術になります。さっき入室したばかりで、氷室先生がエピドラ（硬膜外麻酔）を入れている最中です」

「白鳥が、今日は絶対手術しないようにと、念を押していたんだ」

「そんなの無理です。発作ですから。たかが小役人に手術を止める権限はありません」

白鳥にあからさまな敵意を抱く酒井が、聞く耳を持つはずもない。どうやら桐生はまだ手術室に到着していないようだ。

「とにかく執刀開始は待ってくれ。十分以内にそっちに戻るから」

受話器に言い残し、俺はタクシーに向かって手を振った。

車中で国会図書館と合同庁舎の電話番号を調べる。

国会図書館は個人呼び出しには対応しませんと断られる。運を天に任せ、厚生労働省の合同庁舎のダイヤルを押す。たまごっち持つくらいなら、携帯電話持てよ。

たらい回しされ、胡散《うさん》臭そうな身分照会のハードルをいくつか突破、ようやくスターリー・ナイトという食堂の厨房にたどりつく。電話をとったのはシェフのようだ。田口さんって人からゴキちゃんに電話、と遠くに呼びかける声。なんだ、そこでもゴキブリだと思われていたのか。気を遣って損した。何だよもう、こんなとこまで。遠くでぶつぶつ声がした。ぱたぱたと足音。やがて、のんびりした白鳥の声が受話器から聞こえてきた。

「どしたの一体？」

「小倉さんが緊急手術になった」

白鳥が息を呑む。声が裏返り、暴発する。受話器の向こうの貧乏揺すり。

「ダメだよ。絶対止めろ。さっき念押ししたばかりじゃないか。一体何してたんだよ」

「こっちだって今、連絡を受けたばかりなんだ」

白鳥は絶句した。思い直したように、矢のような指示を飛ばす。

「田口先生、手術を止めて。どんな手を使っても構わないから。責任は僕がとる。手術を止めたら、その後は手術室から誰も出すな。それから万が一の時のために、高階先生を控え室に待機させておいて」

無茶な注文のオンパレード。業務量の多さに気が遠くなりそうだ。

「あんたはどうする？」

「タクシーで直行する。タクシー券なら腐るほど持ってるから。一時間でそっちにいく。とにかく心臓を止めさせるな。もう一つ、注意しなければならないのは……」

白鳥の言葉を最後まで聞き取ることができなかった。タクシーが病院のエントランスに滑り込むと、電波状態が不安定になり尻切れトンボで通話が切れてしまった。

タクシー停止。自動ドアが開く。運転手に札を投げ出すと、俺は手術室に駆け出した。


手術室のドアが開ききるのを待ちきれず、細い隙間に自分の身体をねじ込む。

部屋に飛び込むと、眩しい無影灯に照らし出された桐生が、今まさにメスを真一文字に振り下ろそうとしていた。

「桐生先生、待って下さい」

息せき切って言う。桐生のメスが止まった。俺を見る。俺はもう一度繰り返す。

「執刀は待って下さい」

「なぜ？」

乱れた息を整え、一言告げる。

「白鳥調査官からの指示です」

白鳥の名前に、第一手術室がざわめく。桐生は眼をつむり、深々と息を吐く。ゆっくり眼を開き、視線を俺に振り向ける。低く豊かなバリトンが手術室に響く。心に染み入る。

「たとえ昨日の話が真実だとしても、私には小倉さんの心臓を切る力は残されている。白鳥調査官にも田口先生にも、私の手術を中止させる権限はない。この位置についた以上、私がすべてを決定する。今すぐ手術しないと、小倉さんの命は危ない」

桐生の眼が優しく緩む。

「田口先生、信じて下さい。私は患者を救うためだけにメスを握ってきた。これまでも、そしてこれからもずっと。それだけは、誰が何と言おうと変わらない」

地獄を司る魔王のように、桐生はおごそかに言い放つ。メスを一気に振り下ろす。

俺は眼をつむった。

結局、俺には何もできなかった。


心停止液注入、上行大動脈クランプ。心臓停止。心臓が心細げに小さな震えの中で縮こまる。患者の魂は地獄の門のたもとにしゃがみ込む。

手術室の空気が揺れた。顔を上げると、鳴海が覚束《おぼつか》ない足取りで入室してきた。よろけながら必死に術野の高みにたどりつこうとする。昨晩のダメージから立ち直っていないことが一目で見て取れた。

桐生は、鳴海が定位置につくのを待つ。確認し、眼を閉じる。鳴海は俺を見た。それからおずおず心臓に視線を移す。長い沈黙。他のスタッフがいぶかしげに鳴海を見上げる。

鳴海は桐生を見る。桐生は固く眼を閉じ、動きを止めている。天声が降りてくるのを、待っている。ただ待ち続けている。その沈黙は、鳴海の中に少しずつ生気を吹きこむ。

鳴海は蘇生した。徐々に視線の光が増す。息を吸い込むと、ゆっくり吐き出す。

「左心室側壁四十％、前下行枝領域十％の合併切除」

桐生は眼を見開いた。一瞬、鳴海と桐生の視線が交錯した。

「オーケー、いくぞ」

桐生のメスは光の尾を引いて、眼下の心臓に切り込んでいった。

桐生の手技は、いつにも増して華麗だった。障害を抱えている気配を微塵も感じさせない。メスは一切の無駄を廃し、流麗に動いた。圧倒的な技量に、俺は魅入られ縛りつけられていた。余計なことは一切考えられなかった。光の軌跡の残像に見とれ、酔いしれた。

俺は確信した。桐生は、メスを置くことを決意している。

「検体が出るぞ」

桐生が眼を上げ、鳴海を見つめた。

「頼んだぞ」

鳴海がうなずく。彼が部屋を出て行くのを見送った後で、俺は白鳥の指令を思い出す。

すべては、もう遅い。

入れ違いに白鳥が入室してきた。冷ややかな眼で俺を見て、肩をすくめてみせる。俺の隣にすり寄って、ひそひそ声で確認する。

「鳴海先生が出ていったみたいですね。ということは、心筋切除は終わっちゃったんですね」

白鳥の声に、術野がざわめく。俺はうなずく。

「部屋を出入りしたのは、鳴海先生だけでしょうね」

もう一度俺はうなずく。

「今さら何を言っても仕方がないです。但し今からは、この部屋から誰も出ないようにしてもらいましょう」

「もうすぐ手術は終わる。そうしたら、好きなだけ命令すればいい」

桐生は縫合の手を休めることもなく答えた。白鳥が投げやりに呟く。

「それじゃあ遅いんです。もうすぐ、すべてがはっきりします」

人工心肺のモーター音が静かに響いていた。

鳴海が戻ってきた。白鳥の姿を見つけて、ぎょっとして足を止めた。白鳥を見ないようにして術野に近づき、桐生に言った。

「マージン（境界）はオーケー、パーフェクトだったよ、義兄さん」

桐生が眼で笑った。

手術は淡々と進行していく。俺も白鳥も、桐生の最後の舞台を眼に焼きつけようとしているかのように、凝視し続けた。正確に言うと、贅肉の削ぎ落とされた動作の、つきつめられた美しさに魅せられて、視線を外すことができなかったのだ。

やがて桐生は、動きを止めた。術野に眼を落とし続けていた顔を上げると、白鳥と俺を見た。そして自分が支配していた空間に向けて、おごそかに宣言する。

「縫合終了」

「Bravo《ブラヴォー》!」

小さく呟く白鳥。その言葉を耳にして、桐生の眼がわずかに緩む。

「氷室君、羽場君、再環流に入る」

二人がうなずく。

クランプが解除され、心臓への血液の供給が再開する。数分で拍動が再開されるはずだ。そう、そのはずだった。

どこかで見た光景。デジャ・ヴュ。

「体温は」

「三十六度に復旧しています。三分経過」

拍動のない血流が、単調に体内を循環している。

苛立ちと同時に、すべて予期し諦めきっているかのように、桐生が言う。

「氷室君、強心剤を」

「強心剤、ワンショット注入しました」

繰り返される光景。デジャ・ヴュ。

人工心肺の単調なモーター音。時計の秒針が数周するのを待って、桐生が言う。

「カウンターショックの準備」

デジャ・ヴュ。

「その必要はない」

白鳥の声が響いた。どこかで見た風景の繰り返しが、ワイングラスのように砕け散った。

デジャ・ヴュが砕けた。


桐生が顔を上げる。白鳥は言う。

「小倉さんは、もうこっちの世界には戻ってこられません。さっき、心臓を止めた瞬間にすべては終わってしまったんです」

「今日の手術はパーフェクトだった」

崩れ落ちそうになる身体をかろうじて支え、桐生が声を絞り出す。

「生まれて初めて、パーフェクトと言うことができるオペだった……」

「うん、僕もそう思います。素晴らしい手術でした」

「だったら、なぜ?」

「仕方ないんです。すべては終わってしまっているんですよ、桐生先生」

単調なモーター音。心臓はぴくりともしない。

「カウンターショック、しないと」

氷室が術野に向かって声をかける。桐生がうつろな眼で氷室を見る。桐生の中に巣喰う、深く白い闇が手術室を浸食していく。白鳥が未練を断ち切る。

「無駄ですってば」

「どうしろって言うんだ。どうすればいいんだ」

鳴海がうめく。

「解剖をお願いして下さい」

白鳥が言った。即座に鳴海が答える。

「それは無理だ。その意見には賛成したいけど、やっぱり不可能だ」

「確かに解剖は難しいです。でもエー・アイ（Ai）なら大丈夫。それではっきりします」

「エー・アイ（Ai）?」

怪訝なそうな視線が、一斉に白鳥に集中した。

17章
オートプシー・イメージング（Ai）

2月27日水曜日　午後3時　2F・MRI画像診断室

「そう、オートプシー・イメージングの頭文字をとって、エー・アイ（Ai）。オートプシーは剖検。イメージングは画像診断。直訳すると剖検画像」

「死亡時画像病理診断……」

鳴海が呟く。白鳥が語尾を引き取る。

「ご存じでしたか」

「ええ、概念だけは」

「一体何なんだ、オートプシー・イメージングって」

桐生が尋ねる。白鳥が答える。

「オートプシー・イメージングは死体に対する画像診断です。ですから遺体を傷つけません。解剖よりも承諾をもらうのは簡単です。もしオートプシー・イメージングで所見が見つかれば、その時には改めて解剖をお願いすることもできます。解剖と並ぶ、死亡時医学検索の方法の一つです。まだ一般化していませんが、一般人にもすぐ理解できます。死体を画像診断すれば、身体の表面から観察する検視よりもいろいろわかるなんて、素人だってわかるでしょ」

「そんな検査、聞いたことがない。施行して大丈夫なのか？」

桐生の問いに、鳴海が答える。

「法律上は問題ないと言われているはず」

「病理学会でも認められています。わが厚生労働省のお墨付きもある。心配ないです」

白鳥が付け加える。羽場が苛立ったように白鳥に嚙みつく。

「死体を、普通の人が診断される機械で撮影するなんて不見識だ」

「解剖するかしないかの重要な判断材料です。死んだとたん、患者をモノ扱いするんですか？」

白鳥が羽場の言葉を反射的に打ち返す。羽場は虚を衝かれたように目を見開く。桐生が尋ねる。

「放射線技師長が何と言うか」

「それは高階病院長にお願いしてあります」

白鳥は、外回りの看護師を呼びつける。

「高階病院長がカンファレンスルームにいらっしゃるから、お呼びしてきて」

張りつめた空気からはじき出されるように、看護師は勢いよくドアの外に飛び出した。


蒼白な顔をして、高階病院長が入ってきた。

「桐生君、一体何が起こったんですか？」

「申し訳ありません。私にも何が何だか、さっぱりわからないんです」

白鳥が口を挟む。

「高階先生、いくら桐生先生を問いつめても、何も出てきませんよ。今、何よりも大切なことは、死亡時医学検索をきちんと行うことです。技師長は説得してくれましたか？」

「先ほど頼まれた通り、放射線科の新垣教授と井川技師長には死体画像撮影を行う特別オーダーをしました。画像診断セクションのフロアの人払いもお願いしてあります」

「今回はＭＲＩ（磁気共鳴画像）だけで十分でしょう」

「待ってくれ。まだ術死と決まったわけではない」

桐生が叫ぶ。

「桐生先生、もうおわかりのはずです。これ以上、頑張っても無駄なんです」

引導を渡すように、白鳥がぴしゃりと言った。

やり取りを聞いていた高階病院長が決断する。

「桐生君、諦めよう。ここは、白鳥君の言葉を信じてみよう。エー・アイ（Ai）がきっと、すべてを明らかにしてくれるはずだ」

桐生は、つっかえ棒が外れたように、膝から崩れ落ちる。

魂が抜けたようになってしまった桐生に代わり、垣谷の指示により人工心肺が止められた。垣谷と酒井の手で術創が縫合されていく。

第一手術室には白鳥の指示する声だけが響いている。

「ＭＲＩを撮影しますから、縫合には金具を使わないで下さい。高階先生は小倉さんのご家族からオートプシー・イメージングの承諾をもらって下さい。氷室先生と羽場さんは遺体搬送。汚染防止のため滅菌布で遺体をくるんで。他の人は、遺体と一緒に画像診断セクションへ移動して下さい」

氷室は、何か言いたげに白鳥を見た。だが何も言わずにそのまま視線を落とし抜管、それから点滴ライン抜去を始めた。いつもと異なる空気の中で、手術室は活動を再開した。その中で、桐生と鳴海だけが彫像のように動かない。

「あの、私も一緒にいかなければいけませんか？」

おずおずと、大友看護師が質問する。瞬間、白鳥は自分の身体を激しく揺する。

「ちゃんと人の話を聞いててね。全員って言ったでしょ？　いいかい、この中に人殺しがいるかも知れないんだ。画像診断室にいく間にフケたりしたら、その時は容疑者として拘束するからね」

白鳥の脅し文句に、大友さんは眼を見開いた。周りでスタッフが凍りつく。

白鳥と大友さんは、とことん相性が悪いらしい。


滅菌布にくるまれた遺体が、スタッフの人垣に包まれて葬列のように進む。遺体を囲む人たちは、さっきの白鳥の「人殺し」という言葉に呪縛され、感情を喪失している。

からからと乾いた車輪音を響かせて、ストレッチャーは進む。

白鳥が俺にすり寄ってきて、皆に聞こえるように大声で話しかける。

「田口センセ、誰かがこの集団を離れようとしたら、一緒についていって下さい。絶対、一人きりにはしないようにね」

俺は小さくうなずく。酒井がおびえたように俺を見る。

普段なら患者やスタッフで混み合う画像診断セクションだが、今は人影がない。廃墟に生き残った井川技師長と数人の技師が、物言わぬストレッチャーを出迎える。

高階病院長が、駆け足で葬列に追いついてくる。

「オートプシー・イメージングの承諾はいただきました。御家族は控え室に待機しています」

小倉さんの遺体をＭＲＩの台に乗せるため、みんなで力を合わせた。機械音とともに、巨大な筒に呑み込まれていく。勢揃いしたバチスタ・スタッフは、思い思いの姿勢で、潜水艦の操舵室のようなモニタ群と、遺体を呑み込んだ敵艦をかわるがわる眺めていた。

「フィールドはどのように設定しますか？」

井川技師長の質問に、白鳥が即答する。

「おそらく体幹部は無関係だから、頭部から頸部、肺尖部の高さまで含むワイドビューで設定。冠状断撮像でお願いします」

「Ｔ１、Ｔ２の他には？」

「それで十分です。多分、Ｔ２強調だけでケリがつきます」

井川技師長が条件設定を入力していく。

「それでは、Ｔ２強調画像から開始します」

ボタンを押すと、カンカンカンと甲板をバットで叩いているような規則的な検査音が、鳴り響き始めた。

高階病院長が苛立ったように言う。

「何も出てこないじゃないか」

「画像描出の計算に時間がかかるんです」

井川放射線技師長がなだめる。高階病院長は黙り込む。病院長の世代にとっては、ＭＲＩは異形の検査だ。とんちんかんなことを言っても、平然としている。

緑色の輝線がモニタ画面をなめる。輝線が通過すると、突然モニタ上にモノクロのデスマスクが浮かび上がった。一瞬息を呑んだ。

「頭部冠状断像、浅層ではこういう像が出るんです」

みんなのおびえた気配を察知して、白鳥が説明する。その言葉の余韻の中、小倉さんの顔は、無表情にじっと俺たちを見つめ続ける。緑の輝線が再び画面をなめると、その姿はかき消された。

俺は小さくため息をついた。

身体の中心部へ、磁気パルスが潜行していく。

「あれ？」

始めに声を出したのは、酒井だった。

「大脳が浮腫っぽくないですか？」

よく見ると、確かに大脳の腫脹が強いような感じがした。桐生が答える。

「確かにかなり腫れているように見えるね」

「それは、脳出血ということですか？」

高階病院長の質問に桐生は呟く。

「いえ、脳出血はなさそうです。でも、本当に随分浮腫が強いな。大脳ヘルニアかも……。一体、原因は何だ？」

モニタ上をさらに数回、緑の輝線が往復した。カンナをかけるように磁気のメスが次第に身体を深部へ削り込んでいく。

唐突に垣谷が大声を上げた。

「何だ、こりゃあ？」

全員の眼がモニタに集中する。そこには、今まで見たこともない画像が展開していた。

頸部脊椎から脳幹部下部にかけて、脊椎の内腔が真白に塗りつぶされていた。

「出血か？　いや、外傷？　こんな像、見たことがない」

技師長が呟く。白鳥がその言葉を引き取る。

「やっぱりね」

独り言のように呟く白鳥。その視線は空間を、何かを求めているようにさまよう。

「脊髄腔への劇薬注入による出血変性……」

「どういうことかね？」

高階病院長がもどかしげに白鳥に尋ねる。その言葉が、彼岸をさまよっていた白鳥の魂を現世に引き戻す。我に返ったように白鳥の視点の焦点が合う。ゆっくりと、ひとりひとりの表情を確かめるように、視線を絡め見つめていく。俺の眼を捉え、かすかにうなずいた。それから視線は俺から離れ、隣に立ちすくむ人間の上でぴたりと動きを停止する。ロック・オン。

白鳥が、おごそかに宣告する。

「この中に、脳幹部近傍に劇薬を注入して患者を殺したヤツがいる。脳幹部近傍へのルートは、硬膜外麻酔《エピドラ》チューブを深く挿入すれば確保できる。衆人環視の中、そんなチューブを入れてルートを確保し、劇薬を注入できるヤツはただ一人。そいつは毒薬を手に持っても怪しまれない。術中にエピドラチューブをいじっていても見咎められない。そんなヤツは一人だけ」

視線の照準を合わせたまま、白鳥の指がトリガーを引く。

「それは……お前だ」

白鳥の指先の延長線上には、白く青ざめた顔があった。

麻酔医、氷室貢一郎だった。

18章 ロシアン・ルーレット

2月27日水曜日　午後3時45分　2F・手術室

画像検査室は音もなく静まり返った。

「まさか……氷室君、まさか、君が……」

呟く桐生。氷室はうつむく。時計が止まる。

次の瞬間、白鳥の声が時を解凍した。

「高階病院長、指示をお願いします」

我に返った高階病院長の指示は迅速だった。

「病院長権限で緊急事態宣言を発動します。全員、通常業務を離脱、私の指揮下に入って下さい。以下の指示は最優先事項です。手術室麻酔科科長室を臨時本部に設定します。桐生君と白鳥調査官は私と一緒に来て下さい。垣谷君は手術室の責任者。羽場君と二人で、手術室スタッフの動揺を抑えて下さい。多少の情報は出して構いません。鳴海君に警察対応を含む司法解剖関連を一任します。法医の笹井教授と相談、対応して下さい。酒井君は黒崎教授を、大友君は松井総看護師長を、羽場君は麻酔科の田中教授を本部に呼んで来て下さい。以上、大至急です」

病院長の指示を受けたスタッフは、一斉にドアを飛び出していった。残された氷室と俺に向かい、最後の指示を出す。

「田口君は氷室君に付き添って、手術室カンファレンスルームで待機。田口君、氷室君から絶対に眼を離さないように。いいですか、一瞬たりとも眼を離さないこと」

氷室を連れていこうとする俺の腕を引っ張って、白鳥が小さく耳打ちをした。

「こんなヤツ、殺しちゃえよ」


氷室の腕をとり、引きずるようにして手術室に戻る。検査室から手術室までの道のりは、永遠にたどりつかないのではないかと感じられるほど遠かった。小柄な氷室の身体はセミの抜け殻のように軽かった。

手術室の外では、喧噪が渦巻いていた。普段のこの時間帯ならば、人影がまばらな手術室の受付に、看護師や麻酔医、他科の医師が大勢集まっていた。みんな思い思いに言葉を発している。秩序と静寂が基本の手術室には、存在してはならない光景だった。

騒ぎの中心では、垣谷と羽場が懸命に喧噪を鎮めようとしていた。垣谷は派手なバンダナで拳を包んで振り回す。その都度、集団は不定形に形状を変え、彼らを体外に排出しようとする。

氷室と俺がたどりつく。大きく見開かれた眼、眼、眼。無言の防御線が、崩れ落ちそうな砦を必死に守る。その中から、羽場が一歩足を踏み出して近づいてくる。

自動扉が開く。俺は氷室をカンファレンスルームに投げ込む。土足だったが、誰も制止しようとはしなかった。ドアが閉まる。部屋の外では喧噪が再び噴出し始めた。けれども、俺たちにとって、それは異国の市場のざわめきのようなものだった。

その喧噪も、氷室と向き合うと徐々に消えていく。二人は静寂に包まれ、対峙する。

「とうとう、ばれちゃったな」

氷室はうっすらと笑う。

「なぜ、こんなことを……」

メルトダウン寸前の俺は、ようやく言葉を絞り出す。感情が渦巻く中、言葉は輪郭を失い、俺はバランスを崩す。対照的に、氷室は冷え冷えと、そして冴え冴えとしていく。

「なぜ、こんなことをしたのか、ですね？」

俺はうなずく。氷室は言葉をつむぐ。

「なぜ、こんなことをしてはいけないのですか？」

「なぜ？　当たり前だろう」

脱出口を指し示され、渦巻いていた感情が一気に溢れ、俺は激する。

「当たり前？　何が当たり前？」

激する俺と反比例するかのように、氷室の体温は徐々に低下していく。

「僕は、実験が終わると殺されてしまうイヌたちの面倒を見ています。バチスタだって同じ。手術という実験が終わったから、命を奪っただけです」

「手術を実験だと言うのか？」

「似たようなものでしょう」

「人と犬は違う」

「どこが違うんですか。僕たちは医学の進歩のために、イヌの命を奪う。ヒトの命だって同じことでしょう？

命を奪うことは自然です。命は奪われるために存在するのだから。誰でも、他の命を喰い殺して生きている。ヒトの命を奪うことだって自然の営み。

僕が面倒を見ているイヌは、尻尾をぱたぱた振りながら、僕にすり寄ってくる。イヌは可愛い。だけど僕はそのイヌを殺す。医学の進歩という大義名分の名の下に。僕にとってヒトは、隣を通り過ぎる見知らぬ物体と同じ。感情移入はしない。可愛いイヌさえ殺せるのだから、ヒトを殺す時には別に何も感じない」

かつて俺の手が奪ったマウスの命、その断末魔の震えが一瞬甦る。氷室の瞳の奥に広がる闇。それをのぞき込むと、自分の瞳をのぞき込んでいるのではないか、という錯覚に囚われる。胸が押し潰され、息を吸うのが辛い。恐怖を打ち消すように、声を張り上げる。

「俺たちは、命を救うために仕事してきたんじゃないのか」

かすれた俺の声に、氷室はからりと笑った。

「先生は、本気でご自分が命を救っているとでも言うんですか？　田口先生だって僕と同じ。病院といういびつな生命体の排泄行為を代行しているだけですよ。ヒトのためでなく、自分や組織を維持するために働いているだけです」

俺は、急所を衝かれて黙り込む。心の一部が、氷室に共振し始める。

懸命に自分を立て直そうとする俺に、氷室は追い打ちをかける。

「まさか田口先生の口から、ヒトの命を救うための仕事、なんてまっすぐなセリフが出てくるとは思いもしませんでした。何だかがっかりだなあ」

氷室と俺の間には深淵が口をあけている。理解するために歩み寄ろうとすれば、どちらかが呑み込まれる。仕方なく俺は、二人が仰ぎ見る星について語る。

氷室の座標からは、桐生はどう見えているのだろうか。

「君は、桐生さんを尊敬していたんじゃないのか」

「桐生さんね。確かにあの人は素晴らしい。一人で世界に対峙し闘いを挑んでいる。かっこいいですよ。でも、」

氷室は淋しそうな表情を浮かべた。

「桐生さんには、きっとわからない。相容れない考え方も世の中にはあるんだ」

氷室は小さく呟き込んだ。

「死は、特別なものじゃない。あちこちの街角にごろごろしている。

ヒトは死ぬ。そこに意味はない。ただ、死ぬ。遅いか、早いかの違いがあるだけ。

病に倒れるということは、無に還れという天からの指令です。それをヒトの力でねじまげようとする方が傲慢だ」

氷室の論理を幼稚で自己中心的だと非難するのは簡単だ。しかし、自己完結してしまった精神に、俺の言葉は届かない。それでも俺は氷室に、自分の言葉を投げかけ続けなければならない。

何故だかわからないが、俺はそう思った。俺は氷室にしがみつく。

「そんなヤツには、医師の資格はない」

「そうですね。でも、それを言うなら、本当に医者の資格を持っているヤツがいるか、と問うことの方が先でしょう。確かに桐生さんには資格があるでしょう。けれど大部分のヤツは、食っていくために医者をやっている。ヒトのためだと思っている医者なんて、本当にいるんですかね」

「それとこれとは話が違う。君がやったことは殺人だ」

「そうですね。まあ、おっしゃる通りです」

「人間を殺しても平気なのか？　どうしてそんな風になってしまったんだ？」

「僕は、昔からちっとも変わってはいません」

「ずっと人殺しだったと言うのか？」

「心の中では、そうだったのかも知れませんね。でもね、ヒト殺しの資質を持つヒトなんて、田口先生が考えているほど珍しい存在ではないんです。

普通のヒトがヒト殺しをしないのは、単にチャンスと勇気がないだけ。もし、眼の前に機会があれば、誰でも普通にヒトを殺してしまうんです。その証拠に、殺人事件はあちこちで毎日起こっているじゃないですか。

彼らは時として、実に他愛もない理由でヒトを殺す。必要なのは、合理的で強力な動機なんかじゃない。ほんの少しだけ背中を押してくれる、ささやかなきっかけなんです。それさえあれば、ヒトはたやすくヒトを殺してしまう。

それは、当たり前のことなんです。だって、ヒトは何かを殺さなければ生きていけない生き物なんですから。僕から見れば、ヒトの命を守るために死に物狂いで努力できる、桐生さんの方がよっぽど異常人格に見える」

二人の間に、冷たい風が吹き抜けた。俺は改めて問い直す。

「だからといって、患者を殺すことは許されない」

「まあ、田口先生からすれば、そう言うしかないですよね。それなら、言い方を変えてみましょうか。僕は退屈だったんです。退屈なのに義務だけは膨大だ。僕にだって娯楽は必要です」

「娯楽のために患者を殺したのか？」

氷室がうなずくのを見て、俺の全身の力が抜けていく。

「田口先生は誤解している。僕がこの娯楽を始めたのは、ケース30からです。30、32、そして今日のケース33、この三件です。もっとも、これで打ち止めですけど……」

「それならケース27の高田さんは？　29の田中さんは？　二人はなぜ死んだんだ？」

「その二例は、僕の行ったヒト殺しではなくて、そのきっかけです。

記念すべき術死第一例目、ケース27はおそらく桐生先生の手術ミス、あるいは偶然の不運だと思います。どこにミスがあったのかはわかりませんが。代わったばかりの大友さんと呼吸が合わなかったのが原因でしょう。大友さんは技術は高いけれど、トラブルになるとパニックを起こして、抑えがきかなくなるんです。それに引きずられて桐生先生がドジったんだと直感しました。桐生先生はあの頃体調が悪そうでしたから。偶然の不運だったか、桐生先生の手術ミスか。どちらかは定かではありませんが、とにかくあの件は僕は無関係です。

ケース27はまるでお祭りのようでした。幸か不幸か、それまで僕は術死に立ち会ったことがなかった。だから術死があんなにわくわくするものだなんて全然知らなかった。突然巻き起こった大騒ぎ。見慣れた人たちが普段と全く違う表情を見せる。右往左往。怒声。御神輿《おみこし》を担いでいる真只中。予定調和の鏡の世界を叩き割る、ル・カルナバル……その中で僕は……楽しかった。

直後に成功したケース28では改めて、通常業務の単調さと退屈さを思い知らされました。一度開放感を味わった僕は、もう昔には戻れなかった。一度気づいてしまったらもう、あの退屈な牢獄にはもう耐えられない」

コイツの唇はこんなに赤かっただろうか。氷室を紋白蝶やカブトムシに見立てたこともあったが、今は違う。

小さな白い毒蛇。その言葉は赤く閃く細い舌。

こほこほという咳き込み。聞こえ始めるかすかな虎落笛《もがりぶえ》。

「術死第二例目、ケース29は僕の医療ミスです。あの日、僕の中では術死の興奮の余韻と、次に成功した手術の退屈さが、光と影のように綾を成していました。本当は成功例が光になるはずなのに、僕の中ではネガフィルムのように光と影が反転していた。そうした自分の気持ちに気を取られ、僕は手技に集中できず、ひどく散漫な気持ちで麻酔をかけていました。

あの日は始めから変でした。気がついたら硬膜外チューブをいつもより深く挿入していました。テープを固定した後に気づきました。ただ、エピドラを使わなければ支障ないので放置しました。手術の途中でチューブを抜く方がはるかに危険です。計算すると、挿入チューブの先端は大脳の近傍、脳幹下端に届いていることがわかりました。

悪いことは重なるものです。術野では、看護師交代の不協和音の余波が増幅されていました。チームの雰囲気も荒れていた。そのせいにするわけではありませんが、全く影響がなかったとも思えません。そんな中、僕は重大なミスを犯した。うっかり、エピドラからマーカインの代わりに純エタノールを大量に注入してしまったのです」

氷室は苦しげに息をつぐ。

「なぜそんなことをしてしまったのか、覚えていません。でもきっと、ミスが起こる時なんて、そんなものなのでしょう。僕は自分のミスに気づいた後、必死に平静を装いました。さりげなく振る舞いながらも、頭の中はそのことでいっぱいでした。きっと大変なことになる。あるいは何も起こらないか。わずかな希望にすがりつきました。僕の気持ちは切りもみ飛行をしていました。手術が終了し心臓が再鼓動しなかった時、眼の前は真暗になりました。僕のキャリアは終わった。

そう思いました。

ところが驚いたことに、僕は無事でした。疑われさえしませんでした。おまけに僕の眼の前では再び、あの極彩色のフェスタが再現されました。あの時のジェットコースター気分は、今でも忘れられません」

「それをまた味わいたくて、同じことを繰り返したのか」

氷室は俺の問いに答える代わりに、激しく咳込んだ。それから息を整え、続けた。

「硬膜外チューブに投与する薬剤には看護師のチェックは入りません。大きい瓶ですからミスは起こりにくいし、血中投与でないのでリスクが低いからです。うちでは危険防止マニュアルの対象からも外れていますし、状況に応じて不規則に使うので麻酔医が自分で対応します。だからこそ起こってしまったミスですし、だからこそ発見されなかったミスなのです。薬剤を投与しても、影響は血液から検出されないということにも気づきました。つまり血液データのチェックの網の目もかいくぐれるのです。その時、僕の中で何かがはじけ散りました。

僕は興奮しました。決定権は自分の手の中。しかも自分は疑われることのない安全地帯にいる。イヌを殺すより手間がかからない。僕にはもう、歯止めがかかりませんでした。

術死第三例目以降の三例が、僕が犯したヒト殺しです。どうせならミスではなくきちんと殺そう。そう考えて水酸化ナトリウムを使うことにしました。無色透明で無臭、実験室で簡単に手に入るからです。

マーカインの空瓶に自分で調合した毒液をつめて、ポケットに忍ばせる。水酸化ナトリウムは水に溶かすとほんのりと発熱する。なま暖かいビンをポケットの中で弄びながら、僕は堂々と毒薬を手術室に持ち込む。あの時の気絶しそうな興奮は忘れられません」

氷室のポケットは、今もディスポーザブルの注射シリンジで膨れ上がっている。この中に紛れ込ませれば、薬品を手術室に持ち込むことはたやすいだろう。それに、麻酔医は手術が始まるずっと前から手術室を出入りするので、機会には恵まれている。見咎められたとしても、普段から薬剤を持ち歩いているので言い抜けも簡単だ。

「エピドラ・ラインから脳幹部近傍に劇薬を注入すれば、患者が確実に死亡することが偶然わかった。しかもその行為は露見することがない。これは完全犯罪ですよね」

「そんなこと、解剖すれば一発でわかる」

氷室はうっすら笑った。

「そりゃそうです。でも、現実には解剖はできないんです。心臓を止めて手術し、再鼓動しなければ、誰でも手術の失敗だと思う。そんな中、他に原因があるかも知れないからと、遺族に解剖をお願いできますか。そんなことをしたら自分の手術ミスが明らかになり、ヤブヘビになる可能性もある。だから外科医は、解剖を強くお願いしないんです。実際、論理的でクールなあの桐生先生でさえ、鳴海先生がどれほど強く勧めても、解剖しようなんて考えようともしなかった」

白鳥の挑発に対し、鳴海と桐生が同じ論理で喰ってかかっていたことを思い出す。

「医療システムと医療人の心理が作り上げた密室」という白鳥の言葉が鮮やかによみがえる。

ヤツの直感は、正しかった。


俺はふと気づいた。

術死をフェスタと言うのなら、少年兵士アガピ君の手術を成功させたのはなぜだろう。あれほど華やかな舞台設定は二度とないだろう。俺の視線を怖れて自重したとも思えない。頭の中でバチスタ・リストを並べる。二人の小児症例がDカルテから虫食いのように抜け落ちていたことを思い出す。その双子星の光芒にひとかけらの救いを求め、俺は疑問を氷室にぶつけた。

「そういえば、子供には術死がなかったな。未来がある子供だから殺さなかったのか」

「子供にはエピドラを入れませんからね。殺せなかっただけですよ」

氷室はあっさり俺を振り払う。俺の中で何かが潰《つい》えた。全身の力が抜けていく。

氷室は淡々と言葉を紡ぐ。その中に丹念に毒を織り込みながら。俺に残された手立てはもう、氷室の告白を聞き遂げるだけだ。それは俺の義務であり、責任である気がした。俺の仕事は聞き遂げること、ただそれだけなのだから。医学という学問と医療という人間の営みの狭間に産み落とされた、氷室という怪物の告白を聞き遂げなければ、俺たちは医療の未来を失ってしまうのではないか、という予感がした。氷室が呟く。

「それにしても、白鳥さんの出現は誤算でした。オートプシー・イメージングなんて検査、見たことも聞いたこともなかった」

「知っていたら、止めていたのか？」

「多分ね。でも実際にどうしたかは、その場になってみなければわからないけど」

俺は無力感に滑り落ちそうになる。最後の力を振り絞り、氷室という滑らかな斜面にハーケンを突き立てる。

「白鳥がいる間だけでも自重しようとは思わなかったのか？　ヤツはずっとここに張り付いているわけにもいかない。少し我慢すればヤツは必ずいなくなる。ほとぼりがさめた頃再開すればよかったんだ。なぜリスクを冒してまで、白鳥の眼の前で強行したんだ？」

「それは……」

氷室は一段と激しく咳き込んだ。喘鳴が強い。風切り音が俺の耳まで届いてくる。

「……ちょっと失礼」

氷室は赤いケースから錠剤を取り出し、口の中に放り込む。滑らかで自然な動作。ケースの赤さが目にひっかかる。

「白鳥さんの、いかにも何でもわかり切っている、という顔が歪むのを、もう一度見てみたかったからかな……」

そう言ってから、遠い眼をして呟くように言う。

「……いや、やっぱり違うな。きっと、誰かに止めてもらいたかったのかも」

氷室は、俺を見てかすかに笑った。素直な笑顔だった。

難関を突破したかのような安堵感が、氷室を包んでいた。

「願い通り、止まったじゃないか。もう十分だろう」

「ええ、止められてしまいました。僕は、自分の手でこのゲームに終止符を打とうと思っていました。ゲームを始めた時から思っていた。このゲームが終わる時、きっと僕は死ぬんだろうな、とね」

嫌な予感が首筋を走る。同時に俺は、過去の映像をカット・バックする。そういえば普段、氷室が喘息薬を入れていたケースの色は白かった。

錠剤を口にしたのに、氷室の喘鳴は収まらない。

「このゲームを止めるのは、田口先生だろうとずっと思っていた。この病院で先生だけは、他の人があっさり切り捨ててしまうものに気持ちを向ける人だったから。それなら僕も心おきなくゲームを終えることができた。

それなのに、あんな下品でめちゃくちゃな役人が突然やってきて、訳がわからないうちに全部見透かされてしまうなんて、僕にはとても我慢ができない」

氷室は再び赤いケースを取り出した。ケースを振る。からからと乾いた錠剤の音。

「この中には、中身をくりぬいて青酸カリを入れた錠剤が入れてありました」

微量でも触れれば、瞬時に命を奪う劇薬。俺の視線は赤いケースに釘付けになった。

「このゲームを始めてから、肌身離さず持ち歩いていました。ただ、毒入りの錠剤だけにすると、ケースを持ち歩いているだけで気分が悪くなってしまうんです。だから普通の錠剤も一錠入れておいて、発散される毒気を薄めていました。たとえどちらが青酸カリ入りかわからなくなったとしても、両方飲めば済むことですから。

ついにその時が来ました。そして僕は錠剤を口にした。でも、発作の時のクセでうっかり、一錠しか口に入れなかった。瞬間、しまった、と思いました。でもすぐに、これは間違いではない、とわかりました」

氷室は写真撮影の時の笑顔のように、いーっと口を広げてみせる。白い錠剤が糸切り歯に挟まれている。氷室は唇を閉じる。

吐き出させなければ。念じるが、足が動かない。

「つまり、こいつが毒入りである確率は二分の一」

「それがどうした」

「白鳥さんがぐちゃぐちゃにしたのでなければ、僕は赤いケースの錠剤を二つとも口に入れ、ためらわずに嚙み砕いたでしょう。でも今、口の中には一錠だけ。これは何を意味するのでしょう？」

知るか、そんなこと。俺は首を横に振る。氷室は言う。

「これは天意です。僕は天に訊いてみたい。僕が間違えていたのかどうか。これがカリなら僕は死ぬ。そうでなければ、僕は生きる」

言い終わると、氷室はにっと笑って、錠剤を一気に嚙み砕く。

「やめろ」

叫ぶと同時に、俺は氷室の呪縛から解き放たれた。低い体勢からタックルする。氷室の身体は真後ろにひっくりかえる。外で聞き耳をたてていた羽場がドアを蹴り開けた。大勢の身体と怒声が、濁流のように室内をもみくちゃにした。濁流に溺れそうになりながら、俺は氷室の手から赤いピル・ケースをむしり取る。

フルコンタクトのスクラムが均衡に到達し、乱雑だった場が徐々に秩序を取り戻し始める。俺と氷室の上に重なり合った重石が、ひとつずつ人間に復帰する。最後に俺が、氷室から身体を引き離して立ち上がる。

俺は氷室を見下ろした。

氷室は右肘の内側で眼を覆い、仰向けに倒れていた。嚙み砕かれた錠剤のかけらが唾液と共に口の端から流れ落ちる。

間に合わなかった、のか。


小さな笑い声がした。笑い声は次第に大きくなっていく。

氷室は腕をだらんと垂らした。ぽっかり見開かれた眼が、見下ろす俺の視線を捉えた。視線を切らずに、そのままゆっくり上半身を起こす。

「バカバカしい。これが、天意か？」

呟くと、口の端をぬぐう。俺の手にある、赤いケースを見つめる。

これでよかったのか？

「バカバカしいが、これが天意か」

氷室はもう一度呟いた。周囲をゆっくり見回す。小柄な身体にまとわりつく大勢の視線の束をぶった切り、氷室は俺をまっすぐ見上げる。

「僕は生きることになった。田口先生、後悔するよ」

「せいぜい、牢屋でほざいてろ」

俺は吐き捨てた。俺たちは睨み合ったまま、微動もしなかった。

俺と氷室を囲んでいた人垣が割れた。高階病院長と白鳥が駆け込んできた。白鳥は俺を見つめ、それから氷室を見て、ぼそりと吐き捨てる。

「バカだなあ。殺しちゃえばよかったんです、こんなヤツ」

氷室は白鳥に切り返す。

「あんたの言う通りだよ。だけど残念だね、ゲームは終わらなかった」

白鳥は氷室を冷ややかに見つめる。

「僕は田口センセほど甘くない。きっちりお前を潰してやるよ」

氷室は晴れやかに笑った。

「やれるものならやってみな」

白鳥の背後から警官が二人現れた。氷室の両腕を摑んで、立ち上がらせる。

氷室はのろのろと立ち上がると、身体についたほこりを払った。

俺の眼をじっと見つめて、もう一度氷室は言った。

「本当に馬鹿だよね。後悔するよ」

語尾を封印するように、冷たい金属音が響く。氷室の手首に銀の腕輪が飾られた。

遠くから微かなサイレンが聞こえてきた。ファンファーレのようだ。サイレンは次第に大きくなると、やがてぴたりとやんだ。一瞬、深い静寂が世界を包み込んだ。

＊

後日、科学捜査研究所から、高階病院長の手許に一通の鑑定結果が届けられた。

赤いケースに残された錠剤から、シアン化カリウムが検出されたということだ。

第三部　ホログラフ　幻想の城

19章 敗戦処理

2月28日木曜日　午前9時　2F・大講堂

それから数日間、世の耳目は東城大学医学部付属病院に集中した。連日、執拗な報道攻勢が続いた。マスコミは、どんな些細な情報でも貪欲に電波に載せた。氷室だけではなく、多くのスタッフがさらし者にされた。俺もその一人だった。

氷室が連行された後、スタッフ全員は警察の事情聴取を受けた。鳴海は例外で、司法解剖を手伝いながら、病院で事情聴取された。オートプシー・イメージング（Ai）で得られた情報を、司法担当者に伝える役割を果たさなければならなかったからだ。

警官に引っ張られていく俺の耳許で、高階病院長が囁いた。

「申し訳ありませんが、田口先生には生け贄の子羊になってもらいます。まあ、悪いようにはしませんから」

高階病院長の言葉が何を意味しているのか、混乱の中で、その時にはよく理解できなかった。深夜まで続けられた事情聴取の中で、俺はその言葉をすっかり忘れていた。

事情聴取は苛烈だった。俺が患者を殺したのではないかと錯覚するほどだった。厳しい取り調べに、うわの空で応対しながら俺は自問し続けた。

小倉さんを殺したのは、俺ではなかったか。

俺は、同じ建物の中にいる氷室のことをちらりと考えた。ヤツは今、固く閉ざした貝殻の奥で、俺の声にじっと耳をすましている。俺は、確信していた。


事情聴取から解放され下宿に帰ると、万年床の布団になだれ込んだ。時計は午前零時を回っている。テレビをつけたがニュースは終了していた。お笑い芸人と引退したての野球選手がサッカーをしていた。シュールな心もちになった俺は、スイッチを切った。

見計らったかのように携帯電話が鳴る。高階病院長だった。

「かなり絞られたようですね」

受話器の向こうに、高階病院長のニヤニヤした笑顔が浮かぶ。

「ええ、まあ」

「ご苦労さまでした。明朝八時、病院の車を回します。迎えが部屋までいきますから、それまでは絶対外に出ないで下さい。あと、朝の情報番組は見ておいて下さい」

「何が起こるんですか？」

「明日になればわかります。何か質問されたら、一言『残念です』とでも答えておいて下さい」

訳がわからないまま、了解した。今の俺には長すぎるセリフ。覚えていられるだろうか。復唱の暇もなく布団に潜り込む。泥亀のように眠った。


翌朝、激しいノックで眠りを破られた。

「サクラテレビです。田口先生、いらっしゃるんでしょう？　一言お願いします」

耳をすますと、かすかにアナウンサー実況の声が聞こえた。重い身体をなじんだ万年床からひきはがすと、ぼんやりした頭のまま反射的にテレビのスイッチを入れる。

「田口講師のお部屋からはお返事がないようです」

「なるほど、わかりました。引き続き取材を続けて下さい」

瞬間、ドアの外の雑音と、画面のバックサウンドがシンクロした。冷や水を浴びせられたように、いきなり目が覚める。チャンネルを回す。

高階病院長の斜め上の角度からのアップ。

「つまり、こうした問題をいち早く認識したのは田口講師だった、ということですね？」

いきなり公共電波から自分の名前が呼ばれて仰天した。何だ？　何があったんだ？

「そうです。田口講師はリスクマネジメント委員会招集を提案したのですが、私が見送りました。そのため彼は独断で、桐生チームの監査を開始してしまったのです。私に報告せずに行われた一連の調査は越権行為であり、大変遺憾です」

たたみかけるような質問が、一斉に高階病院長に襲いかかる。

「遺憾という言葉の使い方を間違っているのではないか」「対応すべきことをしなかった上の者が、自分のことを棚に上げて、有志の部下を責めるのはおかしい」「責任を感じているのか」「内部の危惧を汲み取るという点に関して、配慮が足りなかったのでは」

聞き取れるだけでも、ものすごい数だ。聞き取れないうなりのような分を含めたら、どれほどになるのだろう。チャンネルを回す。

「氷室講師が、面倒をみていた犬たちです」

アップ。カメラに向かって吼える犬。しっぽを振る犬。罪のないまなざし。

チャンネルを回す。キャスターが身振りを交えて語る。

「それでは昨晩行われた、東城大学付属病院首脳陣の記者会見を振り返ってみます」

〝栄光のチーム・バチスタ崩壊〟というあおり文句が流れる。続いて、フラッシュが焚かれる中、高階病院長を含めた病院の幹部クラスが頭を下げている場面。

チャンネルを回す。過去のインタビュー。喜色満面の黒崎教授のアップが画面一杯に広がる。少年兵の手術当日の朝。一瞬でフェイドアウト。

チャンネルを回す。うつむいて、黙り込んでしまった高階病院長。疲れ切った表情の下を、饒舌なテロップが滑らかに流れる。

「ご指摘は真摯に受け止めます。今は、ご遺族に申し訳なく思うばかりです」

高階病院長が、明日（つまり、今日のことだ）、俺を含めてもう一度記者会見を開くことを約束した場面が流れた。警察ＯＢのコメンテーターの話がかぶせられる。

「担当者が現場の声を汲み取っても、上層部の意識改革が同時に行われなければ、危機管理なんてできっこないですよ」

紋切り型の組織論が展開され始めた。……スイッチを切る。

疑問が数多く浮かび上がる。いつの間に俺はリスクマネジャーになったのか。なぜ高階病院長は、俺に越権行為をしたと責めるのか。責任回避する発言ばかり繰り返したら、袋叩きになるに決まっているじゃないか……。

その時、高階病院長のシナリオがちらりと見えた。俺は呟く。

まったく、喰えない爺さんだ。

仕方なく俺は、本番の舞台に備えて、与えられたセリフの練習をした。

遠くでかすかに、ヘリコプターの羽音が聞こえる。

八時。ノックの音に、俺はドアを細目に開けた。黒い背広の二人組が隙なく佇んでいる。俺は家を出る。階段を降りる俺にフラッシュが焚かれる。二人の黒服が俺を保護するように包みこむ。その隙間にマイクが突き立てられる。

「田口先生、氷室は何と言っていたんです」「越権行為だと言われたことについてどう思われますか」「桐生チームの異変を感じたきっかけは、何ですか」

一遍に訊かれてもなあ……。仕方なく俺は、与えられたセリフを棒読みした。この場で、これほどぴったりくるセリフは他にない。悔しいが見事なものだ。少しだけ節回しを変えたのは、反抗期の坊やのささやかな抵抗だ。

「ただただ、残念なだけです」

俺は車の後部座席に運び込まれた。クラクションを鳴らし、まとわりつくカメラを蹴散らし、車は発進した。誰も追いかけてこなかった。行く先はわかっているし、そこにはすでに彼らの別働隊が待機している。追跡の必要はないのだ。

報道陣の車が病院玄関前を占拠していた。警備員が彼らをコントロールしようとしていたが、思うようにいかないようだ。その光景を横目に素通りし、病院裏手の掘り下げ地下、霊安室入口に車が止まる。さすがにここには誰も詰めていない。

指示に従い直接、病院長室へ向かう。

扉を開けると、高階病院長と桐生がソファに腰を下ろしテレビを見ていた。珍しく真面目な顔をしている白鳥は、壁にもたれ腕を組んでいる。赤いスーツケースがその傍らにあった。俺の顔を見ると肩をすくめて一瞬、にまっと笑う。

「田口センセ、テレビ映りは悪くないですね」

写真写りが悪いという表現は、写真よりも実物の方がよいという誉め言葉だということを、白鳥はきっとご存じないのだろう。そう思いたい。そうでないなら、もうコイツには何も言うまい。

桐生は硬い表情のままだ。高階病院長が口火を切る。

「朝のニュースはご覧になりましたね？　朝九時からプレス対応の再会見を行います。今回は田口先生がメインになると思います。

田口先生が思い違いをされているといけないので、二点、確認しておきます。ひとつは、この事件は、桐生先生がリスクマネジメント委員である田口先生に直接監査を依頼したということ。もうひとつは、私の反対を押し切って田口先生が独断で監査を行ってしまったということです。この独断行動に対し、私は不愉快に思っています。田口先生は昨日からのごたごたで混乱していると思うので、これらの点を整理しておいて下さい」

「わからず屋の病院長に、公衆の面前で嚙みつける機会をいただけるということですね」

「狂犬《マッドドッグ》、田口センセの逆襲！　ってとこですか」

白鳥の適切なチャチャに高階病院長はにやにやと笑う。

それにしてもこの人の笑顔には、にやにや、とか、にやり、とかいう、ひねこびた形容詞がつくづく似合う。そしてそれが、こうした修羅場では妙に安心感を漂わせる。

「田口先生、本当に申し訳ありません」

桐生が生真面目に謝罪する。芸がないヤツ。こんな状況、笑ってやり過ごすほかには手がないことはわかり切っているというのに。

　桐生は胸ポケットから封筒を取り出す。

「遅くなってしまいましたが、どうかお受け取り下さい」

　高階病院長はあっさりと桐生の辞表を受け取った。

「扱いは私に一任して下さい。田口先生には、私の方からプレゼントがあります」

　高階病院長は立ち上がり、机の抽斗から封筒を取り出す。病院長自身の辞表だった。

「一晩迷いましたが、田口先生に預かっていただくのが、一番よさそうだと思いまして」

「あんた、バカですか」

　あまりの予想外の出来事に、つい思っていることと口に出た言葉が一致してしまった。上辺だけの礼儀正しさが破綻した。よりによって病院長に面と向かって「あんた」だなんて。これじゃあ白鳥以下だ。ヤツだってせいぜい「バカじゃないんですか」程度で抑えるだろう。俺は組織人失格だ。

「まあまあ、そうおっしゃらずにお受け取り下さい。持っていても邪魔にはなりませんから。使う使わないは田口先生のご自由ですし。もし、田口先生がお芝居に失敗して収拾がつかなくなったら、その時には遠慮なく使って下さい」

　俺は病院長の辞表を見つめた。経験の浅い芸人の初舞台にとって、確かにこれ以上に心強いお守りはない。万が一何かドジったら、高階病院長にすべておっかぶせてクビを飛ばせばいい、ということなのだ。

「困ったものです。昨晩から今朝にかけて、黒崎教授や麻酔科の田中教授が私のところに辞表をお持ちになりました。これでは、まるで辞表の三役揃い踏みです」

高階病院長はぽつんと呟く。それにしても、どうにもこの人には、緊迫感というものが似合わない。それを受けて、緊迫感が似合わない点では一、二を争う白鳥がへにゃっと笑う。

「まるで、辞表のババ抜きですね。ところで田口センセのヤツはないんですか？」

何故、俺が辞表を？　俺は呆れて白鳥を見つめる。おかまいなしに白鳥は、ゆっくり大きく、ぱんぱんぱん、と拍手した。

「ま、これで完璧でしょ。田口センセなら大丈夫、きっとうまくやれますよ」

白鳥にしては、妙に素直な激励が心にしみる。

「言うまでもありませんが、僕のことは表に出さないで下さいね。僕は、今の社会では、半分イリーガルで、ファイ（空集合）みたいな存在なんですから」

俺は、わかっていると言う代わりに、黙ってうなずき返す。

白鳥はそんな俺を頼もしそうに見つめる。

「それじゃ、僕からもお守りをひとつ。

アクティヴ・フェーズ極意その９。最後に信じられるのは自分だけ」

白鳥の言葉が、妙にその場にすとんとなじむ。その言葉の波紋が収まるのを待ってから、高階病院長はみんなに言う。

「それではそろそろまいりましょうか。九時、合同記者会見の時間です」

我々は立ち上がった。白鳥は手を振って俺たちを見送る。

「田口センセの男っぷりは、画面で拝見してるからね」

俺は振り返らず、拳を握った右手を挙げて、白鳥の激励に背中で応えた。

壇上には今回の事件の関係者がずらりと勢揃いしていた。中央に高階病院長、左手には、憮然とした面持ちの黒崎教授と桐生、そして麻酔科の田中教授が神妙な顔をして並ぶ。右手にはおどおどと左右を見回している曳地委員長、腕を組んで目をつむった斉藤事務長、そして一番右端が俺だ。フラッシュが間断なく焚かれ、テレビカメラのレンズが我々をのぞき込む。その前列には、昆虫の複眼のようなマイクが乱立し、その後ろには、ぎらぎらと眼を光らせた報道陣。

アドリブでつぎはぎだらけの台本に従って、記者会見は進行した。始めは、報道陣からの激しい攻撃にさらされた。その合間を縫って正義の使者である俺が、石頭で融通のきかない病院長に遠慮なく噛みついていく。権威主義者の病院長は権限を盾に、自らの保身のために俺を恫喝した。隙を見つけては、桐生が平身低頭して謝罪の言葉を繰り返し差し挟む。

メディアの追及は厳しかった。俺はメディアの質問の流れに一緒に乗って吠えた。やがて、いつしか俺は、メディアの代弁者という立ち位置から、病院長を弾劾し始めていた。

「結局のところ、あなたの優柔不断さが今日の事態を引き起こしたんです。病院長、あなたの責任は重い」

「それは言い過ぎです。我々は最善を尽くしました」

「それなら遺族にも同じようにおっしゃることができますか」

「先般より、御遺族には心よりの謝罪を申し上げています」

「お座なりな言葉は聞き飽きました。具体的な改善策があるのですか。その提示こそが真の謝罪なのではありませんか」

俺と高階病院長は、壇上の長テーブルの上、視線も合わさず正面を見据えたまま、やり合っていた。マスコミのクルーは我々のやり取りを黙って見守っていた。彼らは今、病院内部のリアルな権力闘争を目撃している。滅多にない状況に夢中になり、感情移入し、俺が場の主導権を握ったことに気づきもしなかった。

それも仕方がないことだ。俺以上に事情に通じ、厳しい質問ができるレポーターは他にいるはずもないのだから。

台本は終幕に近づいていく。

「なぜ、リスクマネジメント委員会招集の要求に反対したのですか」

「おおごとになってしまうことを心配しました。委員会を招集してしまえば、報告義務も生じるし、何もなかった時に、病院が受けるダメージの大きさも心配でした」

過去の台詞の正確な再現。ただし時空間の座標軸の原点がずらされたため、事実とかけ離れた言葉になってしまっている。

「つまり、病院の既存のシステム保全を最優先した、ということですね」

「結果的にはそうなってしまいました。今思うと、東城大学には、健全な医療システムが作動していたのです。流れを止めてしまったのは、私の判断ミスだったと今は深く反省しています」

報道陣がどよめいた。権威の象徴である病院長が、一介の講師の追及に、今まさに倒されようとしている。息を凝らし、成り行きを見守る。静かなフィールドの中、高階病院長は崩れたバランスを立て直す。舞台は整った。

「ひとつだけ、言わせて下さい。そしてこれは是非、正確に伝えて欲しいのです」

ゆっくりと報道陣を見回した。咳《しわぶき》一つ、しなかった。

芝居衣装を脱ぎ捨て、高階病院長は瞬時に、単騎で威風堂々と周囲を制圧した。

「東城大学医学部付属病院には殺人鬼が紛れ込んでいた。これは事実です。それでは我々は、一体どうすればよかったのでしょうか。悪魔が関所をすり抜けてしまえば、我々の組織に、抵抗する仕組みはなかった。皮肉なことに、誠実で優秀な外科医に対する、患者家族からの全幅の信頼があったため、結果的に殺人鬼の悪行を覆い隠し悪事の露見を遅らせてしまうという、きわめて皮肉な結果になったのです。

施設の長として、亡くなった患者、ご遺族の方々には謝罪の言葉しかなく、慚愧《ざんき》の思いに耐えません。我々上層部の責任は大きい。責任は全て病院長である私とチーム・リーダーの桐生医師にある。そのことは明確に認め、謝罪いたします。しかし、一人の殺人鬼がいたために他の医師まで同様に扱われることは不当です。本件は個人的な殺人事件です。この件において他の医師には責任はなく、連帯責任に問われる必要はないと考えます。そこだけは、どうか切り離してご理解いただきたいと思います」

報道陣は、高階病院長の言葉に最後まで耳を傾けた。それは、彼が外部に向けて発信したかったメッセージが、無事送信されたことを意味していた。言いたいことを言い尽くし、安堵感に包まれている高階病院長に向かい、間髪入れず俺がたたみかける。

「そこまでおっしゃるのであれば、本当に責任をとる覚悟はおありなのでしょうね」

報道陣も、見守る壇上の当院の関係者も息を呑んだ。万年講師が、院長に辞任を迫ろうとしている。誰もがそう考えた。病院長の返事を聞き取ろうと、周りはすべて耳になった。そんな中、高階病院長だけはいぶかしげに俺を見た。

(私に尋ねる必要はないでしょう。セリフを間違えましたね)

無声の叱責に、俺はかぶりを振る。こんな場面でドジを踏むほど、俺はヤワでもウブでもない。高階病院長を横目で見、ポケットから封筒を取り出し報道陣にかざす。

「リスクマネジメント委員会の曳地委員長に提出された高階病院長の辞表を、ここにお預りしています。本件の取り扱いにつきましては、今朝リスクマネジメント委員会が臨時召集され、その場で慎重に討議した結果、委員会としての勧告案を決議しました」

曳地委員長は、あんぐりと口を開けた。フラッシュが沸き上がる騒音を吹き飛ばす。俺は音と光の洪水に押し流されないように、声を張り上げた。

「確かに……」一言言うと、俺は周りをゆっくり見回す。ばらばらに上がっていた怒声が徐々に静まっていく。場が収まるのを待ってから、俺はゆっくり語り出す。

「確かに、この辞表を行使すれば、責任の所在は明確になるかも知れません。しかし今、病院長がお辞めになることは、単なる責任からの逃避ではないでしょうか。辞めるなら、新しいシステムを構築しその稼働を見極めてからでも遅くはありません」

「しかしそれでは、ご遺族の方々に申し訳が立たない……」

高階病院長の表情が揺れた。仮面が外れ素顔がのぞく。

「現場に踏みとどまる選択こそが、真の罪滅ぼしです。御自分の判断ミスは、御自分の手でケリをつけて下さい。我々リスクマネジメント委員会はこの問題を徹底的に追及します。その追及から、逃げないで下さい」

俺は、報道陣に向かい合った。

「本学リスクマネジメント委員会は病院執行部から独立し、新たな体制の下で本件を含めた周辺事情を独自に監査いたします。その結果は公開し、定期的にご報告します。この試みは新しい医療監査の可能性を提案することになるでしょう。今回の不祥事の責任者として高階病院長にはこの提案を実現させるために最大限の協力を行う義務があると考えます。それは、今この場でお辞めになるよりもはるかに厳しく辛い道ですが、病院長、それこそあなたが採るべき道です。ここではっきりさせておきたいことは、今回の問題は、医療事故ではなく異常者による殺人がその本質だったという点です。施設管理者である病院長としての責任は回避できないでしょうが、医療システムの問題ではない以上、負うべき責任の質は異なってくるはずです。そうしたことを勘案し検討した結果、我々は以下の結論に達しました」

俺は会場全体をぐるり、と見回した。眩しい光の渦の中、俺は言葉を継いだ。

「我々リスクマネジメント委員会はここで、高階病院長の辞意撤回を要求いたします」

会見会場は静寂に包まれた。

会場の外郭で遠巻きに成り行きを見守っていた病院スタッフから、まばらで小さな拍手が起こった。それは明け方の穏やかな波打ち際に打ち寄せるさざ波のように、会場を静かに静かに満たしていった。

壇上の全員は一斉に起立し、深々とお辞儀をした。舞台の幕は下りた。

幕が下りた後、曳地委員長はうつろな表情で、うわごとのように呟き続けていた。

「私は知らない。何も聞いていないぞ」

曳地委員長が生まれて初めて発したと思われる、簡明でわかりやすい発言だったが、残念なことに誰ひとりその言葉に耳を傾ける者はいなかった。

＊

病院長室に凱旋すると、机の上に一通の走り書きが残されていた。

Bravo！

とりあえずこれで一安心、小生はこれにて失礼します。

詳しくは、後日また改めて。いずれまた。

白鳥圭輔　拝

P．S．田口先生、
　視聴覚セクションの後かたづけの手配、よろしくお願いします。


イリーガルで、ファイなヤツは、こうして俺の前から姿を消した。

今、俺の隣には、ぽっかりと空間が広がっている。


この会見を境に、東城大学に対するマスコミの態度は、徐々に好意的になっていった。高階病院長が悪役《ヒール》に徹しきったことと、ガラス張りで説明しようとする姿勢が、きちんと伝わったためだろう。メディア・リンチは思いの外早く収束した。情報を隠そうとするからつつかれる。ルールに従って呈示すれば、メディアだって常識的対応をするのだろう。

病院に対する反感が急速に収束したもうひとつの理由は、世の中の非難が氷室に集中し始めたためだった。拘束後一週間、一切口を開こうとしない氷室に、マスコミのバッシングは日増しに激しくなっていった。

そんなある日、氷室が取り調べで、ついに口を開いたというニュースが流れた。

ヤツはたった一言、こう呟いたという。

「これじゃあ、医者も壊れるぜ」

その後、氷室は二度と口を開こうとはしなかった。

メディアは連日、氷室のセリフを繰り返し垂れ流した。その言葉の真意を、医療関係者や精神科医、ひいては文化人や政治家までもが深読みし、おのおの内部にある不満因子で膨らませて、独自に発信し始めた。

大学執行部の旧体質。麻酔医の激務。外科医の傲慢。研修医の憂鬱。拝金主義の経営陣。権利ばかり振り回す患者たち。

氷室の言葉は、そうした現在の医療の現状の、ある一面を見事に切り取っていた。

社会は方向舵を失った機体のように、ダッチロールを始めた。拘置されているのに、世の中には氷室の言葉が溢れかえっている。

もともと壊れていたヤツが、今さら何を言ってやがる。俺は吐き捨てた。誰が見ても負け惜しみだ。俺には大衆が、世の中が、氷室の術中にはまっていくのを為す術もなく見守るしかなかった。氷室は時代の寵児になり、東城大学医学部は背後の点景と化してしまった。

白鳥の言葉が、俺に突き刺さる。

——「殺しちゃえばよかったんです、こんなヤツ」

氷室の言葉が、予言のように俺の心をからめ取る。

——「後悔するよ」

氷室は正しかった。そして白鳥も。

俺は今、心の底から後悔している。そして率直に認めざるを得ない。緒戦は完敗だ。

その後しばらくして、東城大学のリスクマネジメント委員会が積極的かつ画期的な改革案を発表したが、移り気なメディアは、もはや見向きもしなかった。

言葉は輪郭を削る。人は自分の言葉で自分を削る。自分を自分の言葉という棺に閉じ込めて、ゆるやかに窒息させていく。氷室はそれを嫌って、言葉自体を削り取っていった。最小限の言葉で事実を鮮やかに描き出し、ヒトの心を縛る。

医者だって壊れる。

お見事。氷室はたった一言で、世の中を自分の色に染め上げてしまった。

氷室。彼にとって手術室は、白い棺だった。それが拘置所の冷たい檻に変わっただけのことだ。何も変わりはしない。ヤツは今、冷たい檻の中で、ひとり勝利の美酒を味わっているかも知れない。だが、決して忘れさせはしない。その美酒を飲ませてやったのは俺だ。どれほど時間がかかろうとも、俺はそのグラスを砕く。いつか必ず。

それにしても、いくら考えても、どうしてもわからないことがひとつだけ、ある。

天は、なぜあの時、氷室を殺さなかったのだろうか。

20章 後日談

3月下旬　4F・病院長室

数日後、俺は病院長の呼び出しを受けた。

病院長室の窓から遠景をぼんやりと見つめながら、俺は、初めてこの件でここに呼び出された日のことを思い出していた。チーム・バチスタの内部調査の依頼を受けてから、まだ二月も経っていない。それなのに窓から見える遠景は、俺の中ですっかり姿を変えてしまった。

俺は、赤いファイルを差し出した。

「資料をお返しします」

高階病院長は記事のページを開いた。色褪せたチーム・バチスタの集合写真。机に両肘をつき、指を組んで、俺を見つめた。

「土壇場の台本変更にはほとほと参りました。シナリオでは、今頃私は、のんびり釣り三昧のはずだったんですが。大切なところで油断しました。君に辞表を預けたのは大失敗でしたね」

俺はにやにや笑う。まるでいつもの高階病院長のように。

「そもそもあの程度のシナリオで、この問題から逃げ切ろうなんて、甘すぎます」

言い終えてから、自分の中に白鳥の分身が巣喰ってしまったことを確認して、うんざりした。このパラサイトの駆除は、おそらく不可能だ。

「こうなってしまっては、仕方ありませんね。ただ、田口先生の命令に従わなければならない、というのはどう考えても癪《しゃく》ですが」

高階病院長は煙草に火をつけた。俺は気にかかっていたことを切り出した。

「チーム・バチスタは解体されるのですか」

「ええ。桐生君の辞意は固いです。黒崎教授と二人がかりで慰留したのですが翻意していただけませんでした。どのみち桐生君がメスを置くという決意は変わらないでしょう。まあ、桐生君あってのチーム・バチスタですからやむを得ません。幸い、緑内障の方は、治療に専念すれば失明するおそれはないそうです」

「桐生先生は、どうされるのですか」

「サザンクロス病院に戻って、臓器移植ネットの環境整備を勉強しつつ、後進の指導にあたられるそうです。奥さんとも、やり直したいとおっしゃっていました」

「鳴海先生もご一緒ですか？」

「彼は日本に残ります。ちょうど病理医を探していた循環器病センターから招聘されました。ここに残っていただきたかったのですが、チーム・バチスタが解散した今、彼を引き留める理由はありません。鳴海先生にとってもその方が高度な診断技術を活かせますからね」

合わせ鏡が砕け散り、お互い自由を得たということか。これも、白鳥の外科手術のおかげだと思うと、俺はちょっぴりむしゃくしゃした。

「残念なニュースはまだあります。氷室君の取り調べが難航しているようです」

「なぜです？　氷室は全部私に白状しました。内容は、警察にも話してあります」

「そこがくせものでしてね。氷室君の殺人が物証つきで確定できるのは、ケース33、最後の小倉さんだけなんです。その上、彼は取り調べには完全黙秘していますからね。

地検は公判維持が困難だと判断して、ケース33以外は立件を見送る方針だそうです」

「そんなバカな。ガセネタじゃないんですか？」

「いいえ、検察庁の友人から聞いた極秘ネタです」

「なぜ、そんなことが……」

「何しろ、物証が乏しいですからね。最後の症例以外は、解剖も行われていないですし、死亡時医学検索情報はゼロに近い。自白も証拠もなければ、公判維持は無理でしょう」

俺は絶句した。一人分の殺人、しかも初犯だと、量刑はさほど重くない。医師免許剝脱は確実だろうが、数年後、氷室は間違いなく娑婆《しゃば》に出てくる。

「皮肉なことに、裁判や賠償問題がありますので、こうした流れを東城大学の上層部も容認せざるを得ないんです。病院と検察、そして氷室君の利害がはからずも一致してしまったんです」

高階病院長の表情に苦渋の色が浮かぶ。

「これじゃあ、医療現場の犯罪者は素通しじゃないですか」

「こうした問題を防ぐためには、オートプシー・イメージングなどを積極的に導入して、新しい死亡時医学検索の枠組みを構築していかなければならないでしょう。今回のケースでも、エー・アイ（Ai）なしでは、解剖承諾すら得られなかったかも知れません。

今回、氷室君の犯行を白日の下に明らかにすることができたのは奇跡のようなものです。白鳥君の協力があって、かつあのピンポイントでなければ、氷室君を押さえることは不可能だったでしょう。皮肉なことですが、これは東城大学医学部にとって最良の結果でした」

確かにその通りだろう。ただ、俺は全く別のことを考えていた。氷室という病巣の摘出が可能だったのは、桐生と高階病院長のおかげではないだろうか。自分の不利益になるかも知れない危険を顧みず、直感に従って監査を要請した桐生。それを受け、最良の手段を選択し続けた高階病院長。二人の意志によって氷室は、その身を潜めていた暗闇からあぶり出されてしまったのだ。

振り返ると、高階病院長の差配は、実に見事なものだった。俺という愚直なブルドーザーに整地させた土台に、白鳥というスティンガーを据え付ける。氷室という悪意に満ちたステルス戦闘機を撃ち落とすにはこれしかない、という絶妙の配備だった。

俺は一番始めに高階病院長が指摘した、三つの可能性を思い出した。

「不運。医療ミス。悪意によって引き起こされた事態」

術死初期の三例の真実を、すべて言い当てている。何という慧眼《けいがん》だろう。

俺の内心の賞賛に気づくことなく、高階病院長は、諦めきった口調でぽつんと続ける。

「この騒動で、氷室君は我々よりもはるかに望ましい結果を手にしました」

「三件のうち、一件の立件で済んでしまうからですか」

「田口先生は、すでに氷室君のトリックにひっかかっています。どうして氷室君の殺人が三件だと決めつけるのですか？　五例の術中死のうち最初の二例は医療過誤だ、と言ったのは氷室君自身です。果たして殺人犯の言葉をそのまま鵜呑みにしてもよいのでしょうか。一例目が氷室君の医療過誤で、あとの四例が殺人だった可能性も考えられます。ひょっとしたら、初めの一例目から殺人だったかも知れませんよ」

俺は、高階病院長の言葉に反論しようとした。術死第一例目に関しては、桐生自身も手術ミスの可能性を感じていた。きっかけがあれば誰でもヒト殺しになるという氷室の告白からも、ヒト殺しに手を染めるためにはきっかけが必要だったという告白からも、氷室にとって何かを偽り、自分を守ろうとする意図は乏しかったように思える。氷室の告白は信用できるのではないか。だが、高階病院長の言うことも否定できない。氷室の告白が真実かどうかは、もはや誰にもわからない。真実を知っているのは、この世にただ一人、氷室だけなのだから。

もしも氷室が嘘をついたとしたなら、その狙いは何だろう。そう考えた時、俺の中に非条理な、だが妙に説得力のある考えが浮かんだ。

「氷室は、桐生先生を道連れにしようとしているのでしょうか?」

許されることではない。また論理的でもない。だが情念は時として、論理なんて軽々と超えてしまうものだ。それは仕方がないことかも知れない。この事件は、尽きてしまった自分の外科医としての命脈にしがみつき続けた桐生の妄執が引き起こした結果なのだから。そう考えると、桐生兄弟の情念を氷室が抱いて、苦海の底深く沈んでいく光景は、おどろおどろしくも妙に切ない。

高階病院長は思い出したように俺の質問に答える。

「真実がどちらであるにしろ、本当のことは誰にもわからないのです。客観的には一切何も調べていないのですから。このケリのつけ方で、氷室君に対する、過去に遡った追及や断罪は難しくなりました。私たちが真実を知る機会は、永遠に失われてしまったのです」

きっとそれこそ、氷室が心から望んだことなのだろう。

俺は話題を変えた。

「それにしても白鳥調査官が留守の間に発作が起こってしまうなんて、本当にツイてなかったですね」

「あの発作は、偶然ではありません。氷室君が引き起こしたんです」

「発作を誘導するなんて、そんなことできるはずは……」

　言いかけて、俺は気づいた。そういえば一回目の発作は胃薬のアレルギーが原因かも知れない、とカンファレンスでは認識されていた……。

「どうやら思い出していただいたようですね。小倉さんが発作を起こす直前、氷室君が術前ラウンドに訪れていたことが看護記録に残っていました。氷室君は薬を直接小倉さんに手渡したのでしょう。一瞬の隙をついて、氷室君が我々に挑戦状をつきつけてきたんですよ」

「そうだったんですか。だとしたら、こんな騒動の最中に、白鳥調査官が優雅に国会図書館なんかにいったのがいけなかったんですね」

「本当に残念でしたね。そのことに関しては、白鳥君から手紙が来ています。彼が国会図書館で手に入れた資料と田口先生宛の私信が同封されていました。私に説明させて、できるだけ自分の手間を省こうという魂胆がよくわかる、いかにも白鳥君らしい手紙です。これを読むと、あの日彼がなぜ、国会図書館にいったかという理由もよくわかりますよ」

　高階病院長は俺に封筒を手渡した。中を見て愕然とした。

「これは……」

「この情報を手に入れたので、手術が予定通りの日程で行われていれば、小倉さんを死なせることもなく、ピンポイントで氷室君を押さえられるという可能性もあったのにと、とても残念がっていました」

俺は手にした資料と高階病院長の顔を交互に見た。

今、俺は素直な気持ちになって、白鳥の後ろ姿に拍手を贈る。とっくに気がついていた。白鳥はいつでも最善を尽くそうとしていた、ということに。高階病院長はため息をついた。

「白鳥君もここまでわかっていたのなら、前もって一言伝えて下さっていれば、小倉さんの死は水際で防げたかも知れませんね。それだけは残念です」

「緊急通話が途切れたことは、本当に残念でした。でも、氷室はハナがいいヤツでしたから、中途半端に伝言を受けた私があの場にいたら、穴蔵にもぐり込んでしまったかも知れません。あそこでヤツの首根っこを押さえられなかったなら、私たちは永遠に氷室という殺人鬼を胎内に飼い続けることになった可能性もあったと思います」

「確かに、そうなってしまったかも知れませんね。まさに毒薬を注入する瞬間を押さえなければ犯罪が立証できない。それはとても難しいことだったでしょうね」

高階病院長の相づちに、俺はもう一度資料に視線を落とす。

「白鳥調査官でなければ、この病院から氷室を排除することはできなかったと思います」

＊

博士号を取得した医師は、卒業論文を製本し国会図書館に献本するというしきたりがある。白鳥からの手紙に同封されていた資料は、氷室の博士論文のコピーだった。その表紙には、黒々とタイトルが印字されていた。

「高位脊髄及び脳幹下部に対する硬膜外腔からの麻酔アプローチに関する一研究」

氷室はかつて、愛するイヌたちを黄泉の国へと送る小径を、実験の中で繰り返し往き来していたのだ。

俺は、俺宛の私信を手に取った。そこに白鳥がいた。

手紙の中の白鳥は、律儀で礼儀正しい、端正な男だった。

＊

前略
先日の記者会見はお見事でした。本来ならお暇乞のご挨拶をすべきところ、急用にて中座しましたことをお詫び申し上げます。貴君があそこまで明確に発言できる人だとはつゆ知らず、存ぜぬこととはいえ、これまでのご無礼の数々を思い返すと汗顔の至りです。

なお、今回の件で東城大学医学部付属病院は医療死関連問題の中立的第三者機関構築におけるモデル施設として認定されたことも併せてご報告いたします。

病院組織から独立した監査制度という貴君の提案を聞いた時には全身に鳥肌が立ちました。こうした仕組みを中央集権的に構築していくことが、小生の本筋の業務の根幹ではありますが、建前だけの組織ができあがるだけではないかと、ひそかに危惧しておりました。役人にとってはこうしたことはしょせん他人事、完成してもまた使い勝手の悪い仕組みが一つできるだけだと、諦念に囚われてもおりました。しかし先日の貴君の言葉に希望の光を見た思いがします。貴君の言葉は、我々が進むべき方向を指し示しておりました。

命を守ろうとする心、悪を見逃さない眼。それは、現場の医師一人一人が、心の中に持つべきものです。か細い糸を張り巡らせて大切な命を守る。それこそが、唯一の正解なのでしょう。

本件では、小生の目前で行われた殺人を阻止できませんでした。慚愧に耐えません。小生はこの咎を背負い続けて生きていくのだと思います。しかし貴君の全面的な協力により、被害を最小限に留めることができたことは、不幸中にありながらも慶事の至りです。

医療の質の向上をめざし、今後も貴君のご協力を頂戴できれば幸いです。

なお、貴君受講中の講座に関し、最終極意をお伝えし終講とさせていただきます。

最終極意……すべての事象をありのままに見つめること。

貴君ならびに貴院のますますの御発展を祈念いたします。

草々

厚生労働省大臣官房秘書課付　技官
（医療過誤死関連中立的第三者機関設置推進準備室室長）
白鳥圭輔　拝

田口公平殿
弥生吉日

この程度の極意なら、とっくに理解している。白鳥が身体を張って教えてくれたことではないか。それにしてもアクティヴ・フェーズの最終極意が、パッシヴ・フェーズの基本原理で閉じる、というのは、白鳥の最後の謎掛けなのだろうか。手紙の向こうで、白鳥が振り返って悪戯《いたずら》っぽく

ウインクをする。最後までキマらない、ウインク。

どうやら俺は、アクティヴ・フェーズの免許皆伝を無事、拝受したようだ。

白鳥が、目前の犯罪を防げなかったと自分を責めるのなら、俺だって同罪だ。しかし白鳥は俺を責めなかった。氷室が拘束され、小倉さんが亡くなってしまった今、俺たちには、追跡すべき標的も、守るべき対象も、残されていない。

俺たちのミッションは、終了したのだ。


手紙を読み終えた俺に、高階病院長が声をかける。

「白鳥君とは、これからもおつきあいが続きそうです。困ったものですねえ」

「ええ、確かに。でも、あんなヤツでも利用価値はありますよ。特にあの『不特定多数個人情報閲覧許可証』とかをふりかざせば、あちこちの不正をばっさばっさと暴いていけるでしょ」

高階病院長は目を丸くして俺を見た。

「田口先生、まさかあれが本物だと信じていらっしゃったんですか？」

「それじゃあ、……にせもの？　でも、大臣のハンコが……」

「あれは、ハンコ作り機でこしらえた自作です。あんなものを使わなくても全面的に協力するからやめなさい、と言ったのですが、万が一のことがあるといけないから、と持ち歩いていたんです。作ってしまった以上、彼としても誰かに使ってみたかったんでしょう。私も田口先生相手だけなら、と黙認してしまったのですが。それにしても、あんなものを本物と信じ込んでしまうとは……」

高階病院長は、ほとほと呆れ果てた、と言わんばかりに小さく首を数回振った。

Bravo《ブラヴォー》！

結局俺は、最後まで白鳥に振り回され続けたわけだ。俺は諦めて、小さく呟く。

高階病院長が話題を変える。

「今日ご足労願ったのは、他にもいくつか、お渡ししたいものがありまして」

俺に渡したいもの？　一体何だろう？

高階病院長は抽斗をあけると、封筒を二通、取り出した。

「まずは、これをどうぞ。お約束の品です」

『電子カルテ導入委員会委員長ヲ命ズ』

辞令だった。そうだ、これがご褒美だった。議長から委員長に格上げされているのは、特別報償《ボーナス》のつもりだろう。

「それから、もうひとつ」

手渡された紙を見て、俺は腰をぬかしそうになった。

『リスクマネジメント委員会委員長ヲ命ズ』

「ち、ちょっと待って下さい。いくらなんでも、こいつはちょっと……」

黒崎教授をはじめとした、タフでうるさくうっとうしいメンバーの面々が脳裏に浮かぶ。

「まあ、そうおっしゃらずに。この間の記者会見で我々がでたらめをやったので、曳地委員長がすっかり不貞腐れてしまい、委員会を全部辞任すると言い出されましてね。もっとも曳地先生は今年定年だから、というのが表向きの理由にはなっていますが。そこで、ふと見回してみると、後釜は田口先生くらいしか見あたらないんですよ」

「私のような若造で、コンセンサスが得られると思えません」

「その点なら大丈夫。あれだけ盛大な花火を打ち上げた張本人なんですから、責任をとるのは当然でしょう。実を言うと、誰もこんなババを引きたがる人はいないんです。この役の引き受け手は、言い出しっぺの田口先生しかいないんです。田口先生は、今や病院長人事にまで介入できる、史上最強の万年講師にして、東城大学医学部の看板スターでもあるんですから。今後も、問題に果敢に立ち向かい続けて下さい」

それだけ言うと例によって、ひねこびた笑顔でとどめを刺す。

「受けて下さいますね」

またしても詰将棋みたいに鮮やかに詰まれてしまった。

俺は自分の甘さにうんざりした。これは高階病院長のささやかな仕返しなのだ。釣り三昧の日々を奪った恨みは深い。彼の恨みを成仏させるには引き受けるより他はなさそうだった。俺は抵抗を諦めた。

気配を感じとって、高階病院長の周りの空気が緩む。

「よかった、これでひと安心です」


どさくさに紛れて、俺は過去の負債を精算することにした。

「これでようやく、学生時代の借金をお返しできます」

「何のことですか?」

卒業試験の口頭試問での出来事を話す。高階病院長は視線を窓の外にさまよわせていたが、記憶の小部屋にたどりついたのだろう、しばらくしてから、にっと笑う。

「まだあんなことを気に病んでいらしたのですか。あの時私が、先生を合格させたことを恩に着る必要なんか、全然ないのですよ」

「でも温情だったのでしょう？」

「とんでもない。温情じゃありませんよ。あの時私は、たかが外科の知識が少々足りないくらいで、こういう素直でアホな男を医者にするのを一年遅らせるのはもったいない、と思っただけです。考えてみて下さい。試験に合格した結果、先生に何かいいことありましたか？　一年余計に大学病院の雑務に埋もれることになっただけです。なのに、私は君にこんなに長く感謝され続ける、大学も助かった。田口先生はそこそこの医者になって世の中の幸せを少し増やしている。私の裁量ひとつで誰も損はしていないし、みんなハッピーだったじゃないですか」

頭をハンマーでガツンとやられた気がした。そういうことだったのか。俺は一体何を見て、何を考えてきたのだろう。白鳥のセリフがよぎる。

「もっと自分の頭で考えなよ。先入観を取り除いてさ」

ようやく俺は卒業試験を終えたのだ。でも多分、俺は一生この人には頭が上がらない。


高階病院長が話題を変える。

「藤原さんとはうまくやっているようですね」

「おかげさまで。ずいぶん助かっています」

答えながら、病院長と藤原さんは知り合いなのだろうか、とちらりと考えた。その時、二人をつなぐ細い線が見えた。外科学教室の若き切れ者教授と、各科を渡り歩いた歴戦の看護師長。こんな簡単なことに、なぜ今まで気がつかなかったのか。

チーム・バチスタの内部調査役として、俺に白羽の矢が立った本当の理由が、初めて理解できた気がした。

俺は、リスクマネジメント委員会で感じた違和感を思い出した。高階病院長は、松井総看護師長の質問に答え、俺が大友看護師の聞き取り調査に藤原さんを同席させた配慮を説明した。あの時の違和感の正体を今はっきり認識した。俺は、藤原さんに同席してもらったことを高階病院長に報告していない。報告するまでもない、枝葉の話だからだ。

いったい誰が、そのことを高階病院長に伝えたのか？

俺の聞き取り調査がデッド・ロックに乗り上げる気配は、開始直後から感じられた。だが俺は、そうした途中経過は一切高階病院長には報告していない。それなのに俺がギブアップして病院長室に駆け込んだ翌日には、白鳥がフロリダで予備調査を終えて帰国し、その足で東城大学に派遣されている。エピソードから逆算すると高階病院長が厚生労働省に依頼したのは、どんなに遅く見積もったとしてもアガピ君の手術終了直後くらいでないとつじつまが合わない。

いったい誰が、俺の調査がデッド・ロックに乗り上げるという予見を、高階病院長に伝えることができたのか。そして、迅速な行動を採るように提案できたのか？


高階病院長は、考え込んだ俺を見つめていた。一言、呟く。

「マコリン」

「はあ？」

「藤原さんと揉め事になったら、言ってごらんなさい。きっとおとなしくなりますよ」

藤原真琴。それが不定愁訴外来・藤原専任看護師の名前だった。

病院長室を退去しようとしてドアノブに手をかけた時、ふと思いついて俺は振り返る。

「そういえば、私は周りの人に、いつも趣味で訊いていることがあるんです。先生にも同じ質問をお尋ねしたいんですけどいいですか？」

高階病院長が視線で、どうぞ、と促す。

「高階先生のお名前の由来とかエピソードをお聞かせいただけますか？」

高階病院長の左眉がピクリと上がる。

「その質問を私にするのですか？」

「ええ」

「ウワサはご存じありませんか？」

「ええ、多分、聞いたことはあると思います」

「それでもあえてお聞きになりたい、と言うのですね？」

答える代わりに、俺はニッと笑う。高階病院長は、すうっと息を吸い込んだ。

「自分の名前の由来なんて知りません。知りたいと思ったこともありません。エピソードは腐るほどありますが、そいつをお聞きになりたいですか？」

俺はくすくす笑う。

「ええ、是非。でも言いたくなければ言わなくても結構です。これは個人的な趣味ですので」

「では、話したくありません」

むすっと黙り込んだ高階病院長に、そっと呪文を試してみる。

「……ゴンちゃん」

一瞬、静寂が流れた。怒ったような声が部屋一杯に響きわたる。

「これまでの功績を考慮し、今回は大目に見ます。田口先生とはこれで貸し借りなしです」

高階病院長と眼が合った。早く部屋を出ていけ、というように俺を眼で促す。

その眼はかすかに笑っていた。

お辞儀をひとつ残し、俺は病院長室を退去した。


高階権太。病院長は自分の名前をひどく嫌っていて、彼に面と向かって名前に関する話題を持ち出した人間を、次々に粛清していったという太古のウワサ。

彼に対して「ゴンちゃん」と呼べるのは、もう藤原さんくらいしかいないのだろう。

「マコリン」「ゴンちゃん」という対飼いの呪文は、封印された東城大学医学部付属病院のトップ・シークレットなのだ。

俺はふと、思った。この呪文を駆使して、天守閣へ続く扉を開け、権力の階段を駆け上ってみるのも悪くはないかも知れない。

手にした二枚の辞令が不意に、イカロスの翼に見えた。

＊

翌日の愚痴外来は、千客万来だった。

一人目は兵藤だった。ふらりと珈琲を飲みに立ち寄り、いつものように貴重でジャンクな病院情報を語り聞かせていった。この後、数ケ所のポイントのマーキングをしにいくのだろう。

二人目はアポイントなしのカネダ・キクさんだった。テニスジャージ姿でやってきた。ほんのりと化粧をしている。

「田口先生、その節はいろいろお世話になりました。私すっかり元気になったみたい」

服装が変わり、言葉遣いまで変化していた。

「もう、傷は痛みませんか？」

「ええ、おかげさまで」

「お元気そうで何よりです」

「ユウコさんが、テニススクールに誘って下さって、通い始めたんですの。コーチから、初めてとは思えないくらいお上手だ、なんて誉められてしまって」

「それは素晴らしい。私は、運動オンチですから。羨ましいですね」

「そうかしら。田口先生だって、おやりになってみればきっとお上手だと思うわ」

楽しげに笑う。こちらまで楽しい気持ちに染まる。ふと、キクさんの顔が曇る。

「あの、実はテニススクールの日程とこちらの外来に伺う予定が、重なってしまいますの。どうしたらいいのかしら」

「こちらは、痛みがなくなればお休みして構いませんよ。何かあったら、その時またいらして下さい」

キクさんの表情がぱあっと明るくなる。

「それなら安心。じゃあ、しばらくお休みさせていただこうかしら」

「どうぞどうぞ。ここはそういう所ですから」

キクさんは、お辞儀をすると、いそいそと部屋を出ていった。キクさんの座っていた足許に、さくらの花びらがひとひら、置き忘れられていた。

患者に対して、俺がやってあげられることはほとんどない。話を聞くだけ。うなずき返すだけ。吐き出した思いのたけを上手に丸めて心にくるみ込むのは、話す本人自身だ。

そうした繰り返しをしていると、かさぶたがはがれるように、彼らから愚痴外来の存在がぽっかり抜け落ちる日が、突然訪れる。こうして彼らは愚痴外来を卒業する。

その時がくるまで、俺は黙って時のゆりかごをゆっくりゆする。

俺がしていることといえば、ただそれだけのことなのだ。

＊

三人目は、大友さんだった。華やいだ化粧。内側から光が溢れ出していた。

「田口先生、藤原さん、その節は大変お世話になりました」

大友さんがぺこりと頭を下げる。

「大してお役にも立てなくて。今日はどういったご用ですか」

「実は、私、今月いっぱいで退職することになりましたので、ご挨拶に伺いました」

「おめでとう。ご結婚なさるんですってね」

藤原さんの言葉に頬を染めて、大友さんは小さくうなずく。俺が質問する。

「それはおめでとうございます。お相手はどういう方なんですか？」

「実は、酒井先生なんです」

俺は、椅子から転げ落ちそうになった。大友さんは笑顔に埋もれて言葉を綴る。

「チーム・バチスタに配属されてから、酒井先生にはいろいろと励ましてもらってました。でも始めのうちは、お互いそんな気持ちはなかったんです。それが、あの時酒井先生が白鳥さんに精一杯抗議してくれているのを見ていて、私の中で何かが変わったんです。あの後もずっと私をかばってくれたりして、気がついたらプロポーズされてました。そして気がついたら私、うなずいていたんです」

　ここでもまた白鳥。俺はうんざりしながらも、酒井と大友さんの組み合わせを心の中で並べてみる。姉さん女房。意外にしっくりくりする気もする。藤原さんが祝辞を述べる。

「おめでとう、本当によかったわね」

「ありがとうございます。フジさんにも田口先生にも、本当にお世話になりました」

「酒井君も大学を辞めるらしいね」

　兵藤から、たった今仕入れた人事情報を確認する。

「ええ、実家の医院を継ぐことにしたんです。垣谷先生は慰留して下さったんですけど、あの人、桐生先生のいない大学には未練がない、とあっさり決めてしまったんです」

　桐生の退職に伴い、垣谷が助教授に昇進することになった。これも兵藤情報だ。

「彼のお父さん、何科を開業されているかご存じですか?」

　大友さんの質問に俺は、さあ、と首を傾げる。大友さんはいたずらっぽく笑う。

「実は神経内科なんです。あの人、実家に戻ったら愚痴外来でも始めようかな、なんて言って張り切っていますよ」

　俺はむっとしてみせた。

「はなむけとして先輩からの忠告をしますから、きちんと酒井君に伝えて下さい。愚痴外来は、生半可な気持ちでは務まらない。やるからには死に物狂いでやること。以上」

大友さんが笑う。

「しっかり伝えます。大丈夫です、私にはよくわかってますから」

「これからは、あんたがしっかり酒井先生の手綱を握らないとね」

綺麗な笑顔を残して大友さんは立ち上り、カーテンコールのようなお辞儀をした。そして祝福の言葉の花束を両手一杯に抱えて、春の陽射しの中へ歩き出す。


藤原さんと俺は、客が帰った後の、そこはかとない寂しさを感じながら、お茶をすすっていた。今日は藤原さんにあわせてお茶を飲みたい気分だった。

「みんな、いなくなってしまうわね」

「ええ、でも大友さんは幸せそうでしたね」

「本当にね」

にこにこしながらお茶を口にする藤原さんを見ていると、俺の中に小さな疑問が浮かんだ。

「……あれ？」

何？　と藤原さんは俺を見る。

「確か、大友さんは女性しか愛せない人だったんじゃあ……？」

藤原さんはいたずらが見つかってしまった少女のように、ぺろっと舌を出す。

「ごめんなさい。実はあれ、ウソ」

俺は呆然とした。

「いや、あの……別にどうでもいいんですけど、どうしてそんなウソを？」

「聞き取り調査の時、あの娘、大泣きしたでしょう。あの状況下で、あの娘と田口先生が接触し続けたら、二人は惹かれ合っちゃうなとわかった。でも、あの娘と田口先生はダメ。絶対にうまくいかない。私にはわかるの。何しろ、医者と看護師の組み合わせをたくさん見てきたんだから。だからとっさにウソついちゃった」

そして、にまっと笑う。

「先生には、アタシくらいのすれからしがちょうどいいのよ」

藤原さんの笑顔が妙にあでやかだった。黄色と黒の警戒色のだんだら模様の女郎蜘蛛が、巣の真中で風にゆらゆら揺れているビジョンが一瞬、見えた。

俺は絶句した。大きく一つ深呼吸。それから心の中で怒鳴りつける。

この、ク・ソ・バ・バ・ア！

俺は、藤原さんの糸にからめ取られながら、いつか必ずここから脱出してやる、と決意していた。高階病院長から教えてもらった呪文を使うのは、まだ先にしておいた方がよさそうだ。

悔しいけれどしばらくの間は、心の中で「マコリン」とからかうだけで我慢しておこう。

終章
さくら

この二ヶ月は、長いような、短いような、不思議な時間だった。

桜吹雪の中を、俺と桐生は肩を並べ、病院正門へ向かって歩いていた。

春の陽射しに包まれて、こんな風にのんびりと、桐生と肩を並べて歩く日がくるなど、夢にも思わなかった。隣の桐生も同感らしい。

弥生三月、さくらの季節。明日、桐生は米国に帰還する。

「私は、間違っていたのでしょうか」

桐生の問いかけに俺は立ち止まる。二、三歩進んでから、桐生はゆっくり振り返る。俺の眼を真っ直ぐに見つめる。俺は首を横に振る。

「わかりません。桐生先生は正しかったし、間違ってもいたのでしょう」

桐生は桜吹雪に眼を細め、俺の言葉の続きを待っている。高く青い空に、俺と桐生の視線が吸い込まれていく。やがて、俺の言葉が空の彼方からゆっくり降りそそぐ。

「光には必ず闇が寄り添います。光をどれほど強めても、闇は消えません。光が強ければ強いほど、闇は濃く、深くなるのでしょう」

桐生は俺の言葉に耳を傾ける。やがて、ぽつりと言った。

「氷室君という闇は、ぞっとするくらい深かった……」

それから、さくらの花びらの吹き溜まりに視線を落とす。

「私にはふと、あの闇の深さが懐かしく思えることがあるんです」


「……33分の1」

俺が呟く。桐生は、えっ？　という表情を俺に向ける。

「桐生先生のバチスタ術死率です。大した外科医です」

桐生は首を横に振る。

「いいえ。33分の5、です。オペの結果は私一人の力ではありません。失敗も成功もひっくるめてチーム・バチスタ、グロリアス・セブンの成績です。成功率八割は、まさしく私たちチームの実力です。結局私はそこそこ凡庸なバチスタ術者だったということです」

「そんなことありません。明確な悪意は除外すべきです。素晴らしい数字じゃないですか」

「そう言っていただけて嬉しいです。けれどもそんな数字は、もうどうでもいいんです。数字で人は救えません。失われた命を前にしたら、数字なんて何の意味も持たないのです」

俺は、桐生がそう答えるだろうということを知っていた。そして今、桐生に伝えなければならない言葉が俺の目の前にある。

「確かにおっしゃる通りです。でも数字にも意味はあります。それは一人の外科医の航跡。未来の外科医が目指す、輝ける銀嶺への道標なんです」

桐生は照れ臭そうに笑う。

「その言葉、外科医冥利に尽きます」

桐生と並んで、ぽくぽく歩く。

不意に立ち止まると、桐生は青空に向かって大きくひとつ、のびをした。指先を溢れかえる桜の梢に届かせようとせんばかりに。春の陽射しを摑みとろうとせんばかりに。

桐生は、日輪に向けてつま先立ちになり、一瞬、真剣なまなざしをした。

その姿を振り返りながら、俺はぼんやり考える。

コイツは、これから先もずっとこうやって生きていくのだろう。

桐生は息をつき、つま先立ちの姿勢を戻す。それから蕩《とろ》けるような笑顔を俺に振り向ける。

「あとは頼みます」

桐生は、ポンと軽く肩を叩くように、何かを俺に託した。それが何か確認せずに、俺はうなずいた。確認しなくてもわかっている気がした。確認してはいけないような気がした。

桐生は安心したように、両腕をぐるぐると大きく回した。

「私も一度、愚痴外来、いや、不定愁訴外来を受診させてもらおうかな」

桐生は、言い間違いを慌てて訂正して、頭をかいた。万事そつのなかった桐生が、初めて俺に見せたほころびだった。

「お断りします。桐生先生のような方は、私の外来の対象ではありません。ですが……」

俺は息をつき、空を見上げた。春には珍しい、澄みきった青空だった。

「どうしてもご希望でしたらアルコールを処方しましょう。今度サシで徹底的にやりませんか」

桐生は笑う。

「いいですね。カオスの泥沼の中、無制限一本勝負ですか」

悪くない。たまにはそういうのも悪くない。俺は桐生に笑い返す。

「場外乱闘で、ダブル・ノックダウンしそうだなあ……」

「場外乱闘と言えば……」

桐生が、ふと思いついた、というように言う。

「白鳥さんにも声をかけてみましょうか」

息せき切って駆けてくる白鳥の小太りの姿が、脳裏に鮮明に浮かび上がる。

俺はきっぱりと答える。

「絶対に、イヤです」

俺と桐生は、顔を見合わせてくすくす笑った。


ごう、と風がなった。周りの空気がさくら色に染まる。

眩しい光の中、散り惑う桜の花びらの洪水に、俺は一瞬、桐生の横顔を見失う。

春が、来ていた。

この作品はフィクションです。実在する人物、団体等とは一切関係ありません。

単行本化にあたり、第4回『このミステリーがすごい!』大賞作品、海堂 尊『チーム・バチスタの崩壊』に加筆しました。

第4回『このミステリーがすごい！』大賞

（最終選考会　二〇〇五年九月十七日）

本大賞は、ミステリー＆エンターテインメント作家の発掘・育成をめざすインターネット・ノベルス・コンテストです。ベストセラーである『このミステリーがすごい！』を発行する宝島社が、新しい才能を発掘すべく企画しました。

【大賞】

『チーム・バチスタの崩壊』海堂 尊

※『チーム・バチスタの栄光』海堂 尊（かいどう たける）として発刊

【特別奨励賞】

『殺人ピエロの孤島同窓会』水田美意子

※『殺人ピエロの孤島同窓会』水田美意子（みずた みいこ）として発刊

第4回の大賞は右記に決定しました。なお議論を重ねた結果、本年は優秀賞該当作なし、特別奨励賞を別途設けました。
大賞賞金は一二〇〇万円、特別奨励賞は五〇万円です。

●最終候補作品

『チーム・バチスタの崩壊』海堂 尊
『週末のセッション』伊藺 旬
『人体愛好会』方波見大志
『カメラ・オブスキュラ』真仲恭平
『ツキノウラガワ』多々忠正
『殺人ピエロの孤島同窓会』水田美意子

第四回『このミステリーがすごい!』大賞　選評

「白鳥を主役にシリーズ化してほしい」

大森 望（翻訳家・評論家）

読みはじめて半分も行かないうちに、「今回の大賞は『チーム・バチスタ』で決まり」と確信したが、後半に入ってさらに面白くなったのには驚いた。リーダビリティと娯楽性は『このミス』大賞史上最高。それどころか、過去五年間のあらゆる新人賞受賞作の中でも、エンターテインメントとしての面白さでは、これが一番だと思う。

大学病院の人間関係や手術場面にみなぎる迫真のリアリティは「ER」級。しかし、この小説のすごさは、徹底してリアルなその世界にマンガ的な（誇張された）キャラを放り込み、みじんも違和感を与えない書きっぷりにある。主役の田口はもちろん、天才心臓外科医をはじめとするチーム・バチスタの面々から脇役の病院長に至るまで、それぞれ抜群にキャラが立ち、地味なプロットがまったく地味に見えない。類型の使い方のうまさは、米エンターテインメント界の女王、コニー・ウィリスを連想させるほど。とりわけすばらしいのが後半から登場する名探偵（?）白鳥圭輔。この小説を読んだ読者の八割は、白鳥を主役にシリーズ化してほしいと思うはずだ。ミステリ部分の真相はそう意外なものじゃないけれど、犯行動機の説明はじゅうぶん納得がいくし、犯人が明かされてからの展開（事件をどう決着させるか）も気が利いている。議論するまでもなく、全員一致でこの作品の大賞受賞が決定した。

個人的にもう一本、強い愛着があったのは、多々忠正『ツキノウラガワ』。大賞は無理としても、せめて優秀賞を——と意気込んで選考会に臨んだが、残念ながら他の三人の賛同が得られなかった。そりゃま、毒殺ネタの本格ミステリってことで話は小粒かもしれないが、アントニー・バークリー『毒入りチョコレート事件』ばりにさまざまな推理が積み重ねられ、論理パズルの面白さが堪能できる。個性が光るのは、語り手と被害者の人物像。毒物死する晴菜は、誰からも愛される理想の女性だが、一卵性双生児の姉にあたる語り手の陽菜だけは、妹の真の姿を知り、激しく憎んでいる。その陽菜の目の前で晴菜がパラコート剤を飲まされて死亡する。いったい誰がどうやって殺したのか?

ハウダニットをめぐる議論も冴えるが（捨てネタにちゃんと手間をかけている）、ポイントはホワイダニット。登場人物たちの「考え方」の奥に分け入って「意外な動機」を焙り出す方法論は、西澤保彦の初期パズラー群を彷彿とさせる。国産の本格ミステリとしては年間ベストテン級の出来だと思う。その一方、小説としての肉付けや文章の完成度に多少の不満が残るのは事実。改稿を前提としてこれに優秀賞を与えるより、捲土重来の次回作が大賞を受賞することに期待したいという多数意見に抵抗しきれなかった。

この二作に続く三番手に推したのは『殺人ピエロの孤島同窓会』。この作品をどう遇するかをめぐって選考会は紛糾した。なにしろ作者の年齢が十二歳（応募時）。「作品は作者と切り離して内容だけで評価すべき」という建前はあるにしても、公募新人賞が〝売れる新人〟を発掘するオーディションの性格を持つ以上、年齢に限らず、読者に強くアピールできるプロフィールは、作家的な才能のうちだろう。

孤島に集められた若者たちが次々に惨殺されてゆくという設定は、アガサ・クリスティ『そして誰もいなくなった』、綾辻行人『十角館の殺人』はじめ無数の先例があるが、おそらくこの作品は、高見広春『バトル・ロワイアル』の強い影響下にある。しかし、長編ミステリの骨格がきちんと与えられている点で、小中学生のあいだで無数に書かれている『バトロワ』オマージュ小説とは一線を画し、ゲーム的な殺人描写のインフレーションが（それこそ、往年の筒井康隆の人間パイ投げ小説群のように）独特のスラップスティックな面白さを醸し出す。作者が意図した効果かどうかはともかく、徹底的にリアリティを欠くことで生まれた現代的なリアリティみたいなものに新鮮な驚きがあった。

ライトノベル系の新人賞ではローティーンの応募が珍しくないし、実際、僕が審査に加わった範囲でも、今年の第4回アニマックス大賞（アニメシナリオの公募新人賞）では、十一歳が書いた作品が佳作に選ばれている。しかし、そうした同年輩の書き手が〝幼さ〟を武器にしているのに対し、『殺人ピエロの孤島同窓会』の文章にはエンターテイナーとしての筆力がある。

この才能を世に出すのなら、選考会としてもきちんとしたかたちで賞を贈り、責任を負うべきだろうと思ったが、侃々諤々の大議論の挙げ句、一回限りの「特別奨励賞」ということで決着した。それが正しかったかどうかについては、刊行される作品を読んで判断してほしい。

「キャラは立っているし、展開はスリリング、面白さは随一」　香山二三郎（コラムニスト）

　今回は昨年のような混戦にはなるまいと予想していた。事実、大賞作品は選考会開始後わずか数十秒、各委員が採点に要した時間だけで決定。その点満場一致といってもいいのだが、個人的には注文もないではなかった。

　それは後述するとして、他の五作の中では、真仲恭平『カメラ・オブスキュラ』、多々忠正『ツキノウラガワ』、水田美意子『殺人ピエロの孤島同窓会』の三作に注目した。伊薗旬『週末のセッション』と方波見大志『人体愛好会』は、早い段階で見送らざるを得なかった。

『週末のセッション』はトラブルに見舞われた四人の男がそれに対処すべくウロボロスの蛇のごとく互いの尻尾に嚙みつく話で、各エピソードとも軽タッチのコンゲームものとしてうまく出来ていたが、冒頭で呈示される構図の枠内できっちりまとめられた小品という印象が否めなかった。プロットの練りかたひとつで、先の読めないサスペンス演出も可能だったはず。次作は全体にヒネりをつけた大仕掛けで降参させてください。

『人体愛好会』を読んで真っ先に思い出したのは福本伸行のマンガ『賭博黙示録カイジ』だったが、本篇は登場人物が参加する命がけのカードゲームそれ自体に独自性があった。しかしギャンブルに疎いワタクシを萌え上がらせるには至らず、ゲームの裏側の人間関係劇も今ひとつ熟成不足。そこをしっかり練り込むことが出来るようになれば、ブレイクスルのは必至。ゲーム抜きでも読ませる演出力を磨いて、ぜひ再挑戦していただきたい。

　注目作に移ると、まず『カメラ・オブスキュラ』は文章の巧さに感心させられた。写真家志望の青年探偵が猟奇死体を発見、その被害者の意外な素性や彼につきまとうサイコキラーの謎等、前半の展開も充分魅力的だし、その勢いのままフィニッシュして欲しかったが、後半は想定内の愛憎劇に収斂していき、なおかつ主人公のマスコミ対応ぶりや警察捜査の描きかたにも問題ありということで、ちょいと失速。個人的には、前半のドライブ感を買って、加筆訂正ありで優秀作が狙えるのではと思ったが、他の委員の乗りが悪かったうえ、優秀作については次回で改めて大賞を狙っていただいたほうがよいという意見も出たため、強く推すのは控えざるを得なかった。この作者は、より強烈なラストスパートを身につければ、即プロデビューできる力量があると思う。

『ツキノウラガワ』は対照的なキャラを持つ双子の姉妹を主役にした本格ミステリーで、その妹の夫の海外赴任を祝う歓送会で彼女が毒殺された事件の顛末が描かれていく。綺麗で奇矯な姉の一人称語りといい、捜査に入れ込む熱血刑事の迷走ぶりといい、端正な本格作りで、作者の豊かな才能が窺える。本篇を高く買う委員の気持ちもわからないではなかったが、これまた優秀作より次回で大賞を狙わせたい、という声に賛同することに。

で、問題になったのが、『殺人ピエロの孤島同窓会』。

お話は、本土から一五〇〇キロ離れた島に集まったその島の高校の同窓生たちが凄惨な殺人ゲームに巻き込まれるという『バトル・ロワイヤル』系の殺戮大活劇。ブラックなタッチや大人数の男女をそれなりに書き分けている辺りは好印象としても、そもそもの設定からしてありえねーし、展開も仕掛けもはなはだ荒っぽい。通常ならいの一番（死語）に外すところだが、何せ書き手は執筆時十二歳だったのだ。大森委員にいわせると、昨今のライトノベル界ではローティーンの書き手は決して珍しくないそうで、何ともどえらい時代になったもんだが、そうした潮流をアピールするうえでも〝大賞＆優秀作〟という本賞の枠組みとは別個に賞を授けてもよいと判断した。授賞については意見が分かれたが、何、反対派だって、出版化には異論はないし、作者の顔だってみたいのだよ——などといって説得したわけではないけど、〝特別奨励賞〟ということで何とか授賞にこぎ着けた。

大賞の『チーム・バチスタの崩壊』は出だしの文章に少々引っかかったものの、細かいところは訂正可能、ノープロブレム。ワタクシが注文をつけたのは、病院勤務医の主人公が手術ミスの有無を調査する羽目になり、関係者に聞き込みに当たるというパターンが、後半も繰り返される点にあった。ただし主人公に代わって調査につくのが、奥田英朗『イン・ザ・プール』や『空中ブランコ』でお馴染み伊良部一郎とは別タイプの超変人であるところが味噌なのだが、個人的には、調査役がバトンタッチする間にさらに奇怪な事件が起きるなど、いったん読者の目を逸らすエピソードが欲しかったと思うのだ。

キャラは立っているし、展開もスリリング、面白さは確かに候補作中、随一。授賞に反対するつもりは毛頭なかったし、ヘタに直しを入れて話のバランスを崩されても困る。作者には、あくまで参考意見としてお汲み取りいただければ幸いである。

「『このミス』大賞が自信を持って送り出す受賞作」　茶木則雄（書評家）

今年ほど意見が割れた選考会はない。他の選考委員も触れているように、大賞はものの数分、史上最短、即決で決まったにもかかわらず、である。全員が最高点を付けた結果、論を待たず大賞に選ばれた『チーム・バチスタの崩壊』については後ほどゆっくり語るとして、まずは選考会を揉めに揉ませた『殺人ピエロの孤島同窓会』である。

間違いなく一次は通過する作品だ。所詮、中学生が書いた作品、話題性だけの作品だろう――読む前は正直そう思っていた。しかし実際読み始めると、想像以上に完成度は高かった。最後まで読ませるだけの力を持っている書き手である。会話の繋ぎ方なんぞは、新人賞の最終候補レベルに近いものがある。とてもじゃないが、十二歳が書いたものとは思えない。この作品を本にすることについては当初から全く異論はない。一読者として、一ミステリーファンとして、この十二歳が書いたミステリーを私自身は楽しんだ。多くの読者とこの楽しみを分かち合いたい。正直にそう思った。

しかし、『このミス』大賞としてなんらかの賞を与えることに関しては、個人的な疑問をぬぐえない。なぜなら、十二歳の少女が書いたものでなければ、本にする価値はないというのが率直な私の意見だからだ。であるならば、本当にこの作品が十二歳の応募者ひとりの手によって書かれたものであるかどうか、検証する義務が選考委員にはあると思う。

とはいえ実際、その検証の方法は困難と言わざるをえない。したがって選考会として賞を出すべきではない、というのが私の意見だった。が、他の選考委員から、デビューさせる以上、選考委員としてなんらかの形でエールを送るべきではないか、という意見が出され、議論に議論を重ねた結果、特別奨励賞という形で落ち着いた次第だ。私としても、十二歳の少女がこうしたエンターテインメントの賞に応募するという一点をとっても、奨励する意味はあるのではないか、と納得した次第である。

さて、『チーム・バチスタの崩壊』である。仕事を忘れて、これほど夢中で読んだ新人賞応募作も久しぶりだ。

主人公をはじめとする登場人物のキャラが、ここまで立ちまくっている小説は近年記憶にない。専門知識を駆使した細部の確かさ、リアリティ、シリアスな部分がしっかり描き込まれている。その一点でも近年出色の医学ミステリーとして充分評価に値するが、それを上回るキャラクターの面白さ、語り口の巧さ、設定の斬新さは読み手の脳髄を深くえぐるものだった。一度読んだら忘れない、ずば抜けた印象がこの作品にはある。今世紀最高の新人賞受賞作との意見も出たが、あながち誇張ではないと思う。私がなによりも高く評価したのは、原稿を読む限り決して小説を書き慣れているとは思えない（例えば無駄な行空きや、エンターテインメントとしては珍しい「」内の句点など）にもかかわらず、これほど素晴らしい作品を生み出す作者の紛れもない才能である。『このミス』大賞が自信を持って送り出す受賞作だ。

個人的に愛着があったのは『週末のセッション』と『人体愛好会』である。『週末のセッション』の構成の巧さは個人的に極めて印象に残った。文章もしっかりしているし、コンゲーム的なストーリー展開も魅力的だった。が、四つの物語が密接な形で有機的に絡み合い、ひとつの長編としてオーラを放つまでには至らなかった。『人体愛好会』は以前、別の新人賞の候補作として目を通した作品だった。ギャンブルファンの私としては、その駆け引き心理描写を高く評価し、面白く読ませてもらった。しかしいかに改稿しようと、大賞レベルに達するほどの作品とは成り得ていない。他の新人賞に応募した作品を改稿して同じ作品で再度応募することは、個人的にはあまり感心しない。新しい作品で応募してこそ、応募者の才能をアピールできるのではないか、と思っている。

『カメラ・オブスキュラ』は、最も割をくった作品だろう。他の新人賞であれば、受賞した可能性はある。なによりも、完成度という点においては、受賞作を除いて最終候補中一番高かった。しかし、読み終わって残るものが希薄と言わざるをえない。厳しい言い方をすれば、可もなし不可もなしという感じだ。こういう書き手に一番望むものは、なんでもいいから一つ突き抜けたものを作中に生み出すこと、これに尽きる。

『ツキノウラガワ』は惜しいという意味では、最も惜しい作品であった。ミステリー的なたくらみの深さは、プロの作家と比べても決してひけをとらない。改稿のうえ、優秀賞という意見もあったが、むしろ再チャレンジして、『このミス』大賞史上初の本格ミステリー受賞作を目指した方がよいという意見が多数を占めた。来年の再チャレンジを選考委員全員、今から心待ちにしている次第だ。

「なんと凄い新人が現れたものか」 吉野仁（書評家）

今回、大賞を海堂尊『チーム・バチスタの崩壊』に与えることに関しては、わたしも賛成で、即座に満場一致で決定した。

ただし、わたしだけが『チーム・バチスタの崩壊』に対して、もっとも低い採点だった。作品としては申し分のないどころか、今年刊行されたプロ作家の小説と比較しても、これほど愉しく読ませてもらった作品はないと言うくらい痛快な一編だった。だが、謎の魅力、犯罪をめぐるサスペンス、ラストの興奮もしくはサプライズといった部分がやや弱いため、そこをマイナス点にした次第。ミステリーとしての筋立てが弱いのだ。

もっとも、この作品にミステリーの要素がないわけではない。それどころか、存分に発揮されている。事件以外の小ネタの部分やキャラクターの意外性で読ませるところだ。

わたしが考えるミステリーの基本のひとつは、「Aだと思っていたものがじつはBだった」という驚きにある。本作では、さりげない会話やくすぐり（ギャグ）のなかに「Aだと思っていたものがじつはBだった」という展開がこれでもかとばかりに出てくる。医療過誤をめぐる事件、もしくは大学病院にまつわる専門的でシリアスな題材を扱いつつ、しかもやや凡庸なプロットにもかかわらず、最後まで飽きさせないどころか夢中にさせられたのは、笑いにつながるそうした逆転のエピソードがあちこちに細かく織り込まれていて、話にめりはりがついているからだ。

しかも、プロの作品でさえ読み終えたあと登場人物の名前を記憶している例は少ないのにもかかわらず、本作の主役、田口と白鳥の名は、しっかりと心に刻まれた。強烈なキャラクターなのである。加えて彼ら以外の人物もいい。バイプレイヤーの魅力を発揮している。役者揃い。なんと凄い新人が現れたものか。今後は、ぜひともトリックのワンアイデアや笑いの要素のみに頼らない、逆転につぐ逆転の医学サスペンスをものして欲しい。

今回の候補作中、もっとも惜しかったのは、多々忠正『ツキノウラガワ』で、なぜ「メフィスト賞」や「鮎川哲也賞」ではなく「『このミス』大賞」に応募したのか？ と思うくらい、（おそらく）本格ミステリのファンに対して、くすぐって欲しいところをくすぐっている作品だと感じられた。設定や発想や語り口など、すべて「推理」にこだわって書かれているのだ。しかし、読んでいて、場と時と人の関係が分かりづらいなど、小説としての出来がいまひとつ。そこをクリアさえすれば文句なしである。随所に、光るところがあり、優れた才能を感じさせるだけに残念だが、作品をどんどん書き、ひとりよがりな部分を直しつつ、完成度を高めた上で、（なんらかの賞で）デビューしていただきたい。

真仲恭平『カメラ・オブスキュラ』は、きわめて端正な作品だ。この書き手は、おそらくどんな新人賞に応募しても、二次ないし最終候補に残る筆力を持っているようだが、いまひとつ、読み手を惹きつける個性に欠けている。「話をつくって、まとめました」という感じ。これでもかと読者を驚かせようと趣向を凝らした作品をつくって欲しい。なにか過剰で破天荒な、本人でさえも予期しない展開になってしまった、もしくは自らのすべてを裸にさらけだしてしまったという、強烈なエネルギーのこもった物語を書きさえすれば、即、受賞できるだろう。すなわち、それが感じられない。まったくどこにもない。話自体はよく書けているのに至極残念だ。ぜひとも、器用なだけで終わらない小説を書いて欲しい。

伊藺旬『週末のセッション』は、ユニークなアイデアによる作品ながら、それだけで終わっている感じ。意表をつく展開やサスペンスに乏しかった。もうひとつ、予想のつかない仕掛けを設けて欲しいのだ。

方波見大志『人体愛好会』は、カードゲームの説明が分かりづらく、ギャンブル小説としての面白さが伝わってこなかった。

問題の水田美意子『殺人ピエロの孤島同窓会』は、まだまだ小説として出来上がっていない。受賞する完成度に達していないのだ。中学生が書いたということで話題性があったところで、それは小説の面白さとは何ら関係ないし、そんなことで興味をもつ読者など相手にしたくない。どれほど若くて可愛くて将来性があろうとも、音痴な歌手の歌など聴きたくない。それと同じ。この先、歌唱力がつくかもしれない、という可能性だけで賞を与えるのはあまりにも無謀だと思う。あくまでわたし個人はいっさい責任を持つ気はないが、他の選考委員が主張した「特別奨励賞」にしぶしぶ賛同した。将来、いい形で才能が開花するのを祈るばかりだ。

第1回	大賞金賞	『四日間の奇蹟』	浅倉卓弥
	大賞銀賞	『逃亡作法──TURD ON THE RUN』	東山彰良
第2回	大　賞	『パーフェクト・プラン』	柳原 慧
第3回	大　賞	『果てしなき渇き』	深町秋生
	大　賞	『サウスポー・キラー』	水原秀策
第4回	大　賞	『チーム・バチスタの栄光』	海堂 尊

【原稿送付先】 〒102-8388　東京都千代田区一番町25番地　宝島社
『このミステリーがすごい!』大賞　事務局
※書留郵便・宅配便にて受付

【締　切】 2006年5月31日(当日消印有効)厳守

【賞と賞金】 大賞1200万円
優秀賞200万円

【選考委員】 大森望氏、香山二三郎氏、茶木則雄氏、吉野仁氏

【選考方法】 1次選考通過作品の冒頭部分を選考委員の評とともにインターネット上で公開します。
選考過程もインターネット上で公開し、密室で選考されているイメージを払拭した新しい形の選考を行ないます。

【発　表】 選考・選定過程と結果はインターネット上で発表
http://www.konomys.jp

2006年8月	8月	9月	10月	2007年1月
1次選考 作品の推薦コメントと作品冒頭をネット上にUP	2次選考	最終選考	大賞発表予定	大賞刊行予定

【出　版】 受賞作は宝島社より刊行されます(刊行に際し、原稿指導等を行なう場合もあります)。

【権　利】 〈出版権〉
出版権および雑誌掲載権は宝島社に帰属し、出版時には印税が支払われます。
〈二次使用権〉
映像化権をはじめ、二次利用に関するすべての権利は主催者に帰属します。
権利料は賞金に含まれます。

【注意事項】 ○応募原稿は未発表のものに限ります。二重投稿は失格にいたします。
○応募原稿・書類・フロッピーディスクは返却しません。必要な場合はコピーをお取りください。
○応募された原稿に関する問い合わせには応じられません。

【問い合わせ】 電話・手紙等でのお問い合わせは、ご遠慮ください。
下記URL　第5回『このミステリーがすごい!』大賞　募集要項をご参照ください。
http://www.konomys.jp

ご応募いただいた個人情報は、本賞のためのみに使われ、他の目的では利用されません。
また、ご本人の同意なく弊社外部に出ることはありません。

このミステリーがすごい!

インターネットでエンターテインメントが変わる!

大賞賞金1200万円

第5回『このミステリーがすごい!』大賞

募集要項

○本大賞創設の意図は、読者参加というネット最大のメリットを活かし、面白い作品・新しい才能を発掘・育成する新しいシステムを構築することにあります。ミステリー&エンターテインメントの分野で渾身の一作を世に問いたいという人や、自分の作品に関して書評家・編集者からアドバイスを受けてみたいという人を、インターネットを通して読者・書評家・編集者と結びつけるのが、この賞です。
○『このミステリーがすごい!』など書評界で活躍する著名書評家が、読者の立場に立ち候補作を絞り込むため、いま読者が読みたい作品、関心を持つテーマが、いち早く明らかになり、作家志望者の参考になるのでは、と考えています。また1次選考に残れば、書評家の推薦コメントとともに作品の冒頭部分がネット上にアップされ、プロの意見を知ることができます。これも、作家を目指す皆さんの励みになるのではないでしょうか。

【主　催】 **株式会社宝島社/日本電気株式会社/メモリーテック株式会社**

【運　営】 株式会社宝島ワンダーネット

【募集対象】 **エンターテインメントを第一義の目的とした広義のミステリー**
『このミステリーがすごい!』エントリー作品に準拠、ホラー的要素の強い小説やSF的設定を持つ小説でも、斬新な発想や社会性および現代性に富んだ作品であればOKです。また時代小説であっても、冒険小説的興味を多分に含んだ作品であれば、その設定は問いません。

【原稿規定】 **❶400字詰原稿用紙換算で400枚~800枚の原稿**(枚数厳守)
・タテ組40字×40行でページ設定し、通しノンブルを入れる。
・マス目・罫線のないA4サイズの紙を横長使用しプリントアウトする。
・A4用紙を横に使用、縦書という設定で書いてください。
・原稿の巻頭にタイトル・筆名(本名も可)を記す。
・原稿がバラバラにならないように右側を綴じる(綴じ方は自由)。
※原稿にはカバーを付けないでください。また、送付後、手直しした同作品を再度、送らないでください(よくチェックしてから送付してください)。

❷1,600字程度の梗概1枚(❶に綴じない)
・タテ組40字詰めでページ設定し、必ず1枚にプリントアウトする。
・マス目・罫線のないA4サイズの紙を横長使用しプリントアウトする。
・巻頭にタイトル・筆名(本名も可)を記す。

❸応募書類(❶に綴じない)
・ヨコ組で①タイトル②筆名もしくは本名③住所④氏名⑤連絡先(電話・FAX・E-MAILアドレス)⑥生年月日⑦職業と略歴⑧応募に際しご覧になった媒体名、以上を明記した書類(A4サイズの紙を縦長使用)を添付する。

※❶❷に関しては、1次選考を通った作品は2HDフロッピーディスクも必要となりますので(原稿は手書き不可、テキストデータに限る)、テキストデータは保存しておいてください(1次選考の結果は【発表】を参照)。最初の応募にはフロッピーディスクは同封しないでください。

海堂 尊（かいどう たける）
1961年、千葉県生まれ。現在勤務医。
※本書の感想、著者への励まし等はこちらまで→http://www.konomys.jp

チーム・バチスタの栄光

2006年2月4日　第1刷発行
2006年6月12日　第6刷発行

著　者：海堂 尊
装　画：赤津美和子
装　幀：松崎 理
発行人：蓮見清一
発行所：株式会社　宝島社
〒102-8388 東京都千代田区一番町25番地
電話：営業　03(3234)4621／編集　03(3239)0069
振替：00170-1-170829（株）宝島社
印刷・製本：中央精版印刷株式会社

Printed and bound in Japan ISBN 4-7966-5079-2

『このミステリーがすごい！』大賞シリーズ　好評既刊

第1回大賞金賞【宝島社文庫】

四日間の奇蹟　浅倉卓弥

脳に障害を負った少女とピアニストの道を閉ざされた青年が山奥の診療所で遭遇する奇蹟。ひとつの不思議なできごとが人々のもうひとつの顔を浮かび上がらす。

【宝島社文庫】

君の名残を（上・下）　浅倉卓弥

その日、彼らの時は歪んだ。目が覚めるとそこは動乱の前夜だった――激動の平安末期を舞台に大胆な着想と壮大なスケールで描く浅倉版〈平家物語〉。

第1回大賞銀賞【宝島社文庫】

逃亡作法 ―TURD ON THE RUN―　東山彰良

死刑制度が廃止され囚人管理体制が大きく変わった近未来の日本を舞台に、欲に駆られ結託と裏切りを繰り返す脱獄囚たちを描くクールでクレイジーなクライム・ノヴェル。

四六上製

ワイルド・サイドを歩け　東山彰良

台湾製ドラッグ「百歩蛇《ひゃっぽだ》」をめぐる市街戦。高校生男娼と仲間たち×ストリートギャング×零細暴力団・井島組、生き残るのはどいつだ!?

四六上製

ラム＆コーク　東山彰良

墓石ビジネス一家、蛇頭《スネークヘッド》のVIP&元中国公安局員、入国管理官に追われる裏ビデオ屋……ひとクセもふたクセもある輩が、地下銀行の闇金をめぐって大暴れ！

『このミステリーがすごい！』大賞シリーズ　好評既刊

四六上製
いかさま師
柳原 慧

〝フランス絵画史最大の謎〟ラ・トゥール畢生の名画を探し出せ！　相続のマジック、交錯する虚と実、騙し合い、裏切り――最後に笑うのは誰だ？

第2回優秀賞【宝島社文庫】
ビッグボーナス
ハセベバクシンオー

裏ギャンブル社会の圧倒的ディテールと怪しい攻略情報を巡るギャンブル中毒者のバカっぷりが痛快な異色犯罪小説！

四六上製
ダブルアップ
ハセベバクシンオー

新宿歌舞伎町、非合法ギャンブル戦争！　元ギャンブル中毒＆シャブ中毒の早瀬は10円ポーカー屋としてなんとかシノいでいたが、ヤバい事件に巻き込まれ……。

第3回大賞　四六上製
果てしなき渇き
深町秋生

失踪した娘を捜し求めるうちに、徐々に〝闇の奥〟へと遡行していく父。娘は一体どんな人間なのか。ひとりの少女をめぐる、男たちの狂気の物語。

第3回大賞　四六上製
サウスポー・キラー
水原秀策

旧弊な体質が抜けない人気プロ野球チームの中で孤軍奮闘する、クールな頭脳派ピッチャー。彼は奇妙な脅迫事件に巻き込まれていく……犯人の狙いは？

『このミステリーがすごい!』大賞シリーズ　好評既刊

CDブック

『時の踊り――「四日間の奇蹟」ピアノ名曲集――』浅倉卓弥

第1回『このミス』大賞(金賞)受賞作品『四日間の奇蹟』に登場した少女・千織のピアノリサイタルをCDに再現。

「小犬のワルツ」「ノクターン第二番」など、癒しの名曲の数々が一枚に。

さらには原作者自身が曲名にちなんだショートストーリーを新たに書き下ろし。

優しい音楽をBGMに読む、一冊で二度楽しめる珠玉のCDブック。


ショートストーリーの方は本編にはあまり捕らわれずに書き下ろしました。単独の作品集としても楽しめるようになっていればと思います。　(浅倉卓弥)